Le roman vous entraîne progressivement dans son tissu de circonstances complexes, se déployant comme une sorte d'expérience scientifique ; il nous aide à décoder une communauté entière de scientifiques et chercheurs, remet en question les principes de l'évolution, de la connaissance, de l'être et de la croyance. L'unité de la connaissance, la connaissance elle-même, est bouleversée. Ricardo Sztein est un personnage inoubliable et cette histoire, la combinaison gagnante, assurément.

—Robert Bausch, Auteur,
A Hole in the Earth et Far as the Eye Can See

Dans ce riche roman dystopique, Ricardo Sztein risque tout pour suivre sa curiosité intellectuelle, défiant l'utilitarisme extrême de sa société. Le cousin spirituel des *Temps difficiles* de Dickens, avec un clin d'œil à Big Brother, *Les Méduses ont des yeux* projette notre pragmatisme actuel dans un avenir effrayant mais plausible. Un merveilleux livre pour ceux qui aiment la créativité, la science et les grands cadeaux d'un heureux hasard.

—Barbara Esstman, Auteure,
The Other Anna et Night Ride Home

Dans ce brillant premier roman de l'auteur, nous voyageons dans une lagune tropicale aux côtés du Dr Ricardo Sztein, un scientifique non-conformiste fasciné par les méduses. Cette aventure au rythme effréné concerne en partie les découvertes inhabituelles et fascinantes du Dr Sztein alors qu'il étudie ses méduses bien-aimées. Elle soulève également des questions convaincantes quant à savoir si l'originalité et la créativité dans la recherche sont valorisées ou diabolisées par notre gouvernement et le monde universitaire.

—Stanton Samenow, Ph.D.,
Psychologue clinicien et auteur, *Inside the Criminal Mind*

L'histoire très originale des méduses est fascinante et charmante. Nous entreprenons un voyage dans la mangrove chaude de Porto Rico avec le Dr Ricardo Sztein, qui découvre que ces méduses stockent des souvenirs. Les problèmes abondent lorsque ses études sont révélées, mais les aventures de ce scientifique original et attachant sont mémorables.

—Ann L. McLaughlin, Auteure,
Amy & George

Dans cette combinaison originale et provocante des sciences et de la fiction, Joram Piatigorsky apporte la preuve des observations du Dr Johnson selon lesquelles la Vérité peut être rendue plus accessible sous le couvert de la Fiction.

—Warren Poland,
MD, Psychanalyste et auteure,
Melting the Darkness

L'histoire se déroule dans un futur proche, où un gouvernement éprouvé économiquement menace la liberté académique des spécialistes en sciences fondamentales. Dans *Les Méduses ont des yeux*, un scientifique primé paie le prix fort pour ses découvertes révolutionnaires indiquant que les méduses interagissent et visualisent l'évolution. Le récit imaginaire par Piatigorsky du chemin que le Dr Ricardo Sztein entreprend, en partant de sa découverte jusqu'à sa condamnation, donne un avertissement terrifiant qui va assurément stimuler le débat sur le rôle du gouvernement lorsqu'il s'agit de dicter la direction de la recherche scientifique.

—Joseph Horwitz, Ph.D., Professeur émérite,
Faculté de médecine de UCLA

Le roman de Piatigorsky, *Les Méduses ont des yeux*, se centre sur un scientifique qui fait face à des difficultés dans une Amérique du futur proche où les budgets sont toujours plus restreints et le public a perdu patience pour la recherche fondamentale. Les choses ne se terminent pas bien pour lui… Dans le livre, les politiciens, les experts et une grande partie du public veulent savoir quelles maladies le protagoniste, Ricardo Sztein, essaie de guérir à l'aide des méduses. Sztein n'en a aucune idée et Piatigorsky donne l'opportunité à son personnage de produire une défense solide de ce type de sciences... Le roman de Piatigorsky raconte comment Sztein, dont les recherches suivent celles de Piatigorsky, s'attire des ennuis quand il s'éloigne clairement de travaux qui ont le potentiel de guérir les maladies humaines… en faveur de l'étude de la vision des méduses… Comme le dit Piatigorsky lui-même, expliquer la valeur de la recherche fondamentale « était une partie très importante du livre ».

—Joel Shurkin, *Proceedings of the National Academy of Sciences,* Vol. 112, avril 2015.

Joram Piatigorsky, Ph.D., un scientifique retraité du National Eye Institute des National Institutes of Health [Institut oculaire national des Instituts nationaux de la santé américains] (NIH), qui consacre maintenant son temps à sa passion pour l'art et la littérature, a traversé le processus ardu d'écrire et de publier un roman parce qu'il considère la littérature comme un moyen important de faire des déclarations sur la société. Et la déclaration qu'il veut faire passer haut et fort est que la recherche fondamentale est importante et doit être financée... Piatigorsky déplore comment, dans l'environnement des financements restreints actuel, les étudiants qui, autrement, se poseraient des questions fondamentales – telles que la question de savoir si les méduses ont des yeux – sont forcés de faire davantage de recherches translationnelles et de routine qui ne font pas usage de leur créativité… Et lorsque la créativité est bloquée, des percées importantes sont tout simplement manquées. Le communiqué cite le personnage principal du livre, inspiré de Piatigorsky :

« Je justifie mes recherches sur l'exploration des mystères de la Nature par le fait que généralement les expériences donnent de nouvelles perspectives qui profitent aux gens. […] Il y a la pénicilline, l'ADN recombinant, le génie génétique. […] Les bactéries ont fourni les premiers modèles de régulation des gènes, qui ont ouvert la voie à la thérapie génique. Les limaces de mer – des escargots sans coquille – ont révélé des mystères de la mémoire. Les oiseaux nous ont appris qu'il est possible, à un moment donné, de reposer une moitié du cerveau alors que l'autre reste active. »

Piatigorsky est optimiste quant au pouvoir de la narration : « J'ai le très fort sentiment que la science n'est pas un ensemble de faits. Il faut connecter ces faits en une histoire de communication… L'aspect narratif de la science est très convaincant. »

—Andrea Ford, SCOPE,
Stanford Medicine, avril 2015

Dans les années 2040, le chercheur Ricardo Sztein est un membre âgé et respecté du Centre des sciences de la vision, qui est ébranlé après le décès de sa femme atteinte d'un cancer. Il embrasse son autre grand amour – l'expérimentation scientifique juste pour la connaissance, et non pour répondre à un programme dicté ou pour obtenir un retour financier. Sa curiosité pour comprendre comment les méduses voient à l'aide de leurs multiples yeux… d'une complexité inattendue, l'envoie dans les marais de Porto Rico, avec l'appui de collègues partageant les mêmes idées et un ordinateur prêté par la NASA.

Des indices découverts dans son laboratoire, sur le terrain, suggèrent de nouvelles révélations sur la perception animale et la biologie évolutive. Mais lorsque ses excursions sont rendues publiques, des politiciens et des médias de renom le condamnent… Piatigorsky est un scientifique et essayiste, il sait donc de quoi il parle concernant le domaine cloîtré de la recherche et de l'exploration modernes, où certaines personnes recherchent les subventions avec une ambition masquée par l'étiquette professionnelle. Il exprime également l'angoisse ressentie par les scientifiques à l'idée que le citoyen moyen ne soit pas en mesure d'apprécier la recherche fondamentale et puisse y mettre fin à tout moment… Bien que le contenu sur les méduses semble fantaisiste, il est fermement basé sur les faits… une cogitation intelligente et mélancolique sur la valeur de la poursuite scientifique, la joie de la découverte, et la solitude d'un penseur non-conformiste. Un drame sensible sur un scientifique âgé vivant dans une ère anti-intellectuelle.

—Kirkus Reviews, Vol. 87, février 2019

Pour le personnage de Piatigorsky, Ricardo Sztein, ses aventures dans la recherche sur les méduses sont semées d'embûches. Dans les années 2040, Sztein utilise la technologie de la NASA pour faire des enregistrements à partir du système visuel des méduses et est ainsi capable de voir ce qu'elles voient. Sa conclusion remarquable : les méduses perçoivent l'évolution… Mais ses recherches sont interrompues. L'histoire de Piatigorsky montre comment une économie en lambeaux, combinée avec l'apparition de nouvelles maladies mortelles, peut être la tempête parfaite qui menace d'anéantir complètement la science fondamentale. Le fait que la recherche fondamentale de Sztein ne soit pas pertinente pour la maladie humaine va à l'encontre des attentes de la société... Piatigorsky considère son livre comme un avertissement de ce qui pourrait arriver si le financement se limitait à soutenir la recherche médicale uniquement. « Bien entendu, il n'y a rien de mal à travailler sur la recherche basée sur la maladie, a-t-il déclaré. Mais c'est limitant. La science fondamentale est le meilleur moyen de dépasser la science que nous connaissons aujourd'hui. » Il y a eu beaucoup de livres écrits sur les gouvernements mauvais et répressifs. Ce qui n'avait jamais été écrit auparavant, c'était un livre sur la façon dont un gouvernement vraiment bon et bien intentionné pouvait se révéler répressif, a-t-il ajouté. Le gouvernement [dans ce roman] est celui qui veut simplement que l'argent des contribuables soit dépensé pour aider les personnes ayant des problèmes médicaux, tout en étant soumis à une pression sans précédent pour contrôler les dépenses. » ... Bien que le roman soit écrit du point de vue du protagoniste Sztein, Piatigorsky a dit qu'il avait essayé de présenter les deux côtés de cette situation hypothétique. « Je crois que le rôle d'un auteur est d'exposer les problèmes plutôt que de prêcher leur solution. Je suppose que certains lecteurs se rallieront à la cause de Sztein et d'autres à celle du gouvernement. C'est pourquoi cette question est si complexe et si importante. »

—Kathryn DeMott,
Dossier des NIH, mai 2015

Les Méduses ont des yeux est l'histoire « quelque peu autobiographique » d'un éminent scientifique dont l'étude des yeux des méduses le conduit à être condamné plutôt qu'acclamé. Le propre travail de Piatigorsky a impliqué les yeux des calmars, des coquilles Saint-Jacques et des méduses... Un de ses objectifs dans le roman est de lancer une discussion sur le rôle du gouvernement américain dans la définition de la direction et de l'intégrité de la recherche scientifique… « La science est de plus en plus financée spécifiquement pour effectuer des travaux ayant un lien direct avec l'aide aux êtres humains, a expliqué Piatigorsky. C'est ainsi que la recherche scientifique est justifiée par le Congrès et les contribuables. » Une telle restriction, a-t-il soutenu, a un prix. « La question est le fil conducteur, a-t-il dit. Sans une science créative et sans destination, nous perdons l'opportunité d'obtenir de nouveaux développements intéressants, et de rassembler les résultats dans des combinaisons différentes. Cela clôt de nombreuses opportunités pour les scientifiques créatifs – et tout le monde y perd. »

—Ellyn Wexler,
Montgomery County Gazette, octobre 2014

Le premier roman de Piatigorsky est un thriller plein de suspense mêlant sciences biologiques – une recherche sur le monde des yeux des méduses – et politique. L'histoire nous plonge dans le vaste monde de la recherche gouvernementale et les impacts des vents politiques et des demandes de « valeur pratique » immédiate pour conserver le soutien des contribuables – valeur en termes de cures, de traitements, de médicaments – et les résultats de l'appauvrissement de la recherche fondamentale, critique pour de tels traitements. L'histoire est racontée à travers les yeux du protagoniste, le Dr Ricardo Sztein, un scientifique biologique – rappelant peut-être l'auteur lui-même – qui se bat contre les politiciens et les bureaucrates dans sa recherche énergique de la vérité scientifique, mais fait face à d'énormes obstacles le menant à une triste fin. C'est une histoire endiablée… qui mérite un large public.

—Kensington Park Friends of the Library,
novembre 2015

LES MÉDUSES ONT DES YEUX

Les Méduses ont des yeux

Un roman de

JORAM PIATIGORSKY

Traduit de l'anglais par

ALLISON V. VUILLAUME

Adelaide Books
New York / Lisbon
2020

LES MÉDUSES ONT DES YEUX

Un roman de

JORAM PIATIGORSKY

Traduit de l'anglais par Allison V. Vuillaume

Titre original : Jellyfish Have Eyes

Publié par Adelaide Books, New York / Lisbon
adelaidebooks.org

Rédacteur en Chef
Stevan V. Nikolic

Pour plus d'informations, veuillez contacter
Adelaide Books à info@adelaidebook.org, ou écrivez à

Adelaide Books
244 Fifth Ave. Suite D27
New York, NY, 10001

ISBN: 978-1-953510-73-0

Publié aux États-Unis d'Amérique

Ce roman a été publié une première fois par
International Psychoanalytic Books, New York, en 2014.

L'histoire se déroule dans un futur proche, où un gouvernement éprouvé économiquement menace la liberté académique des spécialistes en sciences fondamentales. Dans *Les Méduses ont des yeux*, un scientifique primé paie le prix fort pour ses découvertes révolutionnaires indiquant que les méduses interagissent et visualisent l'évolution. Le récit imaginaire par Piatigorsky du chemin que le Dr Ricardo Sztein entreprend, en partant de sa découverte jusqu'à sa condamnation, donne un avertissement terrifiant qui va assurément stimuler le débat sur le rôle du gouvernement lorsqu'il s'agit de dicter la direction de la recherche scientifique.

—Joseph Horwitz, Ph.D.,
Professeur émérite,
Faculté de médecine de UCLA

En souvenir de ma mère, qui a toujours cru en moi,

et pour ma femme, Lona, qui m'a donné son amour

et notre précieuse famille.

"...et bien, le fait est que le cœur a ses raisons

que la raison ne connaît pas."

Antonio Tabucchi, *Pereira prétend*

Mot de l'auteur

Les aventures de Ricardo Sztein à La Parguera ont été influencées par mes voyages à la station marine de l'Université de Porto Rico Mayagüez à La Parguera, Porto Rico, où j'ai prélevé des méduses dans la mangrove et conduit des recherches sur les yeux des méduses. Les méduses ont bien des yeux, des yeux remarquables incorporés à des structures suspendues appelées rhopalies. Les brèves descriptions des yeux des méduses et des rhopalies dans ce livre sont scientifiquement correctes. Cependant, les expériences et interprétations scientifiques de Ricardo sont fictives. Les déclarations et digressions variées sur les sciences sont, à ma connaissance, correctes et j'assume la responsabilité de toute erreur qu'elles pourraient contenir. Toute ressemblance des personnages ou faits avec des personnes ou événements connus est purement fortuite.

Prologue : Milieu du XXIe siècle

Ricardo Sztein dormait d'un sommeil agité, rêvant qu'il flottait sur les eaux de la mangrove de La Parguera. Des méduses pulsaient en petits groupes à travers les eaux tièdes. Crabes, tubicoles, éponges, oursins de mer et autres invertébrés colorés en décoraient le fond vaseux.

Le fantôme de Lillian, décharné et rongé par le cancer, murmura : « Je t'avais dit d'être prudent, Ricardo. »

C'est vrai, elle le lui avait dit. Benjamin aussi. Mais Ricardo n'avait écouté ni sa femme ni son collègue et meilleur ami.

« Si tu avais été là et que tu avais vu les méduses, Lillian. Elles ont des yeux et un esprit. Elles ont tant à nous apprendre.

_ Tu es un rêveur, Ricardo, un rêveur. »

Benjamin disparut et Lillian, à présent jeune et belle, vêtue de sa robe de mariée ivoire nacré, entra dans son rêve en flottant. « Mon pauvre amour », dit-elle à Ricardo avec tendresse, le réveillant.

5 h 13. Trop tôt pour se lever. Le procès ne commençait pas avant neuf heures, alors il se rendormit, rêvant cette fois qu'il était dans un petit bateau glissant sur le lagon tropical

bordé de palétuviers luxuriants. Il savourait ce moment sous les rayons dorés du soleil. Un hors-bord bruyant au moteur bourdonnant brisa le silence.

7 h 15. Il était temps de braver la tempête. Le jury déciderait de son sort.

PARTIE I

Chapitre 1

La vie de Ricardo Sztein changea pour toujours le 15 janvier 2047 — un mardi matin gris et glacial — quand Lillian annonça au petit-déjeuner qu'elle avait senti une grosseur à un sein. « Quand ? » demanda-t-il, visiblement sous le choc. « Ce matin », dit-elle, « quand j'étais sous la douche. » Ricardo n'eut pas besoin de dire à Lillian à quel point ces mots l'avaient terrifié ; elle n'eut pas besoin d'élaborer. Une grosseur au sein de Lillian était comme une grosseur à son propre sein. Elle avait 69 ans, lui 70. Ils avaient espéré prendre leur retraite sous peu : lui du Centre des sciences de la vision, elle des services sociaux. Ils ressuscitaient des projets oubliés et en exploraient de nouveaux. Mais à présent, elle avait une grosseur au sein, comme sa mère à 68 ans. Son père s'était retrouvé veuf l'année suivante.

Ricardo avait rencontré Lillian Shields au lendemain d'avoir émigré de Buenos Aires pour faire des études de troisième cycle à l'Université George Washington, il y avait près de cinquante ans. Il avait répondu à une annonce pour partager un appartement avec trois étudiants du même cycle. Deux de ses colocataires potentiels, des hommes, lui avaient fait passer un entretien assis à la table du salon. Ils buvaient tranquillement leur café tiède quand Lillian, la troisième colocataire, était entrée brusquement dans l'appartement en lançant un joyeux « Salut ! ». Elle avait fait les courses et transpirait fortement à cause de la chaleur de juillet à Washington. Elle était mince, 1,62 m, la peau ferme et tonifiée, les cheveux auburn courts et bouclés, et des yeux bleus éblouissants. Oh, et comme elle rayonnait. Ricardo, rondouillard, avec son 1,68 m et son début de calvitie frontale, n'avait pu détourner le regard.

Après près de quarante-quatre ans de mariage, Lillian était son roc, sa conscience. Il la prenait pour acquise de la même manière qu'il n'avait jamais douté que son cœur faisait partie de son corps. Elle était toujours là pour lui quand il rentrait après une longue journée au laboratoire. Elle célébrait ses succès et compatissait avec lui quand il échouait, et elle ne se plaignait jamais quand il s'enterrait tout le weekend dans son laboratoire. Leurs vies se complémentaient pour former une mosaïque. Lorsqu'il faisait une découverte scientifique, Lillian éprouvait un sentiment de fierté. Lorsqu'elle trouvait une famille d'accueil prometteuse pour un enfant maltraité, il se sentait vertueux. Quand il lui serrait légèrement la taille, elle lui disait joyeusement, « Tu es mon autre moitié » et il lui répondait « Et toi, mes trois autres quarts ». Elle était son mythe d'un présent éternel.

La grosseur serait peut-être bénigne.

« Essaie de ne pas t'inquiéter », lui dit-il derrière un masque d'optimisme. « Faisons faire une biopsie sans attendre et oublions tout ça. Des milliers de femmes ont de fausses alertes. »

Ils n'eurent pas cette chance. La biopsie révéla une tumeur maligne au stade 4. S'en suivirent tumorectomie et radiothérapie. Malgré d'énormes avancées scientifiques dans le traitement du cancer au cours des dernières années, il n'existait toujours aucun remède. Le cancer de Lillian ne succomba pas au déferlement de produits pharmaceutiques prometteurs.

Huit mois après l'opération, Ricardo et Lillian, maigre comme un clou, étaient assis dans le bureau de l'oncologue. « N'y a-t-il rien d'autre à essayer ? » demanda Ricardo.

Le docteur soupira. « Je suis désolé. » L'équipe de docteurs de Lillian — chirurgien, interniste, endocrinologue — avait tous dit la même chose de différentes façons. Comment était-ce possible qu'un cancer puisse encore battre Lillian au milieu du vingt-et-unième siècle ? Son génome avait été séquencé et examiné de près pour toutes les mutations génétiques associées au cancer. Les tests n'avaient rien révélé. Les essais cliniques actuels de médicaments anticancer s'étaient avérés tous aussi infructueux. Les études génétiques et la pharmacologie avait promis de révolutionner la médecine et de personnaliser les traitements médicaux, et pourtant ces promesses du début n'étaient restées que des promesses. L'ADN demeurait une langue étrangère.

Découragé, Ricardo balaya du regard les diplômes encadrés sur le mur du bureau du docteur. Il y vit une licence de Yale, un diplôme en médecine de Harvard, des certificats de fin de stage et de résidence dans les meilleurs hôpitaux, des affiliations à des organisations professionnelles d'élite, et une photo signée par le Chirurgien général. Cet oncologue était le meilleur et il avait le dernier mot quant à ce qui était possible ou non.

Ricardo regarda Lillian et força un sourire. Être confronté à la mort d'un ami, d'un collègue, ou même d'un membre de la famille n'était rien comparé à la perte imminente de Lillian. Dans son esprit, elle était passée de femme à patiente, peut-être pour se protéger lui-même émotionnellement. Son plus grand défi était de rester en bonne santé et fort pour pouvoir la soutenir.

Au fur et à mesure des mois, Lillian devint de plus en plus faible et Ricardo de plus en plus seul et effrayé. Elle dépérissait et il avait peur de la briser s'il la serrait trop fort dans ses bras. Quand ils parlaient des moments qu'ils avaient partagés — leur tour des îles grecques, les visites à Papa en Argentine, la fête d'anniversaire surprise qu'elle lui avait organisée pour ses soixante-dix ans — les mots semblaient vides. Sans futur, le passé perdait tout son sens.

Peu après minuit, le dimanche matin de la seconde semaine d'hospitalisation de Lillian, Ricardo reçut un appel de l'infirmière du service d'oncologie. « Je suis désolée de vous appeler à cette heure, Dr Sztein, mais l'état de votre femme s'est aggravé. Sa pression artérielle est basse, son pouls faible. Elle a des pertes de connaissance. J'ai pensé que vous deviez en être informé. Vous aimeriez peut-être être à ses côtés. »

Contrairement aux visites en journée, il y avait peu de voitures, la nuit, dans le parking. Les pas de Ricardo résonnaient dans le hall de l'hôpital. Le rideau de fer barricadait la boutique cadeau, le kiosque à journaux était vide et le fleuriste fermé. Un gardien solitaire qui tournait apathiquement les pages d'un magazine au bureau d'information, leva les yeux vers la pendule sur le mur. Il était 2 h 32.

« Que puis-je faire pour vous ? demanda-t-il.

_ Ma femme est une patiente du service d'oncologie. On vient de m'appeler pour me dire qu'elle n'allait pas bien. Je suis venu la voir.

_ Bien entendu. Je suis navré, monsieur. »

Ricardo entra dans l'ascenseur. Leurs nombreuses années de mariage ne semblaient plus qu'un petit point dans l'espace. Comme le temps avait passé rapidement. Déjà 70 ans et presque veuf ?

Ricardo sortit au quatrième étage. Le service d'oncologie était plongé dans l'obscurité dans le calme étrange de la nuit. Dans le recoin près des ascenseurs, le canapé recouvert d'une toile marron et le vase en porcelaine vide sur la petite table étaient comme sortis tous droits d'un décor de pièce de théâtre. Mais on n'était aucunement au théâtre ; c'était la vraie vie et la mort. Les patients dormaient derrière des portes closes, réparties de chaque côté du couloir. Un dessin au crayon de couleur représentant une femme aux cheveux rouges avec des boucles d'oreilles dorées, alitée sous un soleil jaune, était scotché sur la porte à côté de celle de Lillian. Sous le dessin, une main d'enfant avait écrit « Gué li vit Mami ! ». Ricardo se demanda à quoi sa vie aurait ressemblé s'il avait eu des enfants et des petits-enfants. Ils avaient essayé — les cliniques de fertilité, la fertilisation in vitro — mais les choses étaient ainsi.

Le clic rythmique du moniteur cardiaque mécanique salua Ricardo quand il entra dans la chambre de Lillian. Ses yeux étaient ouverts.

« Eh, dit-il en touchant le bras émacié de Lillian.

_ C'est l'heure, je crois, dit-elle.

Ricardo jeta un œil à sa montre, se rappelant de l'importance que Lillian attachait à la ponctualité. Il était 2 h 40.

« Tu dois être fatigué. » Elle pensait toujours à lui en premier. Il l'aimait pour ça.

« Je vais bien, mentit-il.

_ Je suis désolée, dit-elle.

_ Moi aussi. »

Un silence gênant s'ensuivit. Ricardo voulait s'allonger près d'elle pour la réconforter, mais il souhaitait aussi être de retour dans son lit, loin de cette horreur.

« Tu dois vraiment apprendre à cuisiner. »

Il acquiesça. « Je le ferai. » Pour Ricardo, la peur de l'avenir se mélangea au ressentiment pour toutes les fois où elle avait sous-entendu qu'il était incapable de prendre soin de lui-même. Mais, sur ce point, elle avait raison. « On ne sait jamais. Je deviendrai peut-être un chef expert. J'ouvrirai mon propre service de traiteur, et reines et rois requerront mes services », s'efforça-t-il d'un ton léger.

« Plus d'histoires, Ricardo. » Lillian toussa et son visage se tordit de douleur. « La vie n'est ni une histoire ni un rêve. »

Elle avait raison, pensa-t-il. C'était un cauchemar.

Elle lui fit signe du bout des doigts de se rapprocher pour lui dire quelque chose d'important, quelque chose qu'elle voulait être sûre qu'il entende et comprenne. Même dans la mort, Lillian faisait attention à lui et le conseillait.

Il approcha son oreille de ses lèvres et posa sa main sur la sienne.

« Qu'y a-t-il ? demanda-t-il.

_ Fais attention, Ricardo.

_ Je fais toujours attention.

_ Pas assez. Fais attention à toi. Tu es impulsif. C'est dans ta nature. Fais attention. »

Ricardo se rappela la croyance de Papa qu'on était qui on était et qu'on ne pouvait rien y changer. Il acquiesça et déposa un baiser sur sa joue.

Elle pressa de son pouce la main de Ricardo et se tortilla. « Souviens-toi de moi. Souviens-toi de ma douleur. »

Ricardo caressa son front. Sa douleur était bien la dernière chose dont il souhaitait se souvenir.

« Je t'aime, dit-elle. Merci.

_ Merci à toi aussi.

_ Fais quelque chose pour que personne d'autre n'ait à subir ce que j'ai subi, » dit-elle avec bien plus d'énergie que Ricardo pensait qu'il ne lui en restait. « Fais quelque chose, n'importe quoi, je t'en prie. Tu es un scientifique.

_ Mais je ne suis pas médecin.

_ Mon pauvre amour », dit-elle. Elle ferma les yeux puis murmura : « Aies un peu de compassion.

_ J'en ai, dit-il, quelque peu blessé.

_ Cherche des traitements. Soigne le cancer. Et si non le cancer, d'autres maladies. La cécité. Aide les gens. Promets-le-moi. C'est ce que je souhaite.

_ Repose-toi à présent », dit-il. Il lui caressa le front. Si seulement il *pouvait* aider Lillian, ou même qui que ce soit. Il avait eu beau essayer de concentrer ses recherches sur la médecine, il n'était pas médecin.

Lillian le regarda avec des yeux implorants. « Promets-le-moi, » insista-t-elle.

Ricardo pressa sa main. Était-ce là une promesse ?

Ses sourcils se plissèrent, ses yeux toujours fermés comme si elle regardait en elle-même ; ses épaules se raidirent puis lâchèrent prise.

Ricardo vint mettre sa joue devant la bouche de Lillian pour voir si elle respirait. Il attrapa son poignet à la recherche d'un pouls. Des larmes coulaient le long de ses joues. Il prit sa main molle, sa peau à présent plus de cuir que de chair.

« Je te le promets, » dit-il, trop tard pour qu'elle puisse l'entendre.

Elle ne sentit jamais le doux baiser final qu'il déposa sur ses lèvres desséchées.

Ricardo s'assit près de son corps pendant quelques instants, puis il se leva lentement. L'illusion de l'éternité s'était évaporée. Lillian avait dépassé la douleur, la fin d'un anti-climax.

Il se traina jusqu'à la porte et alla au bureau des infirmières, au bout du couloir. Ses pieds pesaient sur le sol.

« Elle est partie », dit-il à l'infirmière. « Merci d'avoir appelé et de m'avoir dit de venir. Au moins, j'aurai été avec elle dans ses derniers instants. » Mais cela l'avait-il réconfortée ? Et, s'il n'avait pas été là, il n'aurait jamais entendu ses supplications pour qu'il consacre ses recherches aux problèmes médicaux. Il se demanda si elle était morte en pensant qu'il lui avait fait une promesse.

« Je suis tellement navrée, dit l'infirmière.

_ Que dois-je faire ? demanda-t-il à l'infirmière autant qu'à lui-même.

_ Rien pour le moment. L'hôpital vous contactera demain pour les dispositions.

_ Merci. » Il marcha lentement jusqu'à l'ascenseur.

De retour dans sa voiture, Ricardo s'effondra derrière le volant, terrassé par la fatigue et le chagrin. Il revit le film de la maladie de Lillian défiler dans sa tête. Son courage s'était émietté le jour où elle avait ressenti cette grosseur fatidique, mais pas celui de Lillian. Elle avait été forte face au rapport de biopsie, lui terrifié. Il n'avait jamais été aussi courageux qu'elle. Après le faible espoir d'une opération, le bouclier opaque de l'optimisme de Lillian s'était transformé en une vitre transparente à travers laquelle il avait vu son désespoir. Ils avaient finalement tous deux baissé les armes devant le dernier bastion du courage humain : l'acceptation de l'inévitable. Et puis elle était morte. Il y avait moins d'une heure.

Le soleil se levant à l'horizon, il prit le chemin de la maison. Un autre jour commençait.

Chapitre 2

Quand il rentra de l'hôpital, Ricardo retira ses chaussures et se laissa tomber sur le côté gauche de leur lit king-size. Le côté droit était pour le fantôme de Lillian. Il ferma les yeux mais il ne pouvait échapper à l'image fantomatique de Lillian sur son lit de mort. Il détestait que cette image prenne la place du souvenir de la femme qu'il aimait. Il avait voulu vivre tous les instants de leur vie à deux, mais cette fin avait été l'instant de trop. Il entoura de ses bras l'oreiller de Lillian et dormit jusqu'à midi. Après sa tasse de café rituelle, il appela Benjamin Wollberg, un professeur de l'Université du Minnesota, son collègue et ami le plus proche.

« Elle est partie, Benjamin, dit-il d'un ton monotone, luttant pour faire sortir les mots. Lillian est morte dans la nuit.

_ Je suis tellement désolé, Ricardo. Tu étais avec elle ?

_ L'infirmière m'a réveillé vers deux heures du matin et m'a dit que Lillian allait très mal. Elle m'a conseillé de venir. »

Il y eut un silence au bout du combiné.

« Benjamin ? Tu es là ?

_ Ce fut un privilège d'être son ami. » La voix de Benjamin était faible.

« Elle avait l'air paisible quand je l'ai quittée.

_ Est-ce qu'elle a souffert, à la fin ?

_ Elle était shootée à la morphine. Oh mon dieu, Benjamin. C'était horrible. Elle m'a supplié de… » Il perdit la voix.

« Supplié de quoi ? »

Ricardo recouvra son calme. « Rien. Je n'arrive toujours pas à croire qu'elle soit morte.

_ Mattie est à côté de moi. Elle est si triste. »

Lillian avait été très proche de Mattie, la femme de Benjamin, jusqu'à ce qu'elle ait commencé à avoir des enfants. Lillian n'avait fait que des fausses-couches.

« Lillian avait de la chance de t'avoir, Ricardo.

_ Elle voulait des enfants. On aurait dû adopter. C'était ma faute.

_ Ne pense pas à ça…, Ricardo. Elle t'aimait plus que tout. »

Lillian avait fait quatre fausses-couches avant qu'ils arrêtent d'essayer.

Benjamin avait raison. Ce n'était pas sa faute.

Soudain, le cœur de Ricardo s'emballa alors que le petit message sur la porte de la chambre à côté de celle de Lillian lui revenait à l'esprit : « Gué li vit Mami ! ». La perte de leurs bébés avait créé un tel vide dans la vie de Lillian, et lui, qu'avait-il fait ? Rien. Pourquoi avait-il placé son travail au-dessus de tout, et même d'elle ?

Benjamin reprit : « Elle t'aimait, tu sais, elle t'aimait vraiment.

_ Je sais », dit-il.

Après avoir raccroché, Ricardo revit le visage crispé de Lillian et entendit, dans son esprit, sa voix frêle avant de mourir : « ... Soigne le cancer... Aide les gens... Aies un peu de compassion. » Bien sûr que Lillian l'avait supplié de diriger ses recherches vers un remède pour le cancer et autres maladies horribles. Non seulement en souffrait-elle, elle avait aussi été une assistante sociale à forte conscience sociale. Mais lui,

Ricardo, était scientifique et la science était motivée par l'esprit, pas par le cœur. Pourquoi lui avait-elle donc dit d'avoir de la compassion ? Pensait-elle qu'il n'en avait pas ?

Non ! Impossible. Même aussi malade qu'elle était, elle savait que la compassion ne se mesurait pas en projets de recherches. Il avait reçu des récompenses pour ses recherches en génétique sur la dystrophie de Fuch, une pathologie héréditaire et dégénérante qui rendait la cornée opaque et pouvait rendre aveugle, ainsi que pour ses études biochimiques des cataractes du cristallin, qui demeuraient l'une des causes principales de la cécité dans le monde. N'était-ce pas la preuve que ses recherches contribuaient au bien commun et au bien-être du genre humain ? N'était-ce pas là une forme de compassion ?

Il passa le reste de la journée à se morfondre dans la maison. Assis devant sa troisième tasse de café, il feuilletait le *Washington Post* quand un titre lui sauta aux yeux. Le corps législatif du Maryland avait suspendu le financement des arts dans les lycées publics car les contribuables ne voulaient pas voir leur argent « gaspillé en divertissements ».

« Quels idiots », marmonna Ricardo entre ses dents, se disant que les dépenses pour les arts représentaient une somme minuscule sans véritable conséquence. « Pourquoi supprimer les arts ? »

Ricardo regarda au mur le tableau de Papa qui représentait un animal marin. Le père de Ricardo avait gagné sa vie comme boucher, mais il avait adoré peindre et avait toujours eu l'âme d'un artiste. Une fois, Papa avait signé son nom au bas d'un de ses tabliers tâchés de sang et avait appelé cela de « l'art expressionniste ». Il avait souvent découpé la viande en formes amusantes pour le présentoir de sa boutique. Il avait peint à l'huile des créatures marines, réelles et imaginaires, et s'était vanté que ses bestioles inventées étaient des exemples de ce qu'il appelait le « réalisme prématuré », des espèces pas encore découvertes.

Peu importe à quel point une idée est fantaisiste, avait-il coutume de dire, il « y a toujours une part de vérité »

Ricardo n'avait pas pris au sérieux les notions romantiques de Papa, puisque qu'est-ce qu'un boucher pouvait bien connaître aux idées et théories scientifiques complexes ? Cependant, il avait été impressionné par cette idée que ce que l'on imaginait pouvait présager le réel. Depuis qu'il était petit, il rêvait de prévoir l'avenir-même, d'être en tête du peloton. À présent, il prévoyait l'avenir sombre d'un scientifique vieillissant, perdu dans une masse sans visages. Malgré des années de recherches, il n'avait trouvé de remède ou traitement à aucune maladie, et ses publications scientifiques stagnaient dans un bain de promesses vides et se terminaient toutes par « des recherches additionnelles sont nécessaires ».

Pourquoi n'avait-il pas osé chercher de nouveaux principes de vision en étudiant les récepteurs de lumière inhabituels qui le fascinaient, comme ceux de l'*Euglena* unicellulaire ou d'autres protozoaires ? Seule une petite quantité de chercheurs savait que ces spécialisations existaient au sein d'une seule cellule. Quels secrets pouvaient-elles bien cacher ?

Au lieu de cela, il avait cédé sous la pression d'effectuer des recherches orientées vers des objectifs directement liés aux maladies humaines. Il avait rejoint le troupeau, pour ainsi dire, par respect pour sa position prestigieuse et par besoin d'assurer des financements suffisants de la part du gouvernement. Comme son cheminement de carrière semblait différent, il y a des années alors que la route s'étalait devant lui, comparé à maintenant, approchant la fin du voyage. Avait-il, par erreur, pris le gravissement des échelons professionnels pour une exploration audacieuse ?

Ricardo appela sa secrétaire pour lui dire que Lillian était décédée et qu'il ne serait pas de retour avant la semaine suivante. De nombreuses questions nécessitaient son attention, et parmi elles, la crémation de Lillian.

« N'oubliez pas d'en informer Pearl également », dit-il. Il n'avait aucune énergie pour s'occuper de Pearl Witstein, la seule boursière postdoctorale de son laboratoire en déclin.

Plus tard dans l'après-midi, Ricardo eut besoin d'une sieste. Bien que rien n'ait changé dans la chambre depuis que Lillian était partie à l'hôpital trois semaines plus tôt, celle-ci semblait à présent plus vide, comme si Lillian avait emporté, avec elle dans sa mort, tous ses effets personnels. Il n'y avait, sur « l'arbre » en bois sur lequel ils perchaient leurs vêtements pour la nuit, que la chemise qu'il avait portée la veille. Il allait devoir se débarrasser des vêtements de Lillian dans le placard, mais cela pouvait attendre. Devait-il les offrir à ses amies ou simplement en faire don à une association caritative ? Chaque petite décision semblait capitale et épuisante.

Il ouvrit le tiroir du haut de la commode de Lillian et vit le bord d'un morceau de papier, déchiré et jauni par le temps, dépasser de dessous un pull. Il l'en sortit et trouva une courte liste de noms écrits de la main de Lillian. La liste portait l'indication « juste au cas où », avec les noms de Samuel et Devra soulignés. Elle ne lui avait jamais montré cette liste.

Il s'allongea sur le lit pour se reposer. Se sentant gelé après seulement quelques minutes, il alla augmenter la température sur le thermostat situé dans le couloir. Il alluma la télévision alors qu'il traversait le salon et fut accueilli par la voix familière de Randolph Likens, un journaliste en milieu de carrière venimeux et agressivement ambitieux, qui avait lancé le programme d'intérêt public populaire, 'Votre Argent / Votre Santé'.

La voix à la télévision déclara : « Nous sommes rongés par la maladie tandis que les chercheurs baignent dans l'argent des contribuables et promettent des remèdes qu'ils ne livrent pas. »

Baigner dans l'argent des contribuables ? De quoi parlait-il ?

« Nous devons exiger davantage, poursuivit M. Likens. C'est Votre Argent / Votre Santé. » Quand Lillian était en vie, Ricardo avait rejeté Likens comme un fauteur de troubles opportuniste ; mais à présent, il pensait au plaidoyer de Lillian sur son lit de mort pour qu'il aide les autres à ne pas subir son sort. Peut-être Likens avait-il raison. Peut-être Lillian serait-elle toujours avec lui s'il avait pensé davantage comme Likens. Peut-être aurait-il pu sauver de nombreuses vies, lui aussi.

Cette nuit-là, Ricardo se réveilla à trois heures du matin. Il s'assit au bord du lit, voulant sans cesse aller quelque part ou faire quelque chose, mais il n'avait nulle part où aller et rien à faire. Il écouta le faible crépitement de la pluie sur le toit en cuivre du porche. Si Lillian avait été là, il l'aurait poussée à se réveiller et ils seraient allés à la cuisine pour grignoter des noix ou du yaourt, ou encore des céréales ou du chocolat. Quelles merveilleuses nuits que ces nuits passées à grignoter et bavarder, puis à retourner se coucher pour faire l'amour ou rester dans les bras l'un de l'autre, et se laisser couvrir par la chaude couverture du sommeil. Mais tout cela était du passé ; c'était une autre vie. Il se dirigea vers la salle de bain et pris un Valium que son médecin lui avait prescrit pour l'anxiété lorsque Lillian était à l'hôpital. « Ménagez-vous », lui avait dit le médecin. Ricardo avait traduit cela dans la philosophie de Papa : « Accepte qui tu es. » Le Valium l'aida. Il était reconnaissant envers la pharmacologie.

Parfois, Ricardo se réveillait la nuit en rêvant de Papa qui lui disait au loin : « Ce n'est pas juste. » La mort de Lillian n'était assurément pas juste. Mais qu'est-ce qui était juste ? Était-il juste que sa mère soit morte en le mettant au monde ? Était-il juste qu'il ait immigré à Washington, laissant Papa seul à Buenos Aires ? La justice n'avait rien à voir avec cela. Des choses se passaient ; la vie avançait. La malchance n'était que l'image inversée de la chance. Remettait-on jamais en question la justice de la chance ?

Ne pas reprendre la boucherie, alors que c'était ce que Papa voulait, avait été difficile pour Ricardo. C'était toujours douloureux quand il repensait au jour où il avait dit à son père qu'il avait secrètement déposé sa candidature à l'Université George Washington et avait reçu une bourse en tant que doctorant en biologie.

« Eh bien, tant mieux pour toi », avait dit Papa, bien que la tristesse se soit projetée de son air abandonné.

Ricardo, tiraillé par la culpabilité, avait répondu : « Je serai *quelqu'un* quand j'aurai un doctorat. Je deviendrai un professeur célèbre. Tu verras. Tu seras fier. »

« Qu'est-ce qui pourrait me rendre plus fier que je ne le suis déjà, Ricardo ? » avait demandé Papa.

Ricardo n'avait pas dit qu'il voulait gagner le prix Nobel. L'admettre aurait été trop honnête, trop vaniteux, même pour Papa. Alors, il avait dit à la place : « Oh, je ne sais pas, que je réussisse, que je gagne beaucoup d'argent, que je me marie et que j'aie beaucoup d'enfants pour perpétuer nos gènes ? »

Il s'était marié, mais il n'était pas riche. À présent, il était veuf, sans progéniture, orphelin, sans frères et sœurs ni parents. La rapidité avec laquelle la vie changeait, même si, d'une minute à l'autre, elle semblait immobile. La dernière visite que Ricardo avait faite à Papa à Buenos Aires, il y avait déjà une dizaine d'années, ne semblait être qu'hier. Papa, quatre-vingt-cinq ans et en maison de retraite, luttait contre la démence partielle, après avoir subi un accident vasculaire cérébral qui avait rendu la communication avec lui éprouvante et émotionnellement douloureuse. Le quitter avait été la partie la plus difficile.

« Je suis désolé qu'on ne puisse pas rester plus longtemps, Papa », avait déclaré Ricardo le jour où ils s'apprêtaient à rentrer chez eux, de sa voix faussement enjouée.

« Quoi ? Vous restez plus longtemps ?

_ Non, Papa, rectifia Lillian. Nous avons des obligations à la maison. Ricardo doit donner une conférence la semaine prochaine à Philadelphie, et je dois trouver un foyer d'accueil pour deux petites filles.

_ Tu pars déjà, Renya ? Ce n'est pas grave », dit Papa, ce que Ricardo interpréta comme : « Ce n'est pas juste. Ma femme me manque. Je suis toujours seul. Où sont mes petits-enfants ? »

« C'est Lillian, Papa. Ma femme, pas la tienne. Rappelle-toi. »

Papa détourna le regard. « Je suis désolé que tu n'aies jamais eu de frères et sœurs.

_ Mais je t'ai eu toi, Papa, et maintenant j'ai Lillian et notre chien, Tombola. Il est très mignon.

_ Nous, nous avons eu Mulligan », répondit Papa.

Ricardo acquiesça. « Tu te souviens comment Mulligan ronronnait quand je le caressais et puis soudain me griffait sans aucune raison, comme s'il était furieux ? J'ai toujours une cicatrice près de mon pouce gauche pour le prouver. » Ricardo tendit la main.

Mulligan était un chat tigré ordinaire, trop nourri, avec des rayures marron doré comme un tigre miniature, le poitrail blanc et les yeux verts. Enfant, le comportement déconcertant de Mulligan avait fasciné Ricardo. Mulligan reculait devant des ennemis invisibles, traquait des proies inexistantes et disparaissait pendant des heures entières. Parfois, il sautait d'une chaise et se précipitait dans la pièce voisine tel une pierre lancée par une fronde. Souvent, il paradait, l'air satisfait. Il s'installait sur une chaise et faisait sa toilette de sa langue râpeuse en scannant du regard le tapis persan, avec l'allure d'un roi. À d'autres moments, Mulligan avait l'air de s'ennuyer, de déprimer presque, et se glissait sous le canapé du salon où il restait pendant la majeure partie de la journée.

Ricardo avait souvent souhaité pouvoir, lui aussi, se cacher dans un trou. Les animaux semblaient avoir une liberté qu'il désirait ardemment. Enfant, Ricardo était obsédé par ce qui se passait dans la tête de Mulligan, ou de n'importe quel animal d'ailleurs. La préoccupation de Ricardo sur ce que les animaux pensaient et ressentaient n'avait pas changé au fil des ans, et il se demandait souvent ce que cela ferait d'être dans la peau de Tombola ou d'un écureuil s'élançant vers la cime d'un arbre, et les manières mystérieuses de Mulligan lui revenaient toujours à l'esprit chaque fois qu'il voyait un chat.

Tout à coup, Papa sembla plus alerte et dit : « Tu n'es pas un chat, Ricardo. Tu ne peux être que toi-même.

_ Je sais, Papa. Mais ne serait-ce pas incroyable de s'insinuer dans l'esprit d'un autre animal, d'être cet animal, pendant un bref instant ? »

Lillian mit ses bras autour du cou de Papa et le serra contre elle. « Je t'aime, lui dit-elle. Tu as raison. Nous sommes tous coincés avec nous-mêmes. » Elle l'embrassa sur la joue et il mit doucement sa main tremblante derrière la tête de Lillian pour la garder encore un peu près de lui.

Ricardo regarda Papa et Lillian, et se demanda s'il serait possible de découvrir quand et comment la capacité à penser et à ressentir les émotions avait évolué, et comment on pourrait identifier la pensée chez un animal. Les poissons pensaient-ils ? Et les invertébrés ?

« Ta jambe te fait toujours mal ? » demanda Ricardo reportant son attention sur Papa.

« Tout me fait mal, mais je vais bien. Vous partez maintenant ? Allez-y. Je vais dîner dans quelques minutes. »

Il était quatorze heures.

Ricardo regarda les mains flétries de Papa, des mains qui ne pouvaient plus hacher de viande ni tenir un pinceau. Il était inutile d'essayer de discuter de politique ou de littérature, ou de tout autre sujet qui le passionnait autrefois. Ricardo craignait le jour où il serait, lui aussi, ravagé par l'âge. À quoi bon apprendre quelque chose de nouveau si c'était pour l'oublier dans quelques années ? De plus, il détestait l'idée d'être traité comme il traitait Papa, avec condescendance.

Il se regarda dans le miroir croché au mur et vit des rides sur son visage de soixantenaire.

Lillian vint se mettre à côté de lui et lui prit la main. « Embrasse Papa avant de partir. Ça lui fera plaisir. On doit y aller », lui murmura-t-elle.

Ricardo obéit.

« Je t'aime, Papa », dit-il d'une voix forcée, quand il se pencha pour embrasser son père sur le front.

Papa leva la tête et cligna des yeux plusieurs fois.

Ricardo et Lillian lui firent au revoir de la main alors qu'ils quittaient sa chambre. Ils l'entendirent prononcer : « Au revoir, Ricardo. Au revoir, Renya » alors qu'ils traversaient le couloir.

« Tu penses qu'on reviendra bientôt ? » demanda Ricardo. Lillian ne répondit pas. Elle pleurait.

Maintenant que Lillian était morte, c'était au tour de Ricardo de pleurer.

Le lundi suivant, Ricardo reprit le travail. Retournant à son bureau après un déjeuner rapide à la cafétéria, il trouva Marcus

Topping, le directeur du Centre des sciences de la vision, dans le couloir. Le Dr Topping, qui avait dans les quarante-cinq ans, était le directeur de la recherche depuis près de dix ans. Un original arborant des cravates aux couleurs vives en total désaccord avec les chemises colorées qu'il portait sous sa blouse de laboratoire d'un blanc immaculé, il était souvent brusque et impoli, ce qui n'aidait pas à le rendre populaire auprès du personnel. Mais c'était un modèle d'efficacité.

« J'ai été tellement navré d'apprendre pour Lillian, Ricardo. Je voulais venir vous exprimer mes condoléances en personne. » Il mit sa main sur l'épaule de Ricardo. Ricardo n'avait jamais vu cette facette du Dr Topping : chaleureux, expressif, attentionné. La seule autre fois où Marcus l'avait touché, c'était pour lui serrer la main. « Y aura-t-il une messe pour Lillian ? »

« Lillian a été incinérée, répondit Ricardo. Elle ne voulait pas de service commémoratif. »

Marcus hocha la tête. Puis, sur un ton différent, professionnel, il dit : « Nous dépendons de vos excellentes recherches, Ricardo. En fait, j'espérais que lorsque vous vous sentiriez prêt, nous pourrions organiser une conférence ici sur les maladies cornéennes. Quand vous serez prêt, bien entendu. Vous pourriez mettre en évidence vos études sur la dystrophie de Fuch. Ça vous intéresserait ? » Il hésita. « J'ai entendu dire que les recherches de Pearl sur la cornée avancent. Elle pourrait les présenter à la conférence. Faites-moi savoir si vous avez besoin de quoi que ce soit d'autre pour votre laboratoire. »

Ricardo changea d'appui comme s'il essayait de garder l'équilibre. La frontière entre personnel et professionnel semblait soudainement si mince. Il n'avait aucune idée de quel nouvel équipement de laboratoire il pouvait manquer à ce moment précis. Il devait demander à Pearl ce dont elle pouvait avoir besoin, car il n'avait pas l'intention de se lancer dans un nouveau projet de recherche. Et l'idée même d'organiser une conférence lui fit courber les épaules, comme si un lourd fardeau venait de lui tomber dessus. Cela impliquerait des dizaines d'e-mails, d'appels téléphoniques, de réservations d'hôtels, de formulaires bureaucratiques, de préparatifs de voyages, de recherches de fonds, de prises de décisions. C'était plus se positionner que faire de la science. Et quand le jour de la conférence arriverait ? Encore des obligations ! Supporter des présentations décousues, organiser une réception, accueillir des collègues et leurs conjoints venus les accompagner, résoudre les problèmes relatifs à la publication. Il préférait éduquer un autre chien plutôt qu'organiser une conférence.

Comment pouvait-il faire des projets pour l'avenir à présent ? S'en sortir au quotidien était déjà un combat incessant. Il n'était même pas sûr de tout ce qu'il avait à faire maintenant que Lillian était partie. C'était elle qui autrefois payait les factures, nettoyait la maison, préparait les repas, arrosait les plantes – une liste interminable de tâches qu'il n'avait pas encore incorporées dans sa vie. En un mot, Ricardo se sentait perdu. Il aurait eu besoin de se créer une liste de choses à faire et de cocher consciencieusement chaque tâche une fois terminée, comme Lillian l'avait fait. Pour l'instant, il s'accrochait aux conseils que Lillian lui avait donnés quand ils n'étaient encore que de jeunes mariés, et qu'il avait du mal à jongler entre ses recherches fondamentales chéries, motivées par la curiosité, et les pressions continuelles pour se concentrer sur les maladies oculaires afin de répondre aux attentes du Centre des sciences de la vision.

« Tu es intelligent, Ricardo, lui avait dit Lillian. Tu arriveras à prendre une décision. Tu auras le déclic. Tu verras. »

Si seulement c'était si facile. À l'époque, il ne se sentait pas intelligent et, à présent, il n'y avait aucun déclic.

Ricardo regarda le Dr Topping dans les yeux et le remercia. Après quelques minutes à converser légèrement, le Dr Topping s'excusa et retourna à son travail.

Ricardo entra dans son bureau. Il avait toujours savouré ces moments où, assis tranquillement à son bureau, la porte fermée, il lisait des articles dans les dernières revues scientifiques, pensait à de nouvelles expériences et préparait des manuscrits en vue de leur publication. Malgré toutes ses plaintes contre les règlements stupides et la bureaucratie imposés par le Centre des sciences de la vision, il était reconnaissant pour son travail et le soutien qu'il avait reçu, et fier de ses réalisations. Il avait toujours aimé la science par-dessus tout et se sentait à sa place. Mais maintenant, son bureau tranquille ressemblait au cimetière d'une vie passée. Il n'avait qu'une seule envie, pleurer.

Courage, se dit-il en allumant son ordinateur. Il supprima un déluge de courriers indésirables. Une publicité particulièrement agaçante déclarait : « Achetez dès maintenant / Guérissez de votre maladie ». Ridicule, pensa-t-il. Et pourquoi pas « Acheter dès maintenant / Comprenez votre santé » ? Il pensa à Randolph Likens : 'Votre Argent / Votre Santé'. Fini le bon vieux temps où les collègues échangeaient des informations et s'émerveillaient de leurs découvertes, non pas à cause des revenus qu'elles pouvaient générer ou de l'utilisation pratique immédiate qu'on pouvait en faire, mais à cause des nouvelles questions qu'elles soulevaient. Beaucoup d'e-mails de Ricardo étaient en attente d'une réponse : les rédacteurs en chef de trois revues scientifiques voulaient qu'il examine des manuscrits soumis pour publication ; deux scientifiques demandaient des clones d'ADN fabriqués dans son laboratoire (au moins, il pourrait déléguer cela à l'un des techniciens) ; un étudiant, l'encre encore humide sur son diplôme, le voulait comme mentor postdoctoral ; un collègue le harcelait (une fois de plus !) pour qu'il le nomine pour un prix de l'Association de la vision américaine ; et deux anciens boursiers postdoctoraux demandaient des lettres de recommandation. Il avait également des rappels pour la réunion du comité des promotions le lendemain, ainsi que pour une conférence sur l'expression génique à laquelle Ricardo pensait qu'il devrait participer le mois suivant. Il s'imagina pris au piège dans une boîte en verre sans issue, un volcan grondant furieusement à l'intérieur de lui, incapable d'exploser.

Ricardo s'appuya contre le dossier de son fauteuil, son esprit dérivant vers ses rêveries de jeunesse de devenir explorateur et de sillonner la Nature et ses mystères. Il avait été si impressionné la première fois qu'il avait lu la célèbre dernière phrase de *L'Origine des espèces* de Darwin. Quel magnifique mélange de science et de poésie. Il s'en souvenait encore par cœur :

« N'y a-t-il pas une véritable grandeur dans cette manière d'envisager la vie, avec ses puissances diverses attribuées primitivement par le Créateur à un petit nombre de formes, ou même à une seule ? Or, tandis que notre planète, obéissant à la loi fixe de gravitation, continue de tourner dans son orbite, une quantité infinie de belles et admirables formes, sorties d'un commencement si simple, n'ont pas cessé de se développer et se développent encore ! »

Se réciter la phrase de Darwin lui rappela la dernière phrase de sa lettre de motivation pour sa demande d'entrée à l'Université George Washington : « Quiconque a déjà senti un lys, caressé la peau de velours d'une raie, ou regardé une colonie de fourmis au travail, comprendrait mon obsession à consacrer ma vie à la beauté sans fin de la biologie. » Il avait hésité entre écrire « mon obsession » et « mon désir », mais « obsession » lui avait semblé plus véridique à l'époque.

Ricardo peina à travailler de manière régulière au fil des mois. Il consacra la plus grande partie de son temps aux questions administratives et aux réunions de comités, activités qu'il avait toujours esquivées. À présent, elles le tenaient occupé. « Des tâches fastidieuses pour remplir mon tonneau vide », se disait-il. Il essaya de se tenir au courant des progrès de la science mais se sentit découragé par une technologie qui semblait le dépasser. Les quelques séminaires départementaux auxquels il assista ne l'intéressèrent pas, bien qu'il n'ait jamais manqué une seule conférence sur la dystrophie de Fuch, le sujet de recherche de Pearl. Être le mentor de Pearl demandait un certain effort malgré le fait qu'elle poursuivait les propres recherches de Ricardo.

« J'ai l'impression de tourner en rond », déclara Pearl un après-midi alors qu'elle passait en revue ses données avec Ricardo. « Parfois, je vois cette étrange protéine surgir sur mon gel, ce qui suggérerait son implication dans la dystrophie de Fuch. D'autres fois, elle n'y est pas. Parfois, j'ai l'impression que... je ne sais pas... que mes recherches ne vont nulle part. Que devrais-je faire, selon vous ? »

Malgré ses réserves, Ricardo répondit : « Continuez sur cette voie. Vous avez obtenu des résultats intéressants qui attireront les écoles de médecine. Vous avez besoin d'un travail, après tout. »

Pearl soupira et hocha lentement la tête. « Je sais bien. »

Ricardo fut déçu de voir un regard inquiet remplacer le sourire ouvert et enthousiaste qu'elle avait lorsqu'il l'avait embauchée quelques années plus tôt. Il avait initialement encouragé ce projet car il pensait que sa pertinence médicale attirerait des employeurs potentiels. Mais, déjà à l'époque, il savait que ce n'était pas compatible avec la curiosité et la passion de Pearl pour la Nature. La frustration de Pearl apparaissait à présent comme un miroir reflétant sa propre désillusion.

Le temps poursuivit sa marche. Ricardo redoutait tout particulièrement les week-ends. Avec Lillian, ils étaient passés bien trop vite. Ils allaient souvent au cinéma le vendredi ou le samedi soir. Ricardo aimait les histoires de toutes sortes – les documentaires, la fiction, le fantastique. Quand ce n'était pas un film, ils lisaient tranquillement ensemble, partageant des passages et des pensées. De si doux instants... Ils avaient pris pour acquis le fait qu'ils avaient tout l'avenir devant eux pour réaliser leurs rêves.

Au fil des mois, l'esprit de Ricardo s'améliora. Il se mit à faire des promenades paisibles – « des petits voyages », comme il les appelait – une fois le soleil levé. Il se lia d'amitié avec les chiens du quartier ; ils remuaient la queue quand il les approchait avec de petites friandises. Il prêta attention aux jardins de ses voisins et décida qu'il préférait une esthétique plus rustique à un aménagement paysager excessivement taillé. Il inhala l'air frais du matin avec une nouvelle appréciation de ce que signifiait être en vie et commença à accepter l'ironie d'avoir la grandeur de la vie définie par l'inévitabilité de la mort. Il se mit à lire le journal du matin après ses escapades matinales. Il jeta même un œil à la section sur la mode et aux colonnes des potins, deux premières pour lui. Il prit plaisir à apprendre de nouvelles recettes, et les supermarchés devinrent des dépositaires de délices intéressants plutôt que des lieux pour rayer les articles d'une liste. À quelques occasions, il acheta des lys pour le vase en cristal que Benjamin leur avait offert pour leur trentième anniversaire de mariage. Lillian avait toujours privilégié les roses. « Les lys sont jolis », avait-elle admis, puis elle avait éternué et ajouté, « mais ils sentent trop fort ». Il apprécia cette liberté qui lui permettait de succomber à de petites tentations et commença à penser que les rêves passés n'étaient peut-être pas perdus pour toujours. N'était-il pas la même personne, juste un peu plus âgé, un peu plus sage (avec un peu de chance) et un peu plus libre ?

Mais alors que le brouillard de misère de Ricardo s'amincissait, il exposa en même temps le monde turbulent et anti-intellectuel de l'époque. Au cours de ses « petits voyages » matinaux, Ricardo vit, dans les rues, des affiches qui tentaient de soulever la foule pour demander des coupes dans les dépenses publiques consacrées aux arts, à l'éducation et aux sciences fondamentales. Il était monnaie courante de lire « Maintenons une armée forte », « Tuons la maladie » et « Stop au gaspillage scolaire » sur les pancartes et les autocollants pour pare-chocs de voitures. L'une des affiches, bordée de symboles du dollar avec des ailes, représentait le visage de Randolph Likens. Sous sa photo, 'Votre Argent / Votre Santé' était inscrit en caractères gras et noirs sur fond blanc : noir et blanc. Le message n'avait rien d'ambigu. Ces affiches causèrent chez Ricardo bien plus d'inquiétude, quant à l'avenir de la recherche fondamentale, qu'il en avait ressenti par le passé à penser à la mort angoissante de Lillian et à la victoire du cancer.

Randolph Likens : despote ou sauveur ?

Chapitre 3

Un dimanche, six mois après la mort de Lillian, Ricardo se sentit particulièrement seul. Dans ces moments-là, il appelait souvent Benjamin, mais ce week-end en particulier, son ami donnait l'allocution liminaire d'une conférence scientifique et ne pouvait être joint. De toutes manières, entre Mattie, ses enfants et ses petits-enfants, sans mentionner son laboratoire actif qui accueillait de nombreux engagements professionnels, Benjamin avait une vie bien remplie. Ricardo ne souhaitait pas devenir un albatros autour du cou de son ami. Il décida d'aller à son bureau pour y lire des revues scientifiques.

Le bâtiment était désert et un silence déconcertant y régnait. Quand il entra dans son bureau, le tic-tac de la pendule sur la table lui rappela celui d'un métronome donnant le rythme d'une chanson monotone et interminable que personne n'écoutait. Dans le passé, la plupart des boursiers postdoctoraux – en général, toujours au nombre de six – travaillaient le week-end et mettaient un peu d'animation dans le laboratoire. Ricardo laissa échapper un petit rire en voyant, accroché au mur, un tableau de Papa représentant deux créatures abstraites aux airs de méduses avec deux yeux, des oreilles et une large bouche. On aurait dit qu'elles conversaient. « Alors, il s'est passé quoi d'intéressant en mon absence ? » leur demanda Ricardo.

Ricardo passa rapidement en revue la pile de journaux récents posée sur le sol, près de son bureau. L'un d'eux avaient une photo d'ornithorynque en couverture. Comme les recherches qu'il avait effectuées en deuxième cycle portaient sur l'ornithorynque, il sortit le journal de la pile, l'ouvrit à la page de l'article et se mit à lire. Il fut ravi d'y trouver une référence à l'un des quatre articles publiés sur la vision de l'ornithorynque qu'il avait co-écrits avec son mentor, Vincent Salisbury, quand il était étudiant diplômé.

Le Dr Salisbury n'était pas le mentor de Ricardo lorsque celui-ci avait commencé ses études supérieures. C'était Richard Winelly, mais cela avait été de courte durée. Winelly, professeur adjoint enthousiaste et étoile universitaire montante, faisait des recherches sur les patients anémiques et attirait les étudiants diplômés les plus brillants. Il publiait régulièrement dans des revues prestigieuses et semblait être un bon choix pour aider l'ambitieux Ricardo à progresser rapidement dans sa carrière. Il rejoint donc le laboratoire de Winelly ; cependant, il se découragea peu de temps après avoir découvert un gène d'hémoglobine mutant. Winelly était enthousiasmé par la découverte de Ricardo, mais pour accélérer la publication, il avait insisté pour que Ricardo collabore avec un boursier postdoctoral pour effectuer une pluie d'expériences.

L'idée de collaborer sur sa découverte avait menacé Ricardo et transformé ses recherches en une compétition, ce qui ne lui convenait pas. Il ne cessait de penser à l'art de Papa. Que les images abstraites de Papa s'avéraient être un réalisme prématuré ou non, elles demeuraient *ses* expressions de *son* imagination. Cela avait été la première rencontre de Ricardo avec la science compétitive et, bien qu'ambitieux, il s'était demandé s'il voulait se concentrer si intensément sur l'échelle professionnelle.

Le conflit immédiat de Ricardo fut résolu par accident. Un jour, alors qu'il mangeait un sandwich à la dinde, dans la cafétéria, il entendit par hasard un autre élève, qui n'était pas satisfait avec son mentor, parler à un ami. Il entendit l'élève mécontent dire : « Le gars ne fait que radoter au sujet de l'ornithorynque et se plaint que personne ne s'intéresse plus à la beauté et au mystère de la science. Je dois m'occuper de ma carrière, moi. Personne ne se soucie de l'ornithorynque. Je dois m'inquiéter de trouver un emploi et un financement quand j'aurai obtenu mon diplôme. »

Ricardo avait lu un article au sujet du Dr Salisbury et de ses recherches sur l'ornithorynque, dans le rapport annuel du département, et en déduisit correctement que ce devait être la personne dont ils parlaient. Comme les deux étudiants chuchotaient, Ricardo ne comprit que quelques mots ici et là : « ... Ce gars est un vrai fossile... change de mentor... »

Le lendemain, Ricardo s'en fut parler au Dr Salisbury pour changer de mentor. Ricardo se sentit à l'aise dès qu'il entra dans le bureau de Salisbury, qui était dans un désordre incroyable : des articles et des revues empilés au hasard ; un grand poster d'ornithorynque accroché de travers ; une pieuvre en verre perchée sur une petite table dans le coin ; les deux bibliothèques bourrées de livres de biologie et de quelques romans ; et un tapis taché qui recouvrait le sol. Le vieux professeur, derrière son bureau, avait l'air fatigué. Il retira ses lunettes, exposant les rides au coin de ses yeux.

Ricardo et le Dr Salisbury parlèrent, puis parlèrent un peu plus. Quand Salisbury lui fit un exposé saccadé sur l'ornithorynque, ses mots vinrent du cœur. « Il y a si peu de gens qui étudient l'ornithorynque que presque tout ce que l'on trouve est nouveau et passionnant. C'est un lien évolutif entre les reptiles et les mammifères rempli de mystère et d'émerveillement. » Salisbury fit une pause, puis ajouta comme s'il parlait de son propre enfant, « C'est un trésor. »

Lorsque Salisbury avait qualifié l'ornithorynque d'étrange, Ricardo avait entendu « étrange » comme l'une des peintures du réalisme prématuré de Papa. Soudain, le professeur âgé était devenu un esprit familier et l'inattendu ornithorynque brillait maintenant comme un phare dans le brouillard.

Salisbury n'avait rien de Winelly.

Mais il y avait aussi une certaine tristesse qui émanait de Salisbury, un sentiment de rêves brisés qui fit réfléchir Ricardo. Ricardo ne voulait ni emprunter la voie de la facilité qui le mènerait à la médiocrité ni renoncer aux féroces batailles qui menaient à une grande carrière.

Ricardo demanda à Salisbury quel projet lui serait confié s'il devenait son élève, et c'est alors que Ricardo apprit une leçon importante. Il se souvenait, encore aujourd'hui, des mots précis de Salisbury : « L'un des défis les plus importants auxquels un chercheur est confronté est de décider quoi étudier. Je peux être votre mentor, mais pas votre conscience ni votre imagination. Qu'est-ce qui vous enthousiasme, Ricardo ?

C'était la question clé à l'époque, et c'était toujours la question clé aujourd'hui alors que Ricardo était assis seul dans son bureau. Quel projet pourrait bien satisfaire son désir d'aventure longtemps frustré maintenant que Lillian était partie et que son temps s'épuisait ? Alors qu'il réfléchissait à cette question, l'appel de Lillian – consacre tes recherches à aider les autres – ressemblait à une épine sous son ongle qu'il ne pouvait retirer.

Pour Ricardo, Salisbury avait appuyé sur tous les bons boutons en mettant la biologie en avant sans jamais mentionner la carrière. Tout ce qu'il avait dit à propos de l'ornithorynque était fascinant pour Ricardo, même la façon dont cet animal étrange cherchait de petites proies dans l'eau en nageant les yeux fermés, les oreilles et narines recouvertes par des replis de peau.

« Comment trouve-t-il sa nourriture, alors ? avait demandé Ricardo.

_ Ah oui. La biologie est contre-intuitive », avait répondu Salisbury. Et puis il avait expliqué de sa manière excentrique avec des phrases ponctuées : « L'ornithorynque détecte ses proies par réponses du système nerveux dans son bec sensible – le bec de canard – qu'il oscille de droite à gauche en nageant. Ce bec de canard possède des milliers de récepteurs pour détecter les petits champs électriques et les mouvements mécaniques de l'eau. Les signaux électriques atteignent le cerveau en premier, suivis des signaux mécaniques. La différence de temps permet à l'ornithorynque d'évaluer la profondeur à laquelle se trouvent ses victimes. »

Voilà le genre de choses qui enthousiasmait le jeune Ricardo : imprévisible, surprenant et contre-intuitif. Encouragé par l'intérêt de Ricardo, le vieux professeur avait continué à radoter fougueusement. À présent, cinquante ans plus tard, Ricardo écoutait son enregistrement mental de la voix grave et rocailleuse de Salisbury exposant un flot de joyaux de la biologie : « Les animaux voient… mieux encore, ils perçoivent… par toutes sortes de façons invisibles aux humains. Les vipères de mine utilisent les rayons infrarouges pour tracer des images dans leur cerveau, grâce à la différence entre le corps chaud des rongeurs et l'air ambiant plus frais. Les oiseaux et les abeilles perçoivent les champs magnétiques. Certains insectes, les libellules par exemple, voient des choses que nous ne pouvons voir, en utilisant les rayons ultraviolets. Les chouettes effraies localisent une souris dans l'obscurité en calculant la différence de temps que le couinement de la souris prend pour atteindre leurs deux oreilles avec autant de précision qu'un aigle repère un minuscule repas à une grande distance dans une lumière vive à l'aide de ses nombreux photorécepteurs. Les chauves-souris naviguent grâce aux réflexions des signaux émis par leur sonar. Nous sommes tous – hommes et bêtes – désespérément enfermés par nos propres sens. Quand on pense aux yeux, on ne pense qu'à voir les images à notre façon. Et pourtant, les taupes aveugles ont de petits yeux avec des rétines fonctionnelles enfouies sous leur peau épaisse et velue, mais elles ne peuvent pas les utiliser pour voir des images. »

« Quelle est-donc la fonction de leurs rétines ? » Ricardo bouillonnait de curiosité. Tout cela était nouveau pour lui. Quelle Nature merveilleuse !

« On n'en est pas certains , répondit le Dr Salisbury. Les photorécepteurs peuvent réguler la façon dont l'animal perçoit la nuit et le jour – peut-être – en étant sensibles aux faibles variations de lumière qui pénètre leur fourrure et leur peau. Une sorte d'horloge. » Le Dr Salisbury s'arrêta un instant pour reprendre son souffle. « Mon Dieu, la diversité et la complexité des formes vivantes sont infinies. Nous ne savons même pas quoi étudier avant de découvrir quels phénomènes existent. Et chaque fois que nous faisons une découverte en fouillant, c'est ainsi que tant de découvertes importantes sont faites, de nouvelles possibilités se présentent et une nouvelle priorité voit le jour. »

« Une nouvelle priorité voit le jour », murmura Ricardo dans son bureau alors qu'il repensait à ses jours d'étudiant diplômé avec Salisbury. C'est ce dont il avait besoin maintenant : une nouvelle priorité. C'était ça la vie, changer de priorités, s'adapter aux nouvelles circonstances, se recentrer. Il avait besoin de remplir son cœur vide d'un sens renouvelé.

La priorité de Ricardo – son intérêt – quand il avait découvert pour la première fois l'énigmatique ornithorynque, avait été de savoir si un ornithorynque *pensait* en termes de signaux électriques plutôt que d'images. Le Dr Salisbury avait froncé les sourcils et avait eu l'air confus. Ricardo, que son manque de confiance avait fait rougir, s'était excusé d'avoir pensé à haute voix, mais avait tout de même dit : « Je me demande ce que ce serait de ressentir le monde comme un ornithorynque. »

Ricardo n'avait jamais oublié l'expression sur le visage de Salisbury à ce moment-là. Ses yeux s'étaient écarquillés comme si quelqu'un venait d'allumer une bougie dans une grotte sombre, puis il avait esquissé un sourire sans aucune trace de ridicule. Et donc Ricardo, encouragé, lui avait parlé de Mulligan et de comment il avait toujours voulu entrer dans l'esprit de ce chat bizarre, pour ressentir ce que Mulligan pouvait ressentir.

Se rappelant à présent ces jours passés, Ricardo entendit de nouveau la voix du Dr Salisbury : « Quelles questions intéressantes, avait-il dit. Pourquoi n'essayez-vous donc pas de comprendre ce qui se passe dans l'esprit d'un ornithorynque ? Oui, j'adore cette question ! C'est tellement décalé. »

Joindre l'acte à la parole… Quel défi terrifiant ! Ricardo ne savait pas comment déterminer si un ornithorynque « pensait » par des signaux électriques et mécaniques ou par des images, mais Salisbury – quel gentil vieil homme – avait suggéré à Ricardo de commencer par utiliser l'électrophysiologie pour analyser le cerveau des ornithorynques. Il pourrait tester si les régions du cerveau activées en stimulant le bec de canard étaient identiques ou différentes des régions du cerveau activées lorsque la créature voyait un objet avec ses yeux.

« Excellente idée », avait reconnu Ricardo.

Leur conversation initiale ne s'était pas limitée à l'ornithorynque. Ils avaient échangé des réflexions sur l'impossibilité de la connaissance absolue, le rôle de la narration dans la science, la relation entre l'art et la science, ce qui constituait le courage dans la recherche fondamentale, la différence de personnalités entre les chercheurs de base et les chercheurs orientés vers les objectifs, et les obligations sociales d'un chercheur. Ils étaient étonnamment sur la même longueur d'onde pour la plupart des sujets.

Le lendemain, Ricardo avait dit à Winelly qu'il allait quitter son laboratoire pour celui de Salisbury. Cela avait peu impressionné Winelly, qui avait immédiatement remplacé Ricardo par un autre élève.

Comme Salisbury l'avait suggéré, Ricardo cartographia les régions cérébrales de l'ornithorynque qui étaient activées par la stimulation du bec de canard et celles qui étaient activées par la vision. Malgré le chevauchement des régions cérébrales activées, il ne fut pas en mesure de fournir beaucoup d'informations sur la façon dont un ornithorynque « pensait », même s'il examina le problème dans la section « Discussion » de sa thèse. Il publia ses résultats, ce qui lui permit de créer son propre laboratoire au Centre des sciences de la vision.

Maintenant, presque cinquante ans plus tard, Salisbury et Lillian étaient morts, et ni Ricardo ni personne d'autre ne savait encore ce qui se passait dans l'esprit d'un ornithorynque, ou de tout autre animal. Toujours assis à son bureau, il ferma les yeux un instant et se demanda si un ornithorynque voyait une image lorsque son bec de canard était stimulé, ou si un poisson pensait à quelque chose alors qu'il se déplaçait gracieusement dans l'eau. Puis, les pitreries de Mulligan lui revinrent à l'esprit.

Le bruit du tonnerre lointain arracha Ricardo de sa torpeur et ses questions se cristallisèrent. La capacité de penser n'aurait pas pu évoluer en une seule étape. Quelle était l'histoire évolutive de la pensée ? Quelle espèce avait d'abord pensé et en quoi cette « pensée » différait-elle exactement d'une action réflexive ? Il se demanda à quoi aurait ressemblé sa carrière s'il avait poursuivi ses recherches sur l'évolution de la pensée. Il se gratta la tête et regarda avec une certaine fierté les nombreux certificats et distinctions honorifiques encadrés au mur. Des boursiers postdoctoraux du monde entier avaient posé leur candidature à son laboratoire, et la plupart des rares chanceux qu'il avait sélectionnés avaient occupé des postes scientifiques de premier plan dans le monde universitaire et l'industrie. Il avait de nombreuses raisons d'être satisfait, même fier de ces distinctions. Mais il manquait quelque chose. Quel était ce vide qui n'était pas comblé ?

La tombée de la nuit approchant, Ricardo avala quelques bonbons pour calmer sa faim. Son esprit dériva vers l'aquarium de Baltimore qu'ils avaient visité, Lillian et lui, quelques années après leur mariage, et à quel point il avait été hypnotisé par les méduses lunaires. « Regarde, elles sont amies », avait-il dit à propos de deux méduses qui étaient proches l'une de l'autre. « Amoureuses », l'avait-elle corrigé, puis elle lui avait fait un bisou sur la joue et dit : « T'es mignon. »

Ne serait-ce pas quelque chose si elles s'attiraient, pensait-il à présent. Il se souvenait avoir protesté lorsque Lillian avait qualifié les méduses de primitives parce qu'elles remontaient à l'antiquité. « Au contraire, Lillian, avait-il dit. Les méduses existent depuis sept ou huit cents millions d'années, elles peuvent donc être plus sophistiquées que les espèces qui ont évolué plus récemment. Qui sait ? »

Oui, qui savait, se répéta-t-il dans la pénombre de son bureau.

Chapitre 4

Deux semaines plus tard, Benjamin appela Ricardo pour lui dire qu'il avait décidé d'accompagner Mattie à Washington pour visiter l'exposition Mark Rothko à la Galerie nationale, pendant qu'elle assisterait à un atelier sur la graphoanalyse. Mattie pensait que l'on pouvait déceler le caractère d'une personne grâce à son écriture. Benjamin pensait que c'étaient des foutaises jusqu'à ce qu'elle analyse son écriture et qu'elle lui montre une personne ambitieuse avec des objectifs élevés et une excellente mémoire.

« Et elle sait ça comment ? demanda Ricardo à Benjamin au téléphone.

_ C'est la ligne horizontale qui traverse les t et le point sur les i. Les barres de mes t sont longues et près du haut de la ligne verticale, ce qui montre apparemment de l'enthousiasme et une orientation vers le but. Je fais les points juste au-dessus de mes i et près de la ligne verticale, ce qui indique une attention aux détails. C'est du moins ce que dit Mattie.

_ Et t'y crois ?

_ Eh bien, je suis enthousiaste et orienté vers les objectifs, j'ai une bonne mémoire et je suis attentif aux détails. » Benjamin n'était pas l'homme le plus modeste.

« D'accord. Moi, je croise souvent mes t avec de longs traits horizontaux au-dessus de la ligne verticale et je ne vise jamais juste quand je mets le point sur mes i.

_ Mon dieu, elle a peut-être raison après tout, déclara Benjamin.

_ Pourquoi ?

_ Si je me souviens bien des règles, ça fait de toi un rêveur enthousiaste qui ne se soucie pas des détails. J'dirais que c'est plutôt exact. Et les boucles sur tes s ? Sont-elles hautes ou basses ?

_ Attends, j'vais en écrire quelques-uns. » Ricardo écrivit quelques s sur un morceau de papier brouillon. « J'en ai trois basses et une un peu plus haut.

_ Hm. Si je me souviens bien, la boucle basse dénote la créativité et l'imagination, et la boucle haute dénote la capacité de pensée abstraite. Je pense qu'elle t'a totalement cerné !

_ C'est intéressant de voir comment nous pensons que les interprétations correspondent à nos attentes ou à nos souhaits », déclara Ricardo.

Benjamin rit. Ils décidèrent que c'était assez de spéculations d'amateurs sur un sujet que ni l'un ni l'autre ne connaissait bien. Ils avaient prévu de se retrouver pour le déjeuner le lendemain au Silver Diner, un restaurant du coin qu'ils fréquentaient depuis de nombreuses années. Ricardo arriva tôt et commanda un Coca Light. Lorsque Benjamin entra dans le restaurant, dix minutes plus tard, son élégance raffinée rappela à Ricardo la première fois qu'ils s'étaient rencontrés, il y avait près de quarante ans à la Société américaine pour la recherche oculaire. La confiance tranquille et le port majestueux de Benjamin avaient mis Ricardo, trapu et chauve, mal à l'aise.

Benjamin prit Ricardo dans ses bras. « Je suis si content de te voir. Ça me rappelle le bon vieux temps. »

« Moi aussi. C'est peut-être l'intemporel Silver Diner. »

Que ce soit le Silver Diner, la mort de Lillian, ou tout simplement l'âge, Ricardo et Benjamin étaient tous deux d'humeur nostalgique et ils se mirent à échanger un flot de souvenirs. Ils se taquinèrent avec les ravages que le temps avait fait sur leur corps, bien qu'à l'exception de ses cheveux gris argenté, Benjamin n'avait remarquablement pas changé. Ils évoquèrent les discours qu'ils avaient prononcés lors du symposium où ils s'étaient rencontrés pour la première fois.

« Le tien était un modèle de clarté », déclara Ricardo avant de remercier Benjamin pour la quantité de biophysique et de savoir-faire technique qu'il avait apprise grâce à lui.

Benjamin lui rendit la pareille. « T'écouter était comme respirer l'air frais des montagnes, lui dit-il. Ton discours sur la façon dont un ornithorynque voit avec son bec était de toute beauté. »

Ils s'accordèrent sur la manière dont ils s'étaient complétés l'un l'autre au fil des ans. Ricardo avait toujours été inondé d'idées, d'idées merveilleuses, et Benjamin s'était nourri de l'enthousiasme et de l'imagination de Ricardo. Ricardo avait envié les compétences de Benjamin avec la technologie, chose inestimable pour lui. L'esprit de Ricardo coulait comme de la poésie, tandis que celui de Benjamin cliquetait comme une machine. Ils étaient faits pour s'entendre tels une clé et une serrure.

Ricardo et Benjamin avaient également un bon rapport personnel. Ils étaient tous deux immigrants. Ils n'avaient ni frères ni sœurs, et avaient tous deux eu un père qui aurait voulu qu'ils reprennent l'entreprise familiale. Pour Ricardo, c'était la boucherie de Buenos Aires ; pour Benjamin, c'était une entreprise de batteries pour voitures électriques à Tel-Aviv. Tous deux avaient poursuivi leurs rêves de carrières scientifiques et regrettaient d'avoir déçu leur père.

« Eh bien, on en a passé de bons moments ensemble, pas vrai ? » déclara Benjamin en posant sa main sur le bras de Ricardo. Ricardo acquiesça et sourit, mais l'image de Lillian lui traversa l'esprit et il se sentit un peu perdu.

« Qu'est-ce que ce sera, messieurs ? demanda le serveur, tirant les deux amis de leur nostalgie. J'ai de la soupe de cactus en plat du jour. »

Benjamin eut l'air surpris. « De la soupe de cactus ? Vraiment ? Quel genre de cactus ? »

« Je n'en ai aucune idée. C'est une création du chef. »

Ricardo commanda un sandwich à la dinde et Benjamin la soupe. « Je me demande si cette soupe est vraiment faite à base de cactus », songea Benjamin. Ricardo demanda à Benjamin ce qui le préoccupait autant, et c'est à ce moment-là que Benjamin lui révéla son expérience dans l'armée israélienne, ce dont il n'avait jamais parlé auparavant.

« J'avais dix-neuf ans et j'étais posté en Cisjordanie, dit-il. Nous étions enfin parvenus à une sorte de paix temporaire avec les Palestiniens. Je m'ennuyais alors, pour m'occuper, j'ai commencé à faire une liste des animaux sauvages que je voyais. Des chauves-souris, des rongeurs, des serpents. Ensuite, je me suis intéressé au figuier de Barbarie, qu'on appelle aussi *Opuntia*. Il est connu pour sa chair sucrée. On ne peut pas juger un livre avant de l'avoir ouvert. »

Ricardo acquiesça d'un signe de tête.

« Mais c'étaient les épines pointues du cactus qui m'intéressaient le plus. Chaque fois qu'une épine me piquait, ça faisait vraiment, vraiment mal…

_ Et en quoi est-ce bizarre ? Elle contenait probablement des toxines pour empêcher les animaux de manger la plante.

_ Oui, en théorie, convint Benjamin, mais quand la douleur se dissipait, je me sentais alerte... vivant... c'est difficile à décrire... comme connecté aux gens et même aux objets. C'était étrange.

_ Je pense avoir lu quelque part que certains cactus contiennent des stupéfiants, expliqua Ricardo.

_ C'est exact. Certains cactus contiennent de la mescaline. Et donc, après avoir quitté l'armée, j'ai pu me procurer de la mescaline et la tester. J'ai aussi essayé l'herbe, le LSD et la cocaïne.

_ En fait, t'es un petit drogué. Je le savais !

_ Pas tout à fait. » La voix de Benjamin baissa d'un cran. « Le sentiment juste après m'être piqué avec une épine de cactus était beaucoup plus personnel que tout sentiment que j'aie pu ressentir avec ces stupéfiants. Ça m'a rappelé comment la douleur cinglante des fessées que mon père me donnait était immédiatement suivie d'un câlin. C'est fou, tu ne trouves pas ? »

Ricardo ne pouvait rien dire à ce sujet ; il n'avait jamais eu de fessée. Parfois, il aurait souhaité en avoir reçue. Peut-être se serait-il senti moins coupable d'avoir abandonné son père.

Benjamin était parti sur sa lancée. « Après avoir été piqué, je parlais librement à mes camarades de tout ce qui me traversait l'esprit. Je remarquais des détails tels que la manière dont une chemise avait été tissée, les rayures très fines sur le dessus des tables, ou des taches sur le sol que je n'aurais jamais vues en temps normal. J'ai persuadé l'un de mes copains de l'armée de faire le « trip du cactus » – c'était comme ça que je l'appelais – pour voir si ça affectait les autres de la même manière. Il se trouve que j'étais pas le seul à réagir de cette façon. Le « trip du cactus » a fait fureur dans la caserne. Les soldats se sont piqués eux-mêmes et même les uns les autres. Ils ont eu des conversations plus intimes, se sont révélé des secrets et ont lié de nouvelles amitiés. Mais personne n'a jamais dérapé. Ils étaient juste très attentifs et proches les uns des autres.

_ Alors tu penses que ces épines de cactus ont un stimulant différent des drogues psychédéliques habituelles ?

_ Absolument ! C'est quelque chose de nouveau et de différent. Ce n'est pas hallucinogène. Je suis convaincu que cela exploite un compartiment fonctionnel inexploré dans notre cerveau. Et bien que ce soit juste une supposition, je pense que cela peut être important d'une manière ou d'une autre pour le traitement des problèmes psychiatriques. » Les yeux de Benjamin s'éclaircirent d'une manière que Ricardo n'avait jamais vue auparavant.

Benjamin cessa brusquement de parler comme s'il avait été surpris en train de faire une chose illicite. « Désolé, Ricardo. Je me suis laissé emporter. »

« Incroyable, Benjamin. Tu ne m'avais jamais rien dit de tout cela. » Ricardo était impressionné, mais pour la première fois dans leur longue amitié, il se sentait exclu de quelque chose d'important dans la vie de Benjamin. « Et t'as essayé de suivre cette piste de quelque manière que ce soit ? »

Benjamin secoua la tête. « Pas vraiment », dit-il prudemment, mais il continua d'une voix contrôlée. « Eh bien, en fait, si, un peu, le soir et le week-end quand j'ai le temps. J'ai rapporté un tas de cladodes d'*Opuntia* avec moi quand j'ai quitté l'Israël pour venir aux États-Unis, et je les ai gardées congelées pendant des années pour essayer de comprendre ce qu'il y a dans ces épines et comment ça affecte le cerveau. »

Ricardo, toujours blessé par le fait que Benjamin ne lui avait jamais parlé du cactus, demanda : « J'y crois pas ! Comment t'as fait pour qu'elles passent la douane ? Je pensais qu'aucune matière biologique n'était autorisée à entrer dans ce pays.

_ J'ai dit au douanier que le sac fermé était rempli d'objets sentimentaux de mon enfance pour me rappeler l'Israël.

_ Et il t'a cru ?

_ Il avait l'air sceptique, alors je me suis porté volontaire pour ouvrir le sac, mais j'avais fait tant de nœuds pour le fermer qu'il ne pensait pas que cela en valait la peine. J'avais compté là-dessus.

_ Futé ! » s'exclama Ricardo.

Benjamin était rusé.

« Je suppose qu'il m'a juste pris pour un étranger ordinaire. Il m'a souhaité bonne chance dans ma nouvelle vie aux États-Unis. »

« Hein », fit Ricardo, sans même envisager la possibilité que le sac de Benjamin, rempli de cactus, deviendrait l'un des maillons de la chaîne d'événements qui façonneraient l'histoire et que l'avenir se cachait dans des détails ordinaires.

PARTIE II

Chapitre 5

Le premier anniversaire de mariage de Ricardo – ce serait leur quarante-et-unième – après la mort de Lillian, tomba un dimanche, rendant ce week-end particulièrement solitaire. Il avait prévu d'aller au cinéma avec son voisin, mais celui-ci avait annulé à cause d'un mauvais rhume. Ricardo ne voulait pas y aller seul. Faire les choses seul lui faisait penser à Lillian encore plus que rester à la maison. Il se sentait également gêné de se rendre à des événements auxquels la plupart des gens assistaient en famille ou entre amis. Ce dimanche après-midi-là, il sortit donc faire une brève promenade et passa la soirée à faire des va-et-vient sans relâche d'une pièce à l'autre. Lillian et lui avaient toujours célébré leur anniversaire chez Leo's, un restaurant du coin célèbre pour son pain frais et ses desserts coupables. Bien que légèrement en surpoids, il s'était toujours autorisé des écarts pour leur anniversaire. À présent, sans Lillian, il n'avait même plus d'appétit pour dîner.

« Tiens », marmonna-t-il, le soir, en sortant de sa bibliothèque un livre qu'il n'avait jamais eu le temps de lire, sur une étude de la vision chez les invertébrés. Il le posa sur la table à côté d'une photo de Lillian, jeune et en tenue de sport. Son sourire irrépressible qui transpirait la santé le fit soudain se sentir paresseux et en surpoids. Il fit un feu de bois dans la cheminée, alluma la petite lampe à côté de la photo et s'assit dans son fauteuil préféré qu'ils avaient acheté peu de temps après leur mariage. Il en aimait le cuir usé.

« Il est temps de découvrir quelque chose de nouveau », déclara Ricardo à la photo de Lillian avant d'ouvrir le livre. Elle avait toujours aimé se lancer dans de nouvelles choses – voyager dans des endroits où ils n'étaient jamais allés, manger de la nourriture qu'ils n'avaient jamais goûtée, apprendre des expressions dans des langues étrangères. Il survola les premiers chapitres qui étaient remplis de diagrammes et de schémas de classification. Un certain nombre de chapitres étaient consacrés aux yeux à facettes des insectes, en particulier ceux de la célèbre mouche des fruits, *Drosophila*. À force de tourner les pages, il commença à somnoler, puis s'assoupit. Lorsque les bûches ne furent plus que des cendres, il se réveilla frigorifié, remis du bois dans la cheminée et retourna à son livre.

Et puis, vint le grand moment. Il ne vint pas annoncé par des trompettes ou une fanfare, mais seulement par une page tournée discrètement au chapitre sur les Cnidaires, les invertébrés qui comprenaient les coraux, les anémones de mer et les méduses.

Voir ces images de méduses ramena Ricardo à ce dimanche après-midi, plusieurs années auparavant, à l'aquarium de Baltimore. « Incroyable ! » s'exclama Ricardo en voyant le schéma de l'œil de la méduse dans le livre. Un œil ! Il tourna la tête vers la photo de Lillian et lui demanda : « T'y crois, toi, que les méduses ont des yeux ? » Se demandant si Lillian aurait été aussi étonnée que lui, il répondit à haute voix : « Oui, elle y aurait cru. »

L'œil de la méduse avait une grande lentille cellulaire pour transmettre la lumière, une rétine avec des photorécepteurs et un pigment noir dans le fond pour réduire la diffusion de la lumière. Cela ressemblait à une variation de l'œil humain, sauf que la cornée devant le cristallin était réduite à une seule couche de cellules. Bien qu'il ait étudié les yeux pendant près d'un demi-siècle, il ne savait pas que les méduses avaient des yeux. Il doutait également que l'un de ses collègues le sache, bien qu'il ait lu dans le livre que l'œil des méduses avait déjà été décrit au XIXe siècle. Il sourit à l'ironie d'un spécialiste de la vision ne sachant pas que les méduses avaient des yeux. Il regarda de nouveau la photo de Lillian et dit : « Je suppose que nous vivons tous dans la boîte noire proverbiale de l'ignorance. »

Il eut soudain envie de sortir de cette boîte.

Les images du livre montraient un grand œil et un petit œil de méduse situés à angle droit, l'un par rapport à l'autre. Ces yeux sophistiqués étaient logés dans des structures spécialisées appelées rhopalies. Les espèces de méduses décrites dans le livre avaient quatre rhopalies espacées de manière égale autour de leur corps cuboïde, que l'on appelait « cloche », ce que Ricardo trouvait étrange pour une structure aussi silencieuse et non musicale. Ainsi, chaque méduse avait huit yeux complexes. Chaque rhopalie était suspendue à une sorte de tige et confortablement nichée dans une cavité ouverte et exposée à l'eau de mer. Les méduses voyaient donc tout autour d'elles, ainsi qu'au-dessus et en-dessous, simultanément. Leur vision était beaucoup plus englobante que celle des poissons et autres vertébrés, y compris celle des humains, et remarquablement adaptée à la niche liquide tridimensionnelle des méduses. En plus des yeux, chaque rhopalie comprenait un organe d'équilibrage, un statocyste, que les méduses utilisaient pour s'orienter lorsqu'elles nageaient.

Ricardo était émerveillé de voir comment les méduses compressaient toute la complexité de la vision et de l'orientation dans de minuscules rhopalies d'à peine deux centièmes de pouce de long. L'œil de la méduse semblait bien plus qu'un tremplin évolutif sur le chemin de l'œil humain. Il était déjà très évolué. Les méduses, souvent considérées comme de simples nuisances, étaient de remarquables créatures visuelles. Et dire qu'en anglais, on les appelait erronément *jellyfish* – poissons-gelées. De la gelée ! Un truc sucré qu'on étalait sur du pain grillé. Et elles n'étaient certainement pas des poissons.

Ricardo peinait à croire que des yeux aussi complexes existaient chez les méduses, elles qui étaient presque les égales des humbles éponges de mer. Bien sûr, il était possible que les méduses n'aient pas eu d'yeux pendant une grande partie de leur histoire et que les yeux soient le résultat d'une évolution relativement récente. Si tel était le cas, les yeux humains pourraient avoir fait un saut évolutif beaucoup plus court qu'on ne l'imaginait, par rapport aux yeux des méduses. Mais quand même, les méduses et les humains étaient si différents. La distance évolutive pourrait être illusoire, pensa-t-il, et ce qui semblait éloigné était peut-être beaucoup plus proche des humains et de la médecine que ce que l'on pensait. Quelle ironie si les méduses pouvaient lui en apprendre davantage sur les maladies oculaires que les rongeurs et autres mammifères de recherche couramment utilisés ? La requête de Lillian, pour qu'il se consacre à la recherche médicale, et son désir de recherche fondamentale motivée par la curiosité le tiraillaient, luttant l'une contre l'autre dans sa poitrine.

L'émerveillement de Ricardo face à l'univers mystérieux de la vision des méduses, lui rappela son enthousiasme lorsqu'il avait entendu parler pour la première fois de l'ornithorynque. L'idée de sonder les zones d'ombres de la connaissance humaine pour y trouver un trésor camouflé piquait sa curiosité et le faisait se sentir à nouveau important. Les méduses ont des yeux ! Lord Byron, son poète intérieur, se heurta à Louis

Pasteur, son moi analytique, et ils fusionnèrent : il voyait les méduses comme un poème et leurs yeux comme un laboratoire.

Il voyait dans les méduses un avenir, une histoire à développer. Benjamin avait ses cactus ; pourquoi ne pouvait-il pas avoir ses méduses ? Dans ce moment de découverte, Ricardo cessa de se sentir comme du bois flottant passivement en aval ; il se vit plutôt traverser un torrent, sautant de façon précaire de rocher en rocher. L'œil de la méduse était l'un de ces rochers. L'excitation submergea sa dépression. Il voulait ouvrir le couvercle de cette boîte noire. Il avait oublié l'avertissement de Lillian d'être prudent et de freiner sa nature impulsive.

Chapitre 6

Après avoir pris un long petit-déjeuner et s'être plongé dans des éditoriaux du *New York Times* sur les maladies et les coupes de budget dans la recherche fondamentale, Ricardo arriva au bureau plus tard que d'habitude. C'était le lundi suivant sa découverte des yeux des méduses. Il y avait une nouvelle épidémie d'infection respiratoire potentiellement mortelle, une mutation du virus de la grippe au Texas et dans l'Oklahoma. L'éditorial soulignait qu'il s'agissait de la septième nouvelle épidémie au cours des quatre derniers mois aux États-Unis. Les scientifiques étaient déconcertés. La distribution géographique de ses foyers était si diversifiée qu'il était improbable que les mêmes toxines environnementales en soient la cause.

Ce fut l'article syndiqué de Randolph Likens qui dérangea le plus Ricardo. Likens, qui était de plus en plus véhément contre le détournement de l'argent des contribuables au profit des universitaires, s'interrogeait maintenant sur la pertinence d'étudier l'évolution pour traiter les maladies actuelles. Il avait écrit : « Est-ce vraiment important de savoir comment les escargots sont liés aux palourdes ou les serpents aux oiseaux ? Ces projets de recherche ésotériques sont-ils la meilleure utilisation de l'argent des contribuables durement gagné ? Comment ces dépenses au titre de la recherche nous protègent-elles contre les maladies mortelles qui surgissent de tous côtés ? »

Ricardo était furieux. Comment pouvait-on, de nos jours, ne pas comprendre que l'évolution dépendait de mutations et que les mutations affectaient à la fois la résistance aux maladies – la drépanocytose en était l'exemple classique – et la déclaration de nouvelles maladies microbiennes ?

Ricardo était de mauvaise humeur quand il arriva au bureau pour discuter avec Pearl de son projet de recherche.

« Tout va bien ? » lui demanda-t-elle, sentant son irritabilité.

« Oui. Non. Vous avez lu l'un des articles ridicules de ce journaliste, Likens ? Il fait des études sur l'évolution sans avoir aucune connaissance en biologie. »

Pearl écouta Ricardo de son air sérieux, puis elle lui lança l'un de ses sourires ravissants. Elle aurait pu charmer un lézard. Ils passèrent en revue ses expériences, qui étaient conçues pour détecter l'apparition de nouvelles protéines dans les cornées d'un patient décédé atteint de dystrophie de Fuch. Il y avait bien de petites indications qu'elle avait des résultats intéressants, mais il y avait encore beaucoup de travail à faire. Le passage des résultats de recherche à la pertinence clinique était ardu. Ricardo estimait pourtant qu'il était nécessaire que les recherches de Pearl aient une orientation médicale, afin de lui faciliter l'obtention d'un emploi lorsqu'elle quitterait son laboratoire. Comme il n'était pas médecin, il avait du mal à trouver la meilleure façon d'orienter ses recherches vers le côté clinique.

Cependant, son plus gros problème, à l'heure actuelle, était que des images de méduses continuaient de s'introduire dans son esprit. Que voyaient les méduses ? Pourquoi avaient-elles des yeux si sophistiqués ? Il regarda, sur le mur de son bureau encombré, les méduses que Papa avait peintes et il se sentit soudain restreint. Il en avait assez que la science soit strictement une expérience intellectuelle. Il aspirait à une connexion physique avec la Nature. Puis, le téléphone sonna.

« Ricardo, bonjour. Marcus à l'appareil. Vous avez une minute ? Je voudrais vous parler de l'évaluation du laboratoire de la semaine prochaine.

_ Il y a un problème ? demanda Ricardo.

_ Non, rien de tel. Vous pouvez venir dans mon bureau ?

_ Là maintenant ? Je suis avec Pearl pour discuter de ses recherches. Je passe vous voir dès que possible. » Marcus Topping n'était vraiment pas ce dont Ricardo avait besoin, mais il irait à son bureau immédiatement après son entretien avec Pearl.

Peut-être était-ce les multiples tasses de café qu'il avait bues ce matin-là ou ses douleurs de dos, mais Ricardo avait peu de patience pour parler gentiment au Dr Topping. La voix de Marcus au téléphone était loin du ton consolant qu'il avait utilisé au lendemain de la mort de Lillian. Qu'en était-il de la conférence qu'il avait promise à Ricardo ce jour-là ? Rien. Aucune autre conférence n'avait été mentionnée et sa demande d'un nouveau séquenceur d'ADN avait été rejetée en raison de fonds insuffisants. « J'adorerais vous dire oui, Ricardo, mais c'est cette fichue économie », avait déclaré Marcus. C'était peut-être pour le mieux. Ricardo n'avait eu ni l'énergie ni le désir de se lancer dans l'administration d'une conférence, et il ne se souciait aucunement de recevoir de nouveaux équipements. Tout ce qui était lié à ses recherches au Centre des sciences de la vision lui semblait oppressant.

« Bonjour. Je suis ici pour voir le Dr Topping », annonça Ricardo à la secrétaire à son arrivée au bureau. Elle continua de taper sur son clavier, l'ignorant. Environ quinze longues secondes plus tard, elle lui dit : « Asseyez-vous, Dr Sztein. Le Dr Topping sera à vous dans un instant. »

Ricardo s'enfonça dans le fauteuil moelleux et reposa son dos endolori. Il regarda sa montre : 11 h 10. On aurait dit qu'il était plus tard, comme si la journée s'échappait. Il vérifia ses e-mails sur son téléphone portable. Rien de nouveau. Ricardo attrapa le tout dernier magazine *Science* sur la table basse. Ses pages intactes n'avaient pas encore été tournées, contrairement aux journaux de son bureau, dont les pages étaient cornées et tachées de café. Un bref rapport sur un trou noir capta son intérêt. L'astronomie était pour lui une leçon d'humilité, aussi impossible à saisir que l'infini ou l'éternité. Elle le faisait se sentir insignifiant, comme chaque fois qu'il réfléchissait à l'immensité de l'évolution. Il se demanda si la Terre et toutes ses merveilles seraient un jour aspirées par un trou noir.

11 h 20.

« Le Dr Topping est-il en réunion ? Il m'a demandé de venir tout de suite. » Ricardo essaya de contrôler sa colère grandissante tandis que la secrétaire continuait de taper.

« Il sera bientôt de retour », répondit-elle, sans jamais quitter son écran d'ordinateur du regard.

Ricardo grommela. Elle leva soudain les yeux et lui sourit. « Désolée. Le Dr Topping est très occupé aujourd'hui. C'est à cause de l'évaluation qui approche. »

Ricardo soupira pour la contenter. « Je comprends », dit-il sans le penser. Il regarda les photos de la résidence d'été de Marcus dans le Wyoming, affichées sur les murs à l'extérieur de son bureau. Elle était somptueuse selon les critères de Ricardo. Puis, il attrapa le *Washington Post* sur la table basse. Il tourna les pages jusqu'à la rubrique nécrologique, ce qu'il faisait régulièrement depuis la mort de Lillian, accordant une attention particulière à l'âge du défunt, la cause du décès et qui le *Post* choisissait de faire figurer. Ricardo ne pouvait s'empêcher de comparer la vie de ces inconnus morts à la sienne. Cette comparaison le déprimait souvent. Il vit un avis de décès intitulé :

« Sir William Smiling, prix Nobel, mort à 71 ans. »

Ricardo avait 71 ans.

Après avoir parcouru les nombreuses réalisations de Sir William, éminent scientifique australien, son regard glissa au bas de la page où étaient répertoriées, en plus petits caractères, les âmes moins majestueuses ayant à présent quitté ce monde. Au début, il pensa avoir mal lu, mais après une lecture plus approfondie, Ricardo confirma ce qu'il avait initialement compris :

« Le Dr Frank Miles, 83 ans, est décédé des suites d'un AVC. Le Dr Miles, chercheur à l'Institut Rockefeller depuis quarante-trois ans, laisse derrière lui sa femme de cinquante ans, Martha, deux fils, Adrian et Todd, une fille, Elizabeth Randall, et six petits-enfants. »

Le célèbre Frank Miles était mort ? Le pionnier de la biophysique quantique ? Ses recherches avaient apporté de nombreuses informations sur les réseaux de communication au sein des cellules. Ricardo n'avait jamais compris pourquoi Miles n'avait pas été mieux reconnu. Peut-être avait-il ébouriffé trop de plumes. Ricardo pensa à sa propre abrasivité en certaines occasions et craint qu'il ait parfois semblé arrogant, bien qu'il n'en ait jamais eu l'intention. Ou peut-être que si ?

Smiling et Miles étaient deux géants dans le domaine, bien que l'un ait eu droit à une large police d'écriture et l'autre à une petite. Il semblait que leur importance était une décision éditoriale. Non, c'était le prix Nobel. Des facteurs externes décidaient de l'importance. Ricardo pensa à Papa, le boucher-artiste créateur de peintures au réalisme prématuré. Son art n'avait jamais été apprécié. La vie avait de nombreuses façons d'être injuste.

11 h 32.

Toujours pas de Dr Topping. L'impatience attisait la colère de Ricardo. Juste au moment où il s'apprêtait à retourner à son laboratoire – un acte passif-agressif, il le savait – le Dr Topping entra dans son bureau. Comme toujours, les chaussettes de sport blanches de Topping et ses tennis en toile éraflées et surutilisées – une manière, selon Ricardo, de montrer qu'il était un type normal – l'énervèrent.

« Bonjour, Ricardo. Passons dans mon bureau. » Le Dr Topping n'était aucunement désolé de l'avoir fait attendre. Ricardo était agacé de s'être laissé bousculer. Topping était toujours en retard ; cela faisait partie du jeu, et il en établissait les règles. Ricardo força un sourire. Le mur du bureau du Dr Topping était jonché de diplômes, de photos de lui acceptant des récompenses, et de lettres de hautes personnalités encadrées, dont un président et deux vice-présidents. Ricardo pensa au mur chez lui, entre la salle de bain et la salle d'exercice, sur lequel il y avait deux ou trois photos de ses collègues et quelques certificats professionnels et honorifiques. Ce n'était même pas comparable. Cela aidait que Lillian ne s'était jamais souciée de prix et distinctions, ou du moins elle ne le lui avait jamais fait ressentir.

Ricardo attendit que le Dr Topping prenne la parole.

« Votre laboratoire sera évalué la semaine prochaine par le Comité des priorités scientifiques. Ces évaluations du CPS sont ouvertes au public et remontent jusqu'au Congrès. Une évaluation exceptionnelle nous aide à recevoir des fonds, tandis qu'une mauvaise peut nuire à nos chances de recevoir des financements. Compte tenu de la rareté de l'argent ces jours-ci, j'ai pensé qu'il serait utile d'examiner ce que vous allez leur montrer. Sur quelles études envisagez-vous de mettre l'accent ? Vous êtes une star, vous savez. »

Une star ? Cela semblait gratuit.

Le Dr Topping dut sentir la réaction ambivalente de Ricardo. « Je le pense sincèrement, Ricardo. Vous êtes une star. » Et il le pensait probablement. « Nous sommes fiers de vos réalisations. Vous avez été extrêmement utile pour attirer des fonds au Centre. »

Ricardo ne put s'empêcher de se sentir satisfait de la reconnaissance.

Après une courte pause, Marcus poursuivit : « Jim Lazaar a fait un gros coup avec le CPS l'an dernier, lorsqu'il a décrit le lien entre les mutations de la protéine 451 et la sclérose en plaques. Il a reçu le prix LeBlanc pour ce travail, vous savez.

_ Je faisais partie du comité d'attribution, vous vous souvenez ?

_ Vraiment ? Ah oui, bien sûr. Pourriez-vous me donner un aperçu de ce que vous avez l'intention de présenter ? » C'était plus un ordre qu'une question.

Ricardo se gratta la main gauche, juste à côté de la cicatrice que Mulligan lui avait infligée, un tic nerveux lorsqu'il s'efforçait de contrôler sa colère.

Le CPS évaluait chaque laboratoire du Centre des sciences de la vision tous les cinq ans. Le directeur du centre — et il y en avait eu plusieurs au cours des années — n'avait jamais essayé d'influencer sa présentation auparavant. Il était outré que le Dr Topping essaie de le superviser de cette manière maintenant, mais il était également inquiet. Il se basait considérablement sur les examens du CPS pour répartir les fonds entre les différents laboratoires.

Bien que Ricardo ait reçu d'excellentes évaluations dans le passé, la dernière fois, le comité d'évaluation avait noté que ses recherches avaient tendance à s'écarter de ses objectifs déclarés. Même s'il avait façonné ses recherches de manière politiquement acceptable – les études sur l'expression génique étaient conçues pour faire avancer la thérapie génétique ; et les études sur la fonction des protéines mettaient l'accent sur la recherche de traitements contre les maladies intraitables – il était conscient qu'il ignorait souvent les critiques. Maintenant, il craignait d'avoir peut-être agi de manière trop indépendante, avec arrogance même, bien que cela n'ait jamais été son intention consciente. Alors qu'il affrontait le Dr Topping face à face, Ricardo se souvint que Benjamin lui avait conseillé de faire attention. Benjamin savait que Ricardo n'aimait pas « vivre avec des œillères intellectuelles », comme il les appelait, et être contraint d'orienter ses recherches vers des objectifs spécifiques. Lorsque Benjamin avait rappelé à Ricardo que cela faisait plusieurs années qu'il n'avait pas été invité à intervenir lors d'une conférence scientifique, il avait été blessé parce que c'était vrai.

Perdait-il la tête ? Ricardo ne le pensait pas, mais il savait qu'il ne cherchait pas à faire carrière comme il l'avait fait auparavant, même s'il publiait toujours des articles et dirigeait un laboratoire de recherche actif. Ça sentait mauvais pour Ricardo. Le directeur l'avait flatté, tout en laissant entendre qu'un vieux pro comme lui avait besoin de conseils pour sa présentation devant le comité d'évaluation.

Ricardo sentit un poids sur ses épaules mais, en toute franchise, le Dr Topping avait raison. Il avait besoin que le CPS fasse une évaluation positive du laboratoire de Ricardo pour convaincre le Congrès de continuer à verser de l'argent au Centre des sciences de la vision. Lillian, toujours réaliste, aurait été d'accord avec lui à cet égard. Le noir et le blanc étaient vraiment gris.

Le téléphone sonna, ce qui donna à Ricardo un moment pour mettre de l'ordre dans ses pensées.

« Chérie, je ne sais pas quelle robe tu veux que je récupère sur le chemin du retour. Je n'ai jamais vu celle que tu voulais. Je vais demander à la vendeuse. Je ne peux pas te parler maintenant. Le Dr Sztein est dans mon bureau. » Il raccrocha et sembla penaud. « Désolé. »

Ricardo, lui, n'était pas désolé. La courte pause lui avait permis de préparer son baratin. « Aucun problème. Je vais présenter au comité d'évaluation un résumé de nos travaux sur l'opacité cornéenne, en insistant sur les recherches de Pearl.

_ C'est une jeune femme très intelligente.

_ Oui. Quoi qu'il en soit, comme je le disais, je soulignerai ses preuves de l'existence de deux nouvelles protéines dans les cornées touchées par la dystrophie de Fuch. Les opacités cornéennes restent de graves problèmes médicaux.

_ C'est certain », reconnut Marcus, ravi de l'accent mis par Ricardo sur la maladie.

Ricardo continua. « Nous devons pouvoir remplacer les cornées malades par des cornées artificielles, de la même manière que nous pouvons remplacer les cataractes par des implants de lentilles. » Ricardo essayait de donner l'impression qu'il était véritablement impliqué dans cette recherche sur la cornée, ou peut-être essayait-il de se convaincre qu'il était engagé dans ce travail. Ce n'était pas qu'il ne pensait pas que c'était important, mais cela lui semblait plus technique qu'aventureux. Son esprit vagabonda un instant alors qu'il regardait l'énorme baie vitrée du bureau et pensa à quel point il devait être agréable d'avoir un bureau dans lequel le monde extérieur s'infiltrait.

« Les cornées artificielles constitueraient une avancée majeure », dit le Dr Topping.

Après un moment de silence, Ricardo décida spontanément de mentionner ses idées sur les méduses. « Je pensais que je parlerais au CPS d'un nouveau projet, toujours une idée, mais… je pense qu'il est important d'essayer de repousser un peu les frontières conceptuelles de la connaissance. Vous ne croyez pas ? Essayer d'être audacieux, en tête du peloton. » Ricardo ne laissa pas à Marcus le temps de répondre. « Vous saviez que les méduses ont des yeux ? » Voilà, il l'avait dit.

« Les méduses ?

_ Exactement. Moi non plus.

_ Et alors ?

_ Eh bien, ce ne sont pas seulement des taches oculaires primitives et chétives qui captent la lumière. Ce sont des yeux complexes avec des lentilles et des rétines qui, à bien des égards, ressemblent à des yeux humains, avec quelques différences bien sûr. Je me demande ce que les méduses voient réellement – perçoivent, pour être plus exact – et comment cela affecte leur comportement. Les yeux des méduses ne sont peut-être utilisés que pour des fonctions simples comme la détection de la lumière afin de réguler les cycles de reproduction, ou pour détecter les ombres des prédateurs. Je ne sais pas.

_ Les yeux des méduses ? »

Ricardo sentit son visage rougir et était en colère contre lui-même d'avoir parlé si librement de cette chose à laquelle il n'avait pas encore bien réfléchi. *Que* cherchait-il exactement dans les yeux des méduses ? Il ne le savait pas. C'était peut-être la fascination, le brouillard dense de l'inconnu, où personne ne pouvait voir plus que quiconque, où personne ne pouvait le juger. Poser une question à laquelle personne ne pouvait encore répondre, n'était-ce pas là une justification raisonnable et suffisante pour un projet de recherche ? Il n'avait pas vraiment l'intention de parler des méduses au comité d'évaluation, mais pour une raison quelconque, il se sentait obligé de défier le Dr Topping. Il ne considérait pas cela comme de l'arrogance ;

c'était de la prévoyance, ou peut-être des représailles pour lui faire payer de l'avoir fait attendre.

« D'après ce que je comprends, personne n'étudie les yeux des méduses », poursuivit Ricardo, essayant de retrouver son calme.

« Je parie même que presque personne ne sait que les méduses ont des yeux », déclara le Dr Topping en haussant les sourcils.

L'esprit de Ricardo partit à la dérive, se tournant vers Papa et comment il avait librement associé dans sa boucherie l'art et la politique, donnant à ses clients bien plus à mâcher que de la simple viande. Ce n'était pas le choix des sujets qui avait rendu Papa intéressant ; c'était la manière dont Papa avait injecté de la vitalité à ses sujets. Oui, il n'était pas juste question de méduses. Il s'agissait aussi de lui, Ricardo, et cette réalisation lui donna le courage de parler de son cœur.

« Peut-être, Ricardo, que les yeux des méduses ne sont pas étudiés aujourd'hui pour une bonne raison, rétorqua le Dr Topping avec un calme irritant.

_ Mais peut-être qu'on *devrait*. Et, avec des yeux si formidables, les méduses pourraient même avoir un cerveau, ajouta Ricardo avec fougue.

_ Un cerveau ?

_ Oui. Je me demande si les méduses ont un cerveau, ajouta Ricardo. Si elles ont des yeux très évolués, elles devraient avoir une sorte de cerveau pour traiter les informations visuelles, pour en garder une trace mémoire. » Se rendant compte qu'il parlait sans réfléchir, il sourit timidement et ralentit. « Je sais que cela semble inhabituel ces jours-ci, alors que nous devons fournir des traitements contre les maladies, mais les méduses sont très intéressantes. Je pense que le Congrès comprendrait cela, si l'argument était bien présenté. » Ricardo ne parlait plus au Dr Topping ; il s'adressait à Randolph Likens.

Le Dr Topping contracta les muscles de sa mâchoire.

Ricardo le regardait attentivement, se demandant s'il avait compris ou accepté ne serait-ce qu'une partie de ce qu'il venait de dire.

« Vous *croyez* que les méduses intéresseront le CPS ? demanda le Dr Topping.

_ J'espère que oui, déclara Ricardo. Il est important de comprendre toute l'étendue de la perception. Explorer d'autres espèces ajouterait beaucoup à notre compréhension de la vision humaine. » Cela sonnait juste.

« Je vois. » Le directeur cligna de l'œil. « La perception est importante, je suis d'accord. Alors comment percevez-vous notre situation fiscale aujourd'hui ?

_ Ce n'est pas ce que je veux dire.

_ Je sais. Mais comment… *percevez*-vous… la vision des méduses d'un point de vue médical ?

_ Ce sera aux médecins d'en décider, une fois les découvertes de base faites. Nous ne savons encore rien de la vision des méduses. » Ricardo s'arrêta. « Je suis un scientifique de base, pas un médecin. C'est comme être un explorateur et… »

STOP ! Dans son esprit, Lillian lui lança un regard noir.

Les yeux du Dr Topping se rétrécirent comme s'il se concentrait sur une cible. « C'est aussi à moi de convaincre le Congrès de nous financer dans une économie en déclin où les frais médicaux continuent d'augmenter. Et ce n'est pas aussi simple que vous le pensez. »

Ricardo jeta un œil aux piles de papiers, formulaires bureaucratiques, notes de service et journaux médicaux sur le bureau du Dr Topping.

Marcus regarda sa montre. « J'ai rendez-vous pour déjeuner avec le PDG de GlaxoSmithKline. Nous reprendrons cette conversation la semaine prochaine. »

Ils ne le firent jamais.

Chapitre 7

« Ralentis, Ricardo, implora Benjamin au téléphone le lendemain de la rencontre de Ricardo avec le Dr Topping.

_ Tu ne comprends pas, Benjamin. Les méduses sont incroyables. Ces yeux ! Tu savais que les méduses avaient des yeux qui ressemblaient aux nôtres à bien des égards ?

_ Euh, non…

_ Moi non plus. Apparemment, personne d'autre non plus. Ne me dis pas de ralentir… nous devons obtenir…

_ Eh, Ricardo. Ça a l'air intéressant, mais je donne un cours dans quelques minutes. On peut en parler ce soir ? Appelle-moi à la maison.

_ Ok. »

Benjamin était toujours occupé.

Ricardo l'appela après dîner, ce qui lui convenait parfaitement. Il préférait parler de sa nouvelle passion depuis chez lui. Les yeux des méduses n'étaient pas seulement un autre projet scientifique potentiel pour lui. Garder son intérêt pour les méduses séparé du bureau rendait la chose plus mystérieuse et personnelle.

« Comme je te le disais cet après-midi, les méduses ont bien plus que de simples yeux, expliqua Ricardo à Benjamin.

_ Comment ça ? demanda Benjamin.

_ Je veux étudier les yeux des méduses. C'est aussi simple que ça. » Il se sentait à nouveau comme quand, étudiant, il avait dit à Lillian qu'il voulait étudier la vision des ornithorynques, même s'il ne savait rien ni sur les ornithorynques ni sur les yeux. Maintenant, c'était les yeux des méduses, un autre mystère alléchant.

« Je ne sais pas trop ce que je recherche, poursuivit Ricardo. C'est comme au bon vieux temps quand j'étais étudiant diplômé et assis à mon bureau sans savoir quoi faire. J'étais effrayé. Mais, quand je me suis mis à y penser comme à une aventure, c'est devenu passionnant. C'est drôle, non ? La confusion est effrayante si on la trouve menaçante, mais exaltante si on la trouve défiante. Tout dépend de notre point de vue. Tu penses que les yeux étaient déjà présents chez les méduses quand elles ont fait leur apparition, il y a sept ou huit cent millions d'années ?

_ Je n'en ai aucune idée.

_ Moi non plus. Apparemment, on ne sait pas grand-chose sur les yeux des méduses. Des centaines de millions d'années, c'est beaucoup de temps pendant lequel les méduses ont pu apprendre un tas d'astuces. N'est-ce pas une raison suffisante pour les étudier ?

_ Peut-être. Mais, Ricardo, tu n'as pas, *toi*, tellement de temps. Tu veux vraiment sauter au milieu de l'océan ? »

Ricardo était sincèrement enthousiaste, mais il essayait également de justifier le fait qu'il partait complètement hors-sujet pour étudier les yeux des méduses. Il était vrai qu'il n'était plus tout jeune et qu'il était tard pour démarrer un projet aussi nouveau et audacieux qui nécessiterait des années de travail. Le plus gênant, c'était Lillian qui ne cessait de lui murmurer à l'oreille : « Fais attention, Ricardo, tu es impulsif. » Son esprit dériva vers la cruauté du cancer, son souhait de femme mourante qu'il entreprenne des recherches sur la maladie pour que les autres n'aient pas à souffrir comme elle, et la promesse qu'il n'avait jamais faite, du moins pas à elle avant qu'elle ne meure.

« Eh Oh ! Ricardo ? T'es toujours là ?

_ Oui. Pardon. Mon esprit était parti à la dérive pendant un instant.

_ Alors, qu'est-ce que... ? » Benjamin commença à dire quelque chose.

« Voici mon plan, interrompit Ricardo. J'ai regardé sur Internet les personnes qui font des recherches sur les méduses et j'ai trouvé un certain Harold Freeman. Il travaille dans une station maritime à La Parguera, à Porto Rico. »

_ La Pa... quoi ? Sur Internet ? Non, mais, t'es sérieux ? Tu sais quelque chose sur ce type ? » interrogea Benjamin, fidèle à lui-même, sincère, mais parfois un peu snob.

« La Parguera. C'est à Porto Rico. Freeman a été co-auteur d'un article sur l'écologie des méduses, il y a une quinzaine d'années. C'est sa seule publication que j'ai pu trouver. Tu n'as jamais entendu parler de La Parguera ?

_ Nan.

_ Moi non plus. C'est une petite station balnéaire sur la côte sud-ouest de Porto Rico. La station marine fait partie de l'Université de Porto Rico. Le campus principal est à Mayaguez, qui est assez proche de La Parguera. Ça commence à t'intéresser ?

_ Pas encore.

_ J'ai envoyé un courriel à Harold Freeman, et il a répondu rapidement. Au moins, il est réactif. Je ne sais pas grand-chose de plus sur lui. Il n'est pas portoricain avec un nom comme ça. Il a dit qu'il me montrerait comment prélever des *Tripedalia* – c'est le nom des espèces de méduses avec des yeux qui vivent dans les marais là-bas – si je vais à La Parguera quelques jours. Il n'a pas besoin d'être Einstein pour m'apprendre à attraper des méduses. Ça t'intéresse maintenant ? » Ricardo savait que Benjamin aimait les nouveaux défis.

« Continue.

_ Eh bien, écoute. J'ai vérifié ce qui a été publié sur les yeux des méduses et j'ai trouvé quelques vieux articles datant principalement de la fin du XXe siècle et du début de notre siècle. Je n'ai rien trouvé de récent. Depuis le krach économique de 2022, presque toutes les recherches scientifiques se sont concentrées sur les maladies humaines. Est-ce intelligent ?

_ Tu peux difficilement leur en vouloir. On vit à une époque de merde, encore pire qu'avant, répondit Benjamin.

_ Ouais, je sais. Il y a longtemps, quelques articles suggéraient que les yeux des méduses pouvaient voir des images. Ce qu'une image signifie pour une méduse est une autre question. Un des articles indiquait que la biochimie de la vision des méduses avait des similitudes avec celle de l'homme. Les différences entre la vision humaine et la vision des méduses sont probablement plus intéressantes que les similitudes, mais les gens ne semblent pas apprécier cela de nos jours. Va en ligne regarder des photos d'yeux de méduses. Ils sont complexes. Alors, tu trouves ça un peu plus intéressant ?

_ J'avoue que c'est intrigant, mais ...

_ Bien ! Je parie que ces yeux de méduses vont être intéressants. C'est important de regarder toutes sortes d'espèces. Ça ouvre de nouvelles perspectives de connaissances et de nouvelles possibilités. Tu n'es pas fatigué, toi, de voir, de nos jours, tant de recherches sur les mêmes espèces ? Sur les mouches, un peu sur les grenouilles et les poulets, les souris et les rats bien sûr. Je n'ai rien contre la concentration, mais bon, pourquoi pas quelque chose de nouveau de temps en temps ?

_ La profondeur est importante, Ricardo. Un trop peu de connaissances peut induire en erreur et être difficile à exploiter.

_ Je connais le vieil argument. Mettez tout le monde au travail sur un objectif commun et vous faites de réels progrès. Mais si les priorités de recherche nationales sont toujours basées sur les découvertes de l'année passée, qui fait les découvertes de l'année suivante qui mènent à de nouvelles priorités ? Dis-le-moi !

_ Je suis d'accord. »

Après une courte pause, Ricardo demanda , « Tu penses que les méduses pensent ?

_ Quoi ?

_ Est-ce que tu penses que les méduses pensent ? Elles ont ces yeux fantastiques. Je suis vraiment curieux de savoir comment elles interprètent tout ce qu'elles voient. S'il y a une sorte d'activité cérébrale, tu sais, une perception.

_ Maintenant tu vas trop loin, Ricardo. Des méduses qui pensent ? Comment est-ce que tu pourrais tester ça ?

_ Tu as raison, comme toujours. Mais quand même… j'ai toujours voulu savoir à quoi pensait un animal. Peu importe l'espèce : chat, chien, poisson. Pourquoi pas une méduse ? À quel moment de l'évolution est-ce que la *pensée* a commencé ? »

Par la fenêtre, Ricardo vit un chat passer sur le trottoir. Il regarda la cicatrice sur sa main gauche.

Je veux aller à La Parguera et me faire une idée de ces méduses. Je n'ai pas d'objectif de recherche concret en tête. Je veux juste un premier regard. Ça peut me donner des idées. Et avec Lillian partie… »

Benjamin soupira. « Je suis vraiment désolé, Ricardo.

_ Ça me ferait vraiment du bien d'avoir quelque chose de nouveau dans ma vie. Tu veux venir ? Je dois envoyer un courriel à Harold pendant qu'il est toujours intéressé.

_ Tu sais quoi ? Eh bien, oui. Pourquoi pas ? Je te tiendrai compagnie pendant quelques jours. »

Ricardo ne pouvait pas dire si Benjamin s'intéressait aux yeux des méduses ou s'il était juste un bon ami. C'était peut-être les deux.

« Vraiment ? Génial ! Le Dr Topping semblait fâché lorsque j'ai menacé de dire au Comité des priorités scientifiques que je voulais étudier les méduses. Je suppose que je suis allé trop loin, mais ça valait le coup juste de voir sa tête. Il est devenu vert et s'est débarrassé de moi. » Ricardo avait tendance à exagérer. « Je crois vraiment qu'explorer l'inconnu, comprendre comment les animaux voient le monde est important et pertinent... Mon Dieu, ce que je déteste ce mot: *pertinent.*

_ Il est trop tard pour revenir sur ce sujet, Ricardo. Fais-moi savoir quand tu prévois de partir.

_ Je le ferai. »

Le lendemain matin, Ricardo envoya le bref e-mail suivant à Harold Freeman :

« Cher Harold,

Merci beaucoup pour votre prompte réponse et votre volonté de m'aider à prélever des méduses dans la mangrove. J'ai hâte de venir avec mon collègue, le Dr Benjamin Wollberg. Nous ne savons rien des méduses et vous serions très reconnaissants de votre aide. Je vous ferai connaître les dates qui pourraient nous convenir. Encore merci !

Cordialement, Ricardo »

À peine Ricardo avait-il appuyé sur la touche « Envoyer » de son ordinateur qu'il commença sa demande de fonds pour que le Centre des sciences de la vision finance son voyage. Il était impératif qu'il justifie le voyage de manière convaincante. Il souligna à quel point l'œil complexe des méduses ressemblait à l'œil humain. Il écrivit ensuite un paragraphe détaillé indiquant qu'elles avaient fait leur apparition il y avait environ sept ou huit cents millions d'années et étaient à la base de l'évolution des animaux supérieurs, y compris des humains. Il préférait considérer les animaux comme adaptés à leurs niches plutôt que comme supérieurs ou inférieurs sur une échelle évolutive, et ainsi, dans sa demande, il s'efforça d'élever ledit bas statut des méduses en mettant l'accent sur leur connexion évolutive aux humains, afin de rendre son projet plus attractif. Enfin, Ricardo proposa deux objectifs : premièrement, chercher chez les méduses une variante de l'hormone de croissance cornéenne qu'il avait découverte chez la souris, et deuxièmement, sonder pour trouver des précurseurs évolutifs des gènes qu'il avait liés à la dystrophie de Fuch. Il estimait que ces projets de recherche avaient une pertinence clinique, même si éloignée, et qu'ils reliaient ses recherches proposées sur les méduses à ses recherches passées et présentes.

Plus tard dans l'après-midi, Harold renvoya un courriel à Ricardo lui disant qu'il leur réserverait une chambre de motel dès qu'il connaîtrait leur date d'arrivée.

Une semaine plus tard, le Dr Topping approuva la demande de fonds pour le voyage de Ricardo.

« Je suis prêt, Benjamin. Ma demande de voyage a été approuvée. T'es toujours prêt à partir ?

_ T'as demandé des fonds pour ton voyage ?

_ Bien sûr. Pourquoi pas ? Puisque le Centre des sciences de la vision est propriétaire de mes recherches, ne devrait-il pas les soutenir, qu'elles soient réalisées en interne ou ailleurs ? Je ne suis pas autorisé...

_ Je sais », interrompit Benjamin. Il avait entendu Ricardo s'en plaindre pendant des années. « C'est Catch 22. »

« Exactement. Tu ne peux pas gagner. Si tu travailles pour le gouvernement, ils insistent pour soutenir tout ce que tu fais en rapport avec ton travail, puis ils se plaignent que tu dépenses trop. C'est comme le conjoint parfait qui reste à tes côtés quand tu as tous ces problèmes que tu n'aurais pas s'il n'était pas à tes côtés. »

Ricardo se sentit soudain triste, comme s'il avait été ce conjoint au côté de Lillian pendant toutes ces années.

« Eh bien moi, je paierai par mes propres moyens, déclara Benjamin. Mes recherches ne sont pas le moins du monde connectées aux méduses. Pour moi, c'est une sorte de vacances. Quoi qu'il en soit, l'argent de ma subvention s'épuise et je ne veux pas le gaspiller pour ce voyage. Ce n'est pas grave. »

Six semaines plus tard, Ricardo et Benjamin se lançaient à l'aventure des méduses, sans savoir à quoi s'attendre.

Chapitre 8

Après avoir atterri à San Juan, Ricardo et Benjamin louèrent une voiture pour se rendre à La Parguera. La chaleur et l'humidité tropicales firent s'envoler les obligations qui exerçaient une pression sur Ricardo au quotidien, et il sentit un étau invisible desserrer son emprise alors qu'il traversait la végétation luxuriante de la forêt tropicale à la poursuite des méduses. Des yeux de méduses, de toutes choses !

Ils s'arrêtèrent à un stand où une jeune femme vendait des mangues et des ananas, tandis que sa fille jouait dans la terre avec une poupée dégoûtante à qui il manquait une jambe. La fillette avait aligné une série de petits cailloux et prétendait apparemment que c'étaient les amis de sa poupée. Lorsque Ricardo sortit de la voiture, la fillette jeta un caillou dans les buissons, puis se mit à faire danser sa poupée comme si elle était enfin libérée d'un ennemi.

Ricardo se tourna vers Benjamin et dit : « Même les poupées peuvent se sentir opprimées. »

« O'la », dit la fillette en souriant. Ricardo lui rendit son sourire mais elle avait déjà reporté son attention sur sa poupée unijambiste. Elle lui rappela son enfance à Buenos Aires.

Il acheta une mangue et rejoint Benjamin au bord de la route. Ils coupèrent les fruits frais avec un canif.

« Pas mal. » dit Ricardo en frottant le jus qui coulait sur son menton.

« Bien d'accord, » acquiesça Benjamin.

Rafraîchis par le fruit chaud, ils se dirigèrent vers La Parguera. Ricardo commençait à remettre en question son enthousiasme. Il ne savait pas si c'était le fait que Benjamin considérait ce voyage comme des vacances plutôt que comme un effort scientifique sérieux, ou le plaidoyer obsédant de Lillian pour qu'il se consacre à des recherches médicalement pertinentes, ou même un sentiment de culpabilité d'avoir échappé à ses responsabilités aux frais du gouvernement ; mais il y avait une différence entre une idée et sa réalité. Au mieux, ses objectifs étaient flous. Il ne savait pas comment localiser les méduses ou disséquer leurs yeux, et il ne savait pas si Harold Freeman était un scientifique sérieux. Cette aventure avec les méduses, c'était s'éloigner radicalement de tout ce qu'il avait fait auparavant.

Ils passèrent un petit groupe de cabanes délabrées. Quelques hommes, aux airs de pantins, étaient assis sur les porches ; ils tournèrent la tête, suivant du regard la voiture qui passait. Ricardo se demanda combien il y avait de chances que ces individus suivent un de leurs caprices, comme lui le faisait maintenant. Des objets laissés à l'abandon, des voitures d'occasion, des pneus usés et d'autres déchets ramenèrent Ricardo à une réalité différente de sa vie normale, et cela lui plut. Il entreprenait une grande aventure dans un pays qui parlait sa langue maternelle.

« T'en penses quoi, Benjamin, on est fous de faire ça ?

_ Tu t'inquiètes trop. Détends-toi. C'est une belle journée. »

Les maisons devenaient de plus en plus luxueuses au fur et à mesure qu'ils conduisaient, et bientôt un petit panneau fléché indiquant La Parguera apparut sur le côté de la route.

« On dirait une métropole », dit Benjamin.

La Parguera était tout sauf une métropole. Seules quelques petites maisons et une boulangerie leur indiquèrent qu'ils entraient dans la ville. Ricardo tourna à droite dans la rue principale et passa devant quelques magasins et une place centrale parsemée de monde. À quelques rues de là, ils trouvèrent le motel qu'Harold leur avait réservé.

Après s'être installés dans leur chambre commune, Ricardo et Benjamin sortirent explorer la ville. Ils ruisselèrent bientôt de sueur sous la chaleur accablante de juillet. Des chiens errants, avec seulement la peau sur les os et des nœuds de poils sales remplaçant leur fourrure, rôdaient sans but dans la ville.

« Ça m'fait pitié, pas toi ? déclara Ricardo. Ce sont pas des chiens mais des cages thoraciques sur pattes. »

Personne dans les rues ne semblait gêné par ces chiens ou quoi que ce soit d'autre. Les portes et fenêtres ouvertes des magasins répartissaient démocratiquement la chaleur entre l'extérieur et l'intérieur. La climatisation était limitée à quelques climatiseurs de fenêtre bruyants ici et là. Des graffitis colorés décoraient les murs des bâtiments. Il y avait plusieurs endroits pour que les touristes louent du matériel de plongée, ainsi que des masques et tubas.

Ricardo et Benjamin arrivèrent près d'une fontaine au centre de la place principale où les gens se rassemblaient, mangeaient et socialisaient.

« C'est certainement différent de notre vie bien remplie à la maison, non ? Parfois, moins c'est plus », dit Ricardo.

Benjamin acquiesça. « Cet endroit me rappelle l'Israël. »

Il y avait des bancs autour de la fontaine et une grande statue en pierre d'un héros ancestral se tenant fièrement, le torse bombé tourné vers le ciel. L'explication espagnole inscrite sur sa base était trop effacée pour être lue. Ricardo passa ses doigts le long de la jambe de la statue et murmura,

« C'est donc ce qui arrive aux gros bonnets. Ils se transforment en pierre. »

Benjamin avança et s'assit sur un banc occupé par un jeune garçon, de huit ans tout au plus, qui léchait un cornet de glace.

« Eh, Ricardo, t'en veux une ? » Benjamin montra la glace du doigt.

L'enfant sourit, exposant deux dents supérieures avant manquantes. Tout le monde aimait Benjamin.

Ricardo ne répondit pas. Il se tenait devant une grande fresque représentant une femme séduisante avec un sourire invitant. Les glaces étaient loin de son esprit alors qu'il regardait l'image aux formes généreuses. Il pensa à Lillian, mais pas vraiment. L'image sur le mur ne lui ressemblait en rien.

« Ricardo !

_ Quoi ?

_ Est-ce que tu veux une glace ?

_ Une glace ? Oui, ça marche. C'est une sacrée photo, hein ?

_ Un vœu pieux, Ricardo. »

Ils s'offrirent une glace. Le chocolat riche était doux et frais dans la bouche de Ricardo. Il fit un clin d'œil au jeune garçon et se sentit libre, comme quand il avait l'âge de ce garçon et s'imaginait un avenir sans fin. Une légère brise balaya son visage. La vie pouvait être belle si on lui en donnait la chance.

Chapitre 9

Le soleil rayonnait à travers la fenêtre sans rideaux de la chambre du motel. Ricardo se réveilla et regarda le réveil sur la table de chevet : 6 h 15. Il était tôt, pensa-t-il. Il renifla l'air marin et entendit le léger clapotis de l'eau provenant de la baie. Un coq lui chantait la sérénade dans la rue.

« D'où vient ce coq ? grommela Benjamin, pas encore complètement réveillé.

_ J'allais justement te le demander, répondit Ricardo. Il est vraiment bruyant. Bon, puisque nous sommes réveillés, prenons un petit-déj matinal et allons voir le labo. »

Après des céréales et un café, ils empruntèrent la rue principale jusqu'à l'autre bout de la ville pour attraper le petit ferry qui les emmènerait à la station maritime. La ville était encore endormie.

« Bon sang, on se croirait dans Jurassic Park ! » s'exclama Ricardo lorsqu'il mit le pied sur le quai de l'île et qu'un large iguane à l'apparence préhistorique passa près d'eux en se dandinant. C'était comme prendre le chemin de l'évolution à l'envers, ce que Ricardo considérait comme un bon présage pour son projet d'étudier les vieilles méduses. Ricardo et Benjamin passèrent d'un bâtiment à l'autre jusqu'à ce qu'ils tombent sur celui dans lequel Harold Freeman travaillait.

« C'est calme ici », dit Benjamin.

Ricardo exprima son accord avec un grognement. Ils parcoururent le couloir jusqu'à ce qu'ils trouvent le laboratoire avec le nom de Harold inscrit sur la porte ouverte. Ils entrèrent.

« Eh ! Ricardo ? C'est vous ? Ricardo Sztein ? » La voix provenait de l'arrière du laboratoire. Apparemment, Harold Freeman était un lève-tôt.

Ricardo et Benjamin entrèrent dans le petit bureau à l'arrière et virent un homme d'une soixantaine d'années, débraillé, au visage rond et aux cheveux gris. Il portait des tennis, un jean surdimensionné, avec une corde en guise de ceinture et un sweat-shirt avec U de P en lettres dorées à demi effacées sur le devant. Ricardo inspira profondément et l'odeur d'humidité teintée d'air marin lui plut.

« Dr Freeman ? demanda Ricardo.

_ Pas docteur ; juste le vieux Harold Freeman. Je suis content de vous rencontrer enfin. » Il tendit une large main avec une bague en argent au majeur et un bracelet en cuir au poignet. Une barre de chocolat partiellement déballée sur son bureau attira l'attention de Ricardo.

_ Ravi de vous rencontrer, juste le vieux Harold », répondit Ricardo. Ils se serrèrent la main. « Vous avez un accent américain. Vous êtes des US ?

_ Ouaip. Du Nebraska. J'ai épousé une portoricaine. Ça fait plus de trente ans que suis ici. »

Ricardo se sentait lié aux immigrants – les personnes déplacées de leur pays de naissance. Il se demandait si un immigrant avait vraiment l'impression que son pays d'adoption était le sien.

« Je sais à quoi ça ressemble, un Américain marié à une Latino. Je viens d'Argentine et je suis… je veux dire j'étais marié à une Américaine. »

Harold eut l'air légèrement confus.

« Ma femme est décédée, il y a un an. Un cancer.

_ Je suis désolé.

_ Voici mon collègue, Benjamin Wollberg. »

Benjamin et Harold se serrèrent la main.

« Merci d'avoir tout arrangé pour nous, poursuivit Ricardo. Le motel est parfait. Nous y sommes arrivés hier soir après avoir fait un petit tour à travers la ville. C'est mignon comme coin.

_ Mignon ? Peut-être. Ils disent qu'un ouragan se prépare au large des côtes africaines et pourrait dériver de ce côté. »

Ricardo regarda par la fenêtre. Le ciel était nuageux mais pas menaçant.

« Espérons que l'ouragan change d'avis », dit Benjamin en regardant les bocaux en verre qui contenaient des spécimens aquatiques et les microscopes de dissection, sur une table dans le coin du laboratoire. Les étagères le long des murs contenaient des pots remplis d'alcool et d'invertébrés sessiles.

L'esprit de Ricardo revint vers les méduses et la raison de leur visite. Il avait beaucoup de questions pour Harold. À quel point était-il difficile de trouver des méduses dans leur habitat ? Était-il compliqué de disséquer les yeux ?

« On peut s'y mettre rapidement ? demanda-t-il.

_ Ouaip. Bien sûr, répondit Harold. J'ai réservé un hors-bord pour aller attraper quelques méduses *Tripedalia* ce matin et nous assurer d'en obtenir aujourd'hui, juste au cas où l'ouragan viendrait à notre rencontre.

_ Vous avez dit qu'il ne faisait que commencer en Afrique, non ? demanda Benjamin. C'est assez loin.

_ Mais on ne sait jamais. Les choses changent vite par ici. »

Ricardo regarda Benjamin d'un air exaspéré, puis un livre sur les animaux marins, ouvert sur la paillasse du laboratoire, attira son attention. Il en parcourut quelques pages pendant que Benjamin discutait avec Harold avec la facilité qui lui avait valu tant d'amis et d'admirateurs, une facilité sociale que Ricardo lui enviait. Chaque page du livre contenait des images d'invertébrés colorées. Certaines espèces lui étaient familières – étoiles de mer, anémones de mer et homards – mais d'autres lui étaient étrangères. Il fut impressionné par le nombre d'animaux qui était apparemment apparentés et qui avaient pourtant l'air si différents, et par le nombre d'invertébrés qui ressemblaient à des plantes.

« Quelle est cette petite chose en forme de chapeau ? demanda Ricardo.

_ Une patelle. C'est un mollusque. Il y a beaucoup d'animaux très différents dans la mer, répondit Harold.

_ Le ciel est en train de s'assombrir », fit remarquer Benjamin.

En quelques minutes, la baie s'obscurcit et de sinistres grondements de tonnerre se firent entendre au loin.

« Comme je disais, les choses changent rapidement par ici, déclara Harold. Je pense que ça va se calmer assez vite. »

Dix minutes plus tard, le ciel s'éclaircit comme par magie.

« Allons-y ! » Harold resserra la corde qui tenait son pantalon. Il attrapa plusieurs bouteilles d'eau dans le tiroir de son bureau, ainsi que trois petites épuisettes, et sortit avec une rapidité bien plus grande que Ricardo n'aurait imaginée possible. Les deux scientifiques le suivirent.

Chapitre 10

Harold guidait habilement le petit bateau à moteur le long de la ville. Quelques personnes, assises sur les ponts des péniches amarrées le long du rivage, se doraient sous les quelques rayons de soleil qui traversaient les nuages.

« Qui vit dans ces péniches ? demanda Ricardo à Harold.

_ Des squatteurs principalement. Des gens qui ne paient pas d'impôts.

_ Et personne ne dit rien ? s'enquit Benjamin.

_ Eh bien, ils ne gagnent pas d'argent à proprement parler et ils ne vivent pas sur la terre, donc techniquement ils ne peuvent pas être touchés par le gouvernement. Ils profitent de la vie. »

Ricardo profitait, lui aussi, de la vie. Le vent caressait son visage, le soleil réchauffait son corps et le doux rebond du bateau contre les vagues agitées le réconfortait. Il ferma les yeux. Des gouttes d'eau salée éclaboussèrent ses bras et son visage, et il passa sa langue sur ses lèvres. Il remplit ses poumons de l'air humide et doux. « Ça dépasse assurément en tous points mon labo à Washington. »

« Ça, c'est certain », répondit Benjamin, qui laissait ses doigts glisser sur l'eau alors que le bateau avançait.

Après quelques minutes, le bruit du moteur s'apaisa. Ricardo ouvrit les yeux et se retrouva dans une lagune tranquille entourée de palétuviers. Au bas des branches, des racines recouvertes d'algues pénétraient dans l'eau peu profonde. Des formes de vie colorées peuplaient les eaux proches du rivage : des éponges, des tubicoles avec leur tête en forme d'éventail rassemblant des particules microscopiques de nourriture, et d'innombrables espèces que Ricardo ne pouvait identifier. C'était le zoo de la Nature. À gauche, Ricardo reconnut le passage qu'ils avaient traversé pour entrer dans la lagune, et il vit, à sa droite, un canal étroit bordé de palétuviers. C'était un paradis visuel – un labyrinthe immense rempli de splendeurs – et si proche de la ville avec ses chiens errants à demi affamés et ses péniches délabrées. C'était la version de la Nature d'un élégant quartier résidentiel situé à quelques pâtés de maisons d'un ghetto appauvri.

« C'est comme une jungle ici, s'exclama Benjamin.

_ Ouaip, fit Harold, peu impressionné.

_ T'arrives à te rappeler, toi, des rues animées, des masses de gens et des règles ridicules avec lesquelles nous vivons ? » demanda Ricardo à Benjamin, qui lui répondit avec un demi-sourire.

Les deux scientifiques s'imprégnèrent de l'environnement en silence.

« Ça peut devenir mauvais ici, déclara Harold. Il y a beaucoup de moustiques à cette période de l'année. Et la chaleur aussi. » Il essuya la sueur de son front.

« C'est fantastique », s'exclama Ricardo.

Benjamin se gratta le cou.

Harold fit entrer le bateau directement dans la mangrove, le long du rivage. Les hommes évitèrent les saillies aiguës des branches. Seul le peuf-peuf du moteur du bateau venait troubler la paix.

« C'est le meilleur endroit pour en attraper. » Harold prit l'un des deux seaux à l'avant du bateau et le remplit d'eau de mer saumâtre. « Ça devrait suffire pour y mettre nos prises. »

Harold apprit à Ricardo et Benjamin à reconnaître les méduses qui nageaient près du bateau avec des mouvements saccadés, propulsées par les contractions régulières de leur cloche musculaire. La plus grande d'entre elles ne faisait qu'un cinquième de pouce de diamètre. Ricardo se sentait comme un nouveau venu, maladroit à côté des méduses élégantes qui habitaient la planète depuis six voire huit cents millions d'années.

« Vous devez avoir des yeux d'enfant pour voir ces petits gars », déclara Ricardo, découragé par sa vision défaillante avec l'âge.

« Ça va venir, répondit Harold. On les voit mieux quand il y a un peu plus de lumière directe du soleil. Ayez un peu de patience. »

Harold avait raison. Les courts tentacules des méduses reflétaient la lumière du soleil. Harold ramassait les méduses une par une avec l'épuisette et les jetait dans le seau. Très vite, Ricardo et Benjamin se mirent à faire de même, mais plus lentement et avec beaucoup moins d'habileté.

« Vous pensez que ces méduses ont une destination dans la lagune ? » demanda Ricardo.

Benjamin, les yeux plissés et assis à l'avant du bateau scrutait l'eau pour y discerner les minuscules bestioles. « J'en ai une ! s'exclama-t-il fièrement.

_ Vous plaisantez ? Elles se goinfrent, dit Harold, revenant à la question de Ricardo. Elles ont peut-être évolué à partir d'éponges, ou plus exactement d'un ancêtre commun avec les éponges, mais ce sont de petits prédateurs. Quand vous serez de retour au labo, placez-les sous un microscope de dissection et vous verrez des minuscules crustacés et même des petits poissons dans leur estomac. Les méduses mangent tout ce qui se trouve sur leur chemin.

_ Peut-être, déclara Ricardo, en pensant à ce que Harold venait de dire. Mais parfois elles se dirigent vers le bas, comme si elles rentraient chez elles, tandis que d'autres fois, elles vont tout droit à pleine vitesse comme si elles étaient en retard pour un rendez-vous. De plus, ces petites bougresses voyagent souvent en groupe, comme si elles étaient en mission. Comment savez-vous qu'elles ne vont pas quelque part, quoi que cela signifie pour une méduse ? »

Harold regarda Ricardo d'un air interrogateur. « Mouais. »

Ricardo pensa aux changements radicaux de comportement qui accompagnaient chaque nouvelle espèce alors qu'elle créait une nouvelle branche sur le célèbre arbre de l'évolution de Darwin, pour y occuper une nouvelle niche. Il y avait bien une raison pour laquelle les méduses avaient survécu pendant des centaines de millions d'années sur cette planète hostile. Peut-être se rassemblaient-elles en groupes dans un but précis, ou avaient-elles une destination dans leurs voyages.

Alors que Ricardo regardait les méduses nager, il se demanda si elles semblaient aussi menaçantes pour leur proie qu'elles lui semblaient dociles et délicates. C'était satisfaisant d'en attraper un petit groupe d'un seul coup d'épuisette, mais il y avait aussi quelque chose de triste, voire d'immoral, de retirer ces créatures innocentes de leur habitat naturel et de les jeter dans un seau. Qu'avaient-elles fait pour mériter un tel sort ? Il regarda ses captives d'un air désolé et se demanda si elles avaient peur ou se sentaient désorientées. Il pensait que ces animaux devaient être plus que des machines réactives. C'étaient de belles petites bêtes complexes qui voyageaient en groupe. Qu'est-ce qui les rassemblaient ainsi ? Il se demanda également ce qu'elles avaient vu pendant leur croisière. Le remarquaient-elles ?

L'humidité abrutissante, les moustiques bourdonnants et les branches coupantes des palétuviers qui dépassaient de la rive rappelaient constamment que la Nature faisait peu pour accueillir ses habitants. Malgré tout, c'était spécial pour Ricardo, le genre d'expérience dont il avait rêvé dans son triste bureau du gouvernement pendant les jours gris d'hiver. À La Parguera, il n'y avait pas de bureaucratie gênante, pas d'e-mails auxquels répondre, pas d'interruptions d'étudiants ou de collègues, et pas de séminaires ou de réunions de comité auxquels assister. Le Dr Topping ne pouvait pas lui ordonner de venir dans son bureau. C'était merveilleux de suivre enfin son caprice et de fusionner avec la Nature.

Ricardo regarda son reflet sur la surface de l'eau. La vue de sa barbe grise et de ses cheveux clairsemés le ramena à la réalité. Il était ce veuf vieillissant qui ne remplissait pas le plaidoyer de Lillian et qui échappait à ses responsabilités tel un retraité en vacances, ce qu'il avait juré de ne jamais faire. Non, pensa-t-il. C'était un projet scientifique sérieux, une exploration, un effort pour percer les secrets de la Nature.

Un hors-bord tirant un skieur nautique à travers la lagune créa des vagues qui vinrent secouer le bateau et renverser de l'eau du seau qui contenait les méduses. De l'essence irisée scintillait sur l'eau derrière le hors-bord et une forte musique à consonance métallique perturba la paix.

Harold regarda sa montre. « Rentrons ! dit-il. On est ici depuis longtemps et j'ai un tas d'examens à corriger au bureau. »

Benjamin accepta. Ses bras étaient égratignés par les branches et son front était rempli de piqûres de moustiques.

Ricardo acquiesça mais il sentait la pression en raison de leur temps limité sur l'île. Il se cogna le genou sur le côté du bateau en se déplaçant vers le siège central pour se préparer au retour. « Merde », dit-il, se sentant maladroit.

La musique agaçante du hors-bord se dissipa. Le paysage reprit la même apparence, mais la sérénité des quelques minutes auparavant avait disparu. Ricardo gifla un méchant insecte sur son bras devenu écarlate sous le soleil intense.

« Bonne vie ! » souhaita Ricardo à des méduses solitaires qui passaient. Ses yeux se tournèrent vers la dense collection de méduses dans les seaux. Il avait acquis une nouvelle compétence et était devenu collecteur de méduses – passé de novice à expert en quelques heures seulement !

« On a le temps de jeter un coup d'œil à d'autres endroits ? » demanda Ricardo. Il n'était pas prêt à s'arrêter.

« Je n'ai jamais vu de *Tripedalia* ailleurs », répondit Harold.

« Comment est-ce possible ? » demanda Benjamin.

Harold haussa les épaules.

Intrigués, les deux scientifiques insistèrent pour balayer le côté opposé de la lagune, à la recherche de méduses. Ils n'en virent pas une seule. Sceptique quant au fait que les méduses étaient confinées au seul endroit où ils les avaient prélevées, Ricardo persuada Harold de se rendre dans une autre zone, puis sur un autre site encore. Ils ne virent pas une seule méduse. L'eau était-elle différente d'une manière ou d'une autre de leur point d'origine ? Que se passait-il ? Harold avait raison : les méduses ne vivaient que dans la zone limitée qu'ils avaient visitée en premier.

« Étrange », déclara Ricardo.

« Je vous l'avais dit », répondit Harold.

Alors qu'ils retournaient au laboratoire, Ricardo se demanda pourquoi les méduses nageaient en groupe et pourquoi elles ne peuplaient pas plus d'un endroit de la mangrove. Il ne se rendait pas compte, pendant que Benjamin était à demi endormi sur le bateau, des implications et du danger de poser ces questions.

Chapitre 11

Les trois scientifiques arrivèrent au laboratoire à quatorze heures.

« Je suis affamé, déclara Harold. Je n'ai rien mangé depuis le petit-déjeuner. »

Harold les emmena dans un restaurant du coin sans air conditionné et avec seulement quelques tables décrépites. La pièce sentait le gras.

« Vous aimez cet endroit ? » demanda Ricardo incrédule.

« Je viens ici depuis des années. Les burgers sont fantastiques. »

Harold repéra le propriétaire du restaurant, Juan, un homme costaud avec un grand sourire et les trois boutons supérieurs de sa chemise défaits, exposant une poitrine velue.

« Juan, je te présente Ricardo et Benjamin. Ils sont venus des États-Unis pour quelques jours. »

Ils se serrèrent tous la main.

« Comment va Margo ? Enfin débarrassée de sa grippe ? demanda Harold à Juan.

_ Elle va beaucoup mieux, merci. Maintenant c'est Alfredo et Eva qui ont le virus, mais ils sont contents de ne pas devoir aller à l'école.

_ Tu penses que le pique-nique de dimanche sera annulé ? On dirait que beaucoup de gens sont malades.

_ Peut-être, déclara Juan. Mais le week-end suivant, je ne suis pas dispo. Et si on le reportait à un autre moment, en milieu de semaine ? Pourquoi pas mercredi ? Je fermerai le restaurant. Tu seras libre ?

_ Aucun problème, répondit Harold. Les étudiants seraient ravis de reporter l'exam prévu pour la semaine prochaine. On peut pas laisser le travail interférer avec la vie, pas vrai ? »

Les deux hommes rirent.

Ricardo se tourna vers Benjamin et dit à voix basse : « T'imagines si on se pointait pas un après-midi au travail pour aller à une fête ? »

« Impossible. »

Ricardo était d'accord, mais ça ne le satisfaisait pas pour autant. Il y avait quelque chose d'attrayant à donner un poids égal au jeu et au travail. Après tout, la vie était faite pour quoi ?

Le dîner commença à sentir moins gras et sembler moins minable à Ricardo. Ce lieu avait plutôt quelque chose d'humain et d'intime. Les gens comptaient. Le plaisir avait de la valeur. Il se demanda si Harold serait davantage motivé par l'ambition professionnelle s'il n'avait pas immigré à Porto Rico. Ricardo, lui, serait-il différent s'il vivait ici ? Combien de temps lui faudrait-il pour se mettre à aimer ce resto graisseux ?

Juan vint prendre leur commande.

« Donne-nous trois burgers avec des frites et du coca. » Harold se tourna vers Ricardo et Benjamin. « Ça vous va, les gars ? »

« Ça me paraît bien », répondit Ricardo. Il voulait surtout des frites. Il savait que Lillian aurait désapprouvé et voulu qu'il commande une salade. Mais Lillian n'était pas là, et toutes ses salades et son sport n'avaient pas empêché son cancer. Pourtant, si seulement il ne se sentait pas coupable de consommer tout ce cholestérol.

« Ok, je vais y goûter », déclara Benjamin avec ambivalence.

Les trois, assis à la table du coin, écoutaient les burgers grésiller sur le grill.

« Et vous, Benjamin, vous travaillez sur quoi ? s'enquit Harold. Vous n'avez pas l'air d'y connaître grand-chose en biologie marine.

_ Vous avez bien raison. Je travaille sur les maladies oculaires, principalement les problèmes auto-immuns dans la rétine. En ce moment, j'étudie la rétinopathie liée aux agressions par grenaille de plomb. Certains patients deviennent aveugles, et c'est grave.

_ Je veux bien vous croire », s'exclama Harold.

Ricardo acquiesça d'un signe de tête.

« Je travaille aussi un peu sur le cactus, une distraction que j'ai adoptée en Israël », ajouta Benjamin nonchalamment.

Les yeux de Ricardo s'écarquillèrent lorsque Benjamin mentionna son projet de cactus secret. Peut-être que l'environnement libre et non compétitif avait affecté Benjamin tout autant que lui.

« Benjamin est ici pour en apprendre davantage sur la biologie marine, tout comme moi. Ça fait des années que nous sommes amis, expliqua Ricardo qui essayait de changer de sujet.

_ C'est vrai, dit Benjamin. Et ces méduses sont certainement intéressantes.

_ Aussi intéressant que les cactus ? demanda Harold, sans réaliser l'importance de cette question.

_ Absolument ! » s'exclama Benjamin.

Ricardo trouva l'enthousiasme de Benjamin pour les méduses forcé. Qu'est-ce que Benjamin pensait vraiment de ce projet de méduses, qu'il s'agissait de vacances, ou peut-être d'un autre « hobby », comme ses expériences sur les cactus ?

« Je suis heureux que Ricardo m'ait demandé de venir ici avec lui et de faire un honnête travail de terrain. Le paysage bat à coup sûr tous les murs mornes de mon bureau. Ce sont comme de belles vacances dans la mangrove, excepté pour ces maudits moustiques.

_ Ma vie entière est une sorte de vacances, déclara Harold. Quand j'ai rencontré Delores, je savais que cette course folle à la carrière n'était pas pour moi. On n'a qu'une seule vie, pas vrai ?

_ Pas pour moi.

_ Qu'est-ce qui n'est pas pour vous, Ricardo ? demanda Harold. N'avoir qu'une seule vie ou la course à la carrière ?

_ Ce ne sont pas des vacances pour moi, même si ça j'adore cet endroit. Je veux en apprendre davantage sur les yeux de ces méduses. Ils sont incroyables. Je veux savoir ce qu'elles voient et à...

_ ... à quoi elles *pensent*, termina Benjamin.

_ C'est vrai, admit Ricardo sur un ton un peu défensif. Je veux savoir si les méduses pensent et, si oui, à quoi elles pensent. »

Harold rit. « Les méduses ? Penser ? Vous êtes un romantique sans espoir, Ricardo. »

Ricardo serra la mâchoire. « Vous n'avez pas besoin d'yeux aussi sophistiqués que les méduses pour réagir à la lumière et à l'obscurité. Même les plantes réagissent à la lumière. Quoi qu'il en soit, les rhopalies des méduses ont également quatre groupes de photorécepteurs plus simples en plus de leurs yeux complexes, et ceux-ci devraient être suffisants pour détecter les changements d'intensité lumineuse. Je me demande donc pourquoi elles ont des yeux si sophistiqués ? » Il fit une pause. « Vous croyez que seuls les humains pensent et ressentent des émotions et... enfin, chérissent la vie ? Un animal doit-il nous ressembler, ou à un singe ou un chien, pour avoir ... je ne sais pas ... une vie psychologique ? » Il se dit qu'il devait ralentir. Mais il pensait vraiment ce qu'il disait. Il était donc impulsif et passionné et peut-être parfois incontrôlable. Et alors ? Il était comme ça.

« Et vous, vous croyez que les méduses pensent ? demanda Harold à Benjamin.

_ Qui sait ? Mais même si elles pensaient, je n'aurais aucun moyen de le déterminer. On ne peut pas leur poser la question. Comment peut-on déterminer si et quand la réflexion a lieu ?

_ Ça c'est bien vrai, s'exclama Harold. J'me pose parfois la même question au sujet de Delores ! Je rigole. Peu importe si les méduses pensent ? Elles, elles s'en fichent. Croyez-moi. »

Ricardo fronça les sourcils. Juan apporta les burgers et les frites, rompant le silence gênant qui était tombé sur le groupe.

« C'était gras, mais bon, admit Benjamin après avoir terminé son burger. J'espère juste que je ferai pas un infarctus ce soir. »

Ricardo prit l'addition et alla paya le caissier avant leur départ.

« Merci, dit Harold alors qu'ils marchaient dans la rue. Si vous n'êtes pas fatigués, tous les deux, vous pourriez essayer d'attraper quelques méduses au bord du quai ce soir. »

Ricardo fit un bond. « Attraper des méduses la nuit ? Comment vous les voyez dans le noir ? »

« Ce n'est pas la même chose que d'aller dans la mangrove. Pour commencer, c'est une espèce différente appelée *Carybdea marsupialis*. Leurs yeux ressemblent à ceux des *Tripedalia*, mais ces méduses sont trois ou quatre fois plus grandes et ont de longs tentacules blanchâtres. Il suffit de faire briller une lumière à la surface de l'eau et d'attendre qu'elles viennent à vous. Elles *réfléchissent* probablement à la nature de la lumière », ajouta-t-il en faisant un clin d'œil à Benjamin.

Ricardo ignora le sarcasme d'Harold, même s'il s'était effectivement demandé pourquoi les méduses étaient attirées par la lumière. Les petites prédatrices, comme les appelait Harold, cherchaient-elles de la nourriture ? Sinon, quoi alors ?

Quand ils furent rentrés au laboratoire, Harold leur donna une lanterne à faire briller sur l'eau s'ils décidaient d'aller pêcher des méduses pendant la nuit, puis il rentra chez lui pour faire une *siesta.* Ricardo et Benjamin restèrent pour exciser les rhopalies contenant les yeux des *Tripedalia* qu'ils avaient capturées, pour pouvoir les analyser plus tard, une fois de retour dans leurs propres laboratoires. Benjamin n'ayant aucune expérience en dissection au microscope, Ricardo s'en chargea. Il aiguisa les extrémités des pinces qu'il avait apportées et regarda les méduses sous tous les angles pour arriver à trouver une manière d'enlever les rhopalies qui contenaient les yeux. Il découvrit qu'il pouvait enfoncer le bout de sa pince fine dans les minuscules cavités, détacher les rhopalies en les pinçant au niveau de leur tige et les placer dans un tube réfrigéré. C'était une procédure rapide. Benjamin suivit les instructions de Ricardo, bien que plus lentement car il n'avait pas la même coordination main-œil que Ricardo avait sous le microscope. Au bout de plusieurs heures, ils avaient accumulé des centaines de rhopalies qu'ils conservaient dans un réservoir d'azote liquide portable.

Ils retournèrent au motel pour se reposer un peu avant de partir attraper des méduses de nuit. Ricardo était heureux que Harold soit occupé ce soir-là et qu'il ne passerait donc pas son temps à regarder par-dessus son épaule. Lui et Benjamin étaient partis à l'aventure explorer les secrets de la Nature, incertains de ce qu'ils trouveraient, et redevables à personne.

C'était merveilleux !

Chapitre 12

Le soleil une fois couché, les deux scientifiques empruntèrent le chemin en pente qui allait du laboratoire jusqu'au quai. Benjamin portait le seau pour récupérer les méduses et regardait le sol en marchant, se concentrant sur la tâche à accomplir. « Ce sera intéressant de comparer les yeux de ces méduses nocturnes avec ceux des *Tripedalia*. Harold a dit que les *Carybdea* était plusieurs fois plus grandes que les *Tripedalia*, donc je suppose que leurs yeux seront plus grands et plus faciles à disséquer. »

« Pas nécessairement, rétorqua Ricardo. Les animaux plus grands n'ont pas toujours de plus grands yeux. Les baleines sont énormes mais leurs yeux ne sont pas proportionnellement plus grands, du moins c'est ce que j'ai lu. »

Tout en marchant, Benjamin expliqua comment les différences de taille entre les deux méduses pouvaient affecter la teneur en protéines de leurs tissus et qu'il faudrait prélever de nombreuses méduses pour effectuer diverses analyses, etc.

Ricardo traînait derrière. L'air luxuriant et humide lui rappelait les étés en Argentine. Il trébuchait de temps en temps sur des rochers alors que son esprit errait. Il se sentait à nouveau jeune, pas accablé par les pressions des financements et de la bureaucratie, d'aider les étudiants à trouver un emploi, ou de marcher sur la pointe des pieds sous l'œil exigeant du

Dr Topping. Il vivait enfin son jeune rêve d'aventure. Les rayons de la lune vibraient sur l'eau, divisant la baie éloignée en deux moitiés complémentaires. De loin, la paisible baie bordée d'arbres ressemblait à une carte postale. Bon, peut-être pas si paisible. Il imaginait le drame sous la peau douce de la mer : des requins chassant des phoques et des tortues rôdant à la recherche de méduses. La beauté de la Nature camouflait souvent la laideur de la réalité de la survie. Bien sûr, il ne pouvait pas entrer dans l'esprit d'une autre espèce, comme il l'avait souhaité depuis son enfance, depuis qu'il avait eu Mulligan. Ricardo pensa à l'ornithorynque complexe qui « voyait » des proies avec son bec sans yeux. Comment un animal qui avait besoin d'yeux pour voir pourrait-il jamais pénétrer l'esprit d'une espèce différente capable de visualiser son environnement sans yeux ? L'évolution avait rendu impossible pour une espèce d'entrer dans l'esprit d'une autre. Les stratégies de survie devaient rester secrètes pour maintenir l'équilibre délicat entre la vie et la mort, à la fois sublimes et cruelles.

Ricardo pensait que la Nature résolvait les problèmes sans objectifs de mission déclarés et sans comités pour établir les priorités. L'évolution progressait sans moralité ni responsabilité. La beauté existait sans personne pour la regarder. L'idée de justifier son aventure des méduses au Dr Topping ou à n'importe qui d'autre – même à Lillian si elle était encore en vie – semblait aussi ridicule qu'essayer d'expliquer un poème.

Des éclats de bioluminescence scintillants dansaient à la surface de l'eau, lui rappelant la protéine fluorescente verte des méduses, qui avait conduit au prix Nobel de chimie. Une telle fusion parfaite de la Nature impartiale et de la curiosité humaine avait permis de détecter les positions et les mouvements des protéines dans les cellules, et même de mieux comprendre comment les cellules cancéreuses se propageaient. Une fois de plus, il se rappela que de grands progrès en médecine venaient souvent de lieux inattendus. Ses études fondamentales *répondaient* peut-être au plaidoyer de Lillian. Il ne devait pas laisser ses rêves et ses croyances se faire piétiner.

« Allez, Ricardo, l'exhorta Benjamin, qui avait déjà atteint le quai.

_ J'arrive ! répondit Ricardo, accélérant le pas.

_ Où est-ce qu'on pourrait brancher cette lampe ? dit Benjamin, cherchant une prise électrique. Comment les gens font-ils de la science dans des conditions aussi primitives ?

_ Tu préfèrerais être chez toi ? » demanda Ricardo. Il se souvint d'Harold dénigrant la course folle. La vie d'Harold était-elle inférieure à la sienne ou à celle de Benjamin ? Comment évaluait-on une vie réussie ? En comptant le nombre de publications ou de distinctions reçues ? Ricardo se demanda, non pour la première fois, s'il avait choisi le mauvais cheminement de carrière. Non, certainement pas. S'il avait été poète ou romancier, ou quoi que ce soit d'autre, il aurait rêvé d'être scientifique. Il n'y avait rien de plus remarquable que la Nature.

« Une prise ! » s'exclama Benjamin en branchant la lampe. « Que la lumière soit. » Et la lumière fut. « Voyons maintenant si ces méduses nagent vraiment vers la lumière. »

Ricardo regardait les reflets colorés du faisceau lumineux sur la surface de l'eau. « Ça va me manquer ici », dit-il.

« C'est *vrai* que c'est bien », reconnut Benjamin. Il regarda autour de lui et inhala l'air marin humide. « Ça me rappelle Tel Aviv.

_ J'aimerais pouvoir mettre La Parguera en bouteille et la ramener à la maison, ajouta Ricardo.

_ Ce serait si bon », déclara Benjamin.

La maison continuait de résonner dans l'esprit de Ricardo : une maison vide, un lit solitaire, des pressions pour répondre aux demandes de son patron obsédé par la collecte de fonds. Une fois revenu, se souviendrait-il même de La Parguera telle qu'il la vivait à ce moment ? Il en doutait. Pour connaître La Parguera, il fallait voir la baie et la mangrove, regarder les crabes ramper sur les racines des palétuviers, sentir les piqûres des moustiques, voir les chiens maigres errant dans les rues à la recherche de nourriture, renifler l'eau saumâtre et sentir le soleil chaud vous brûler la peau. Les souvenirs n'étaient que des reproductions, pas la chose vraie. Ils ternissaient, changeaient, et on ne pouvait pas leur faire confiance. Mais Lillian lui revint à l'esprit. Elle n'avait pas changé dans sa mémoire. Ou peut-être ?

Les petits bateaux vides le long du quai se balançaient doucement sur l'eau. Le hangar à bateaux verrouillé ressemblait à une cabane abandonnée. La version de nuit du laboratoire marin était très différente de sa version de jour – plus silencieuse et comme si un drap recouvrait les mystères de la Nature.

Les deux scientifiques, coexistant dans le même environnement mais leurs esprits dans des mondes différents, s'assirent pour manger leur sandwich. Ils se mirent à bavarder tout en gardant leur regard sur l'eau pour surveiller toute méduse qui viendrait vers la lumière. Des dizaines de petits poissons pullulaient dans la zone d'eau délimitée par le faisceau de lumière. Des calmars s'élançaient à une vitesse stupéfiante, visibles un instant, évanouis au suivant. Leurs tentacules donnaient l'illusion d'une hélice en rotation. Plusieurs heures s'écoulèrent, mais pas de méduses.

« Dommage », dit Benjamin. Il ne semblait pas aussi déçu que Ricardo.

« Au moins, nous avons attrapé beaucoup de *Tripedalia* pendant la journée, répondit Ricardo. Notre avion part demain après-midi, alors on pourrait aussi bien rentrer et se reposer.

_ Eh, regarde ! »s'exclama soudain Benjamin.

Une forme angélique et translucide avec des fils blancs pareils à de la dentelle – une seule méduse – remontait des profondeurs. Ricardo la regardait, fasciné par sa majesté. Pourquoi lui avait-il fallu si longtemps pour arriver ? Vivait-elle directement sous le quai ou était-elle venue de loin ? Quelle distance avait-elle parcourue ? Qu'espérait-elle trouver à la surface ? Et surtout, que voyait cette méduse et que ferait-elle de ces informations ?

Ricardo plongea le filet dans l'eau et l'attrapa délicatement alors qu'elle faisait demi-tour pour retourner dans les eaux plus profondes. Cinq autres méduses suivirent en l'espace de quelques minutes, et les scientifiques avides capturèrent chacune d'elles. Tout comme les *Tripedalia*, ces méduses voyageaient en groupe. Ricardo se demanda comment elles communiquaient entre elles.

Aucune autre méduse n'apparut au cours des quinze minutes suivantes. Benjamin débrancha la lampe. Ils rapportèrent le seau contenant les six méduses au laboratoire et rentrèrent au motel. Le matin, ils excisèrent et congelèrent les rhopalies contenant les yeux de ces méduses pour les ramener à leurs laboratoires et les analyser.

Chapitre 13

Ricardo fourra un Kleenex dans ses oreilles pour atténuer le râle énervant des ronflements de Benjamin. Le fait qu'il ne pouvait pas dormir n'avait cependant rien à voir avec les ronflements de Benjamin ou le climatiseur bruyant de leur chambre. Même après la longue journée et la nuit à prélever des méduses, Ricardo se sentait ravi et plein d'énergie. La majesté de la *Carybdea* s'élevant des profondeurs l'obsédait. La scène se rejouait inlassablement dans son esprit. Il mourait d'envie de tout raconter à Lillian, Harold et les méduses et la mangrove. Il alla à la fenêtre et jeta un coup d'œil à travers les lamelles du store vénitien. C'était une nuit sombre et morne, sans étoiles. Un chien errant reniflait une poubelle ouverte de l'autre côté de la rue. La chambre du motel avait une odeur de moisi. Il pensa entendre des cafards gambader dans la salle de bain, mais conclut correctement que les cafards ne faisaient pas de bruit, du moins aucun que les humains puissent entendre.

Brusquement submergé par l'anxiété, Ricardo se recoucha. Il se sentait claustrophobe, pressé par l'obscurité, comme s'il était pris dans un piège sans issue. Le bruit sporadique du climatiseur de fenêtre lui tenait compagnie, ce qu'il appréciait. Benjamin, profondément endormi sur le dos, avait finalement arrêté de ronfler. Ricardo s'imagina dans un cercueil, les mains croisées sur sa poitrine, mais il n'aimait pas l'idée d'être mort. Il prétendit qu'il dormait, mais cela ne fonctionna non plus. Il écouta le tic-tac de la pendule sur son chevet. Si seulement il pouvait manipuler le temps et faire se lever le soleil tôt pour chasser ces démons nocturnes. Il aurait souhaité avoir apporté son Valium à La Parguera.

Il pensa à Lillian. Elle était sa lumière dans les ombres obscures de la nuit. Si seulement il pouvait lui parler jusqu'aux petites heures du matin, comme il l'avait fait par le passé. Elle lui caresserait le bras et lui dirait de belles choses, le rassurerait, l'aimerait. Il la serrerait dans ses bras.

Il avait toujours supposé qu'elle vivrait plus longtemps que lui.

Épuisé, Ricardo nicha sa tête entre deux oreillers pour bloquer les ronflements de Benjamin, qui avait recommencé. Il ferma les yeux et se laissa flotter dans l'univers infini du néant. Son anxiété s'estompa comme si portée en aval par un léger courant. Il n'était plus pressé d'être au matin. Dans la zone crépusculaire précédant un doux sommeil, Ricardo se souvint de la main de Lillian dans la sienne, sa chair ferme et chaude, pas flétrie comme à sa mort. Il imagina ses lèvres contre les siennes, humides et réceptives comme quand elles étaient jeunes. Comme c'était bon !

Une vague de colère traversa son cerveau. Qu'est-ce qui avait donné au cancer le droit de lui arracher Lillian ? Qu'avaient fait les méduses pour mériter d'être détournées de leur domicile et emprisonnées dans un seau en métal ? Tout était tellement injuste.

Enfin, Ricardo succomba au sommeil. Il rêva des mystérieuses méduses près du quai. Comme des messagères s'élevant des profondeurs, elles se propulsaient sans effort dans l'eau. Il les entendit qui disaient : « Nous sommes vivantes ».

C'était comme si elles se dirigeaient vers une destination connue, tout en étant à la dérive. Elles étaient impossibles à saisir et glissèrent entre ses doigts quand il tendit la main pour les toucher. D'autres groupes de méduses affluèrent dans son rêve. Elles pulsaient de façon synchronisée comme si elles étaient liées, mais chacune d'elles était un individu unique tout comme lui. Quelques méduses étaient grandes – des adultes ; d'autres étaient petites, comme des enfants. Elles se dissolvaient et se reformaient, encore et encore, se dissolvant et se reformant, fusionnant puis se séparant.

Une faune diversifiée, faite d'éponges, de coraux, d'anémones et d'étoiles de mer, et d'oursins, entra dans son rêve. Les différentes espèces se regroupèrent avec les leurs, même si quelques non-conformistes s'incorporèrent aux groupes d'autres espèces. Les plumes de mer ressemblaient plus à des plantes qu'à des animaux. Une merveilleuse plume de mer se souleva comme par magie et commença à écrire dans l'eau, telle une plume trempée dans de l'encre de seiche noire, sans aucune main pour la guider. Les mots s'estompèrent, cachant une histoire secrète.

« Tout est flou », dit Ricardo à Benjamin au petit-déjeuner le lendemain matin, frustré de ne pouvoir raconter son rêve plus précisément. « Mais peut-être que les détails importent peu, ajouta-t-il. Les rêves sont si souvent ainsi – des souvenirs sans pourtant l'être, des images sans explications. C'était mystérieux et beau. »

Benjamin écouta patiemment.

Alors qu'ils terminaient leur petit-déjeuner en silence, Ricardo pensa aux *Tripedalia* qui nageaient en groupes dans la mangrove et aux six *Carybdea* qui étaient apparues les unes après les autres sur le quai. Il se rappela les méduses fusionnant et se séparant, se dissolvant et se reformant dans son rêve, et les invertébrés se regroupant avec leur propres espèces, à l'exception du franc-tireur occasionnel. Bien sûr, il ne pouvait pas l'expliquer à Benjamin. Il ne le comprenait pas lui-même, mais il savait que cela lui semblait juste.

Chapitre 14

Les six *Carybdea* nageaient en rond dans leurs seaux lorsque Ricardo et Benjamin arrivèrent au laboratoire après le petit-déjeuner.

« C'est quand même un peu triste, déclara Ricardo.

_ Qu'est-ce qui est triste ?

_ Les méduses qui nagent sans but, sans aller nulle part.

_ C'est ce qu'elles font au quotidien, Ricardo.

_ Tu te souviens de notre émotion quand les méduses sont soudainement apparues d'on ne sait où, la nuit dernière ? demanda Ricardo. Comme des anges venus des profondeurs.

_ Ouais.

_ Elles étaient majestueuses. » Ricardo regarda au loin. « À ton avis, pourquoi les six sont arrivées en quelques minutes, l'une après l'autre, après toutes ces heures d'attente ? Pas une seule de toute la soirée, puis elles sont toutes arrivées l'une après l'autre. Tu penses qu'il y a des méduses qui attendent leur retour ?

_ Allez. Excisons et congelons leurs rhopalies. On a un avion à prendre. » Benjamin semblait impatient face à l'incessante anthropomorphisation de Ricardo de ces globes de gelée.

« C'est triste, insista Ricardo. Nous enlevons ces animaux de leur maison sans aucune idée de leur vie. Pire encore, on s'en fiche. Elles sont sur cette planète depuis bien plus longtemps que nous. Qu'est-ce qui te fait penser qu'elles sont si insignifiantes ? C'est parce qu'elles ne parlent pas notre langue ?

_ Arrête avec ces bêtises, Ricardo ; nous n'avons pas beaucoup de temps. »

L'odeur de mer salée qui régnait dans le laboratoire était telle un parfum pour Ricardo, qui excisait les rhopalies des méduses. Il aimait l'environnement marin.

« J'aurais dû naître cinquante ans plus tôt lorsqu'il n'était pas nécessaire de faire ce genre de recherches fondamentales au clair de lune », murmura-t-il.

Après un moment, Benjamin dit : « Au clair de lune ? Je pense que le mot vacances serait plus précis. »

Ricardo lança à Benjamin un regard plein de ressentiment. « Tu recommences avec tes vacances ? »

« Et pourquoi ce serait toi le poète et moi qui serais là pour le plaisir ? » demanda Benjamin.

Ricardo ne put s'empêcher de sourire. « Tu m'as amené ici », dit-il. Mais il n'en restait pas moins qu'il n'était pas venu à La Parguera en vacances. Il avait été sincère lorsqu'il avait écrit sur sa demande de voyage qu'il souhaitait étendre ses recherches aux yeux des méduses. Il croyait sincèrement que ses études sur les méduses pourraient éventuellement avoir une pertinence clinique, même si sa curiosité immédiate était de savoir quels secrets évolutionnaires pouvaient être cachés dans les yeux de ces méduses.

Alors que Ricardo disséquait en silence, l'image décharnée de Lillian rongée par le cancer lui traversa l'esprit. Qu'aurait-elle pensé de son excursion à la recherche des méduses ? Autant il l'aimait, et il l'aimait de tout son cœur, autant sa mort avait libéré une partie de lui. C'était maintenant son opportunité d'être un franc-tireur qui empiétait sur l'espace interdit d'une autre espèce. Une vie entière de conformité ne lui avait-elle pas valu le droit de faire ce qu'il voulait ?

De toute façon, ils ne le licencieraient pas du Centre des sciences de la vision. Le Dr Topping avait dit lui-même qu'il était une star. Sa demande de voyage avait été acceptée et il faisait un nouveau suivi de ses anciennes découvertes. S'ils voulaient qu'il s'en aille, tout ce dont ils avaient besoin était d'un peu de patience pour qu'il parte, qu'il réponde à l'appel de la Nature, comme tout le monde le faisait, bien que, espérons-le, pas aussi douloureusement que Lillian.

Benjamin interrompit les pensées de Ricardo. « Terminé, dit-il quand il eut fini d'emballer ses fournitures. Prêt à partir ? »

« Ouais. Un voyage plutôt réussi, non ? Nous avons beaucoup d'échantillons à ramener. » Ricardo était redevenu un scientifique sérieux.

Chapitre 15

Il était tard dans l'après-midi, dans son laboratoire de Washington, et Ricardo était fatigué après avoir passé plus de deux heures à analyser les expériences ratées de Pearl. Il aurait dû résumer son évaluation de ses progrès de manière concise et suggérer comment elle pourrait changer de cap ou envisager de nouvelles expériences. Mais il aimait la présence de Pearl et n'avait pas été pressé de la renvoyer de son bureau. Elle partageait la même forme de visage triangulaire et les mêmes pommettes hautes que Lillian, bien qu'elle soit plus sensuelle que Lillian à cet âge-là. Les cheveux doux et châtain de Pearl étaient plus longs que ceux de Lillian, son teint plus lisse et le balancement de ses hanches bien plus marqué lorsqu'elle marchait. Parfois, Ricardo rougissait quand Pearl, de ses yeux noir charbon, le regardait les paupières à demi fermées comme une femme qui aimait trop son mentor, ou provoquait-elle le vieil homme qu'il était ?

Ricardo vit l'éclair d'une jupe rose passer devant la porte de son bureau, que Pearl avait oublié de fermer en sortant. Ça ne pouvait pas venir de Pearl parce qu'elle portait sa blouse blanche de laboratoire. Avant même qu'il ne puisse cligner des yeux, la couleur avait disparu. Les pas – clac clac, clac clac – s'évanouirent au loin.

Cet éclair rose et le bruit régulier des pas sur le sol dur captèrent l'attention de Ricardo. Posant son stylo, il alla fermer la porte de son bureau, une excuse pour regarder dans le couloir. Elle était partie. Il retourna alors à son bureau, fixa du regard les lignes bleu-vert rotatives de son économiseur d'écran d'ordinateur, puis tourna son attention vers un manuscrit inachevé qu'il écrivait. Son esprit s'évada. Cet éclair rose et les pas de femme avaient ravivé la mémoire de Monique.

Monique : sa seule et unique infidélité. Il était au début de sa cinquantaine quand il l'avait rencontrée par une douce journée de juillet, lors de son premier et unique voyage à Nice, sur la Côte d'Azur, dans le sud de la France. Il y avait prononcé le prestigieux discours d'ouverture du Congrès international de biochimie. Les belles femmes sur la plage, dans les magasins et dans les rues, l'avaient ébloui. Star du congrès et au sommet de sa carrière, Ricardo avait pris la grosse tête.

Son discours s'était parfaitement déroulé et ses collègues avaient été enthousiasmés par ses recherches. Après sa conférence, ils l'avaient emmené dans l'un des meilleurs restaurants de la ville, où il avait bu plus que sa part de Bordeaux. À son retour à l'hôtel, il était ivre du succès de la conférence et du vin qu'il avait consommé. Ses yeux se posèrent sur une jeune femme en jupe très courte, debout près de l'ascenseur, et il comprit qu'il devait sortir faire le tour du pâté de maison pour se calmer.

Ricardo se dirigea vers la musique qui flottait depuis une discothèque de l'autre côté de la rue. Un homme à la porte lui fit signe d'entrer. Il obéit. Les tables étaient occupées par des couples qui flirtaient et appréciaient l'ambiance. Il s'assit au bar, commanda un verre de Zinfandel rouge et écouta la femme sur scène chanter des chansons de cabaret français. La tension dans ses épaules et son dos se relâcha. Après quelques instants, il remarqua la femme assise sur le tabouret à côté de lui. Elle sirotait un verre de vin à moitié plein. Il lui rendit son sourire timide. Au début, elle lui sembla d'âge moyen, comme lui, peut-être dans la cinquantaine, mais il se rendit compte ensuite que le faible éclairage lui jouait des tours et qu'elle était plus jeune que lui, peut-être au milieu de la trentaine. Elle avait appliqué un léger fard à paupières bleu et du rouge à lèvres rose. Ses yeux, bleu-gris, étaient comme une invitation. Pour éviter l'embarras que son attirance soit découverte, il regarda ses pieds pendants du tabouret. Ses chaussures roses contrastaient avec le sol sombre. Les yeux de Ricardo remontèrent le long de ses jambes fermes jusqu'à une jupe rose moulante qui s'arrêtait juste au-dessus de ses genoux, puis ses yeux s'aventurèrent encore plus au nord jusqu'à un chemisier rose irisé. Son parfum était enivrant. Les cheveux blonds sur sa nuque, de fins fils d'or, miroitaient sous la faible luminosité.

« Je ne parle pas français », dit-il.

Le coin gauche de sa bouche roula légèrement vers le haut. « Non ? Ça ne fait rien.

_ Vous parlez anglais ? demanda-t-il.

_ Oui, un peu. » Elle plaça son index près de son pouce pour indiquer combien. Il remarqua qu'elle ne portait pas d'alliance.

Elle lui dit qu'elle était de Paris, en visite pour une « small vacation ». Elle ajouta qu'elle était infirmière. Il tapota du pied en rythme avec la musique et finit son vin ; elle sirota le sien à ses côtés. Quand il eut fini son vin, il en demanda un autre au barman, puis encore un autre après cela. Ils se moquèrent de leur propre maladresse à l'égard des langues étrangères et échangèrent joyeusement des plaisanteries sur les clients assis aux tables. À un moment, elle posa sa main sur son bras. Au début, cela le mit mal à l'aise, mais il ne la retira pas. Elle était séduisante, charmante. Cependant, il y avait un côté plus profond sous la surface qui l'attirait. Elle baissa les yeux, comme si elle essayait de camoufler une certaine déception d'une manière qui lui donna envie de la consoler, même s'il n'avait aucune idée de ce qui l'avait déçue.

Il lui dit qu'il avait prononcé le discours d'ouverture au Congrès en ville. Elle sembla impressionnée et lui demanda de quoi il avait parlé. « De l'œil », lui dit-il.

Elle voulait plus de détails, alors il lui parla de la cornée et de la dystrophie de Fuch. Elle se pencha plus près pour entendre chaque mot. Il partagea avec elle son amour pour la science et comment il considérait la Nature comme un paradis rempli de beauté et d'aventure. La science était plus qu'un outil pour guérir les maladies, avait-il dit, c'était un art. Elle était envoûtée. Puis, il lui dit qu'il avait toujours voulu savoir à quoi pensaient les animaux et lui parla de son chat Mulligan. Elle rit et lui confessa qu'elle s'était demandé ce qui se passait dans l'esprit de son chien quand elle était petite.

Ils écoutèrent la chanteuse de cabaret pendant encore une demi-heure, puis il lui proposa de retourner à son hôtel avec lui. Il savait que c'était mal, mais il ne put s'en empêcher. Le vin avait libéré sa langue et il était en France. Ce n'était pas vraiment lui, en quelque sorte. Elle rougit et parut incertaine. Elle lui permit de passer son bras autour de sa taille alors qu'ils marchaient en direction de l'hôtel, ses talons hauts faisant clac clac.

Le lendemain matin, Ricardo se réveilla dans un lit vide. Il avait trop dormi et raté plusieurs présentations de ses collègues.

Monique s'était évanouie dans une mémoire privée au fil des ans, mais elle n'avait jamais disparu. Qui était-elle ? Où était-elle maintenant ?

Un coup frappé à la porte de son bureau éloigna Ricardo de sa rêverie.

« Entrez, dit-il, se sentant comme un enfant pris avec sa main dans le paquet à biscuits.

_ Je rentre chez moi, expliqua sa secrétaire. N'oubliez pas que vous devez rendre votre rapport annuel demain.

_ Oh c'est vrai. Merci de me le rappeler. »

Quand la porte se referma, les pensées de Ricardo se tournèrent à nouveau vers Monique. Simultanément, il vit la photo de Lillian sur son bureau. Il ne lui avait jamais révélé son aventure. Peut-être aurait-il dû, peut-être pas. C'était l'un de ces choix précaires : la culpabilité par l'admission ou le remords par l'évitement. Il avait choisi ce dernier par procrastination continue. « Je suis désolé », dit-il à la photo de Lillian. Ses excuses tombèrent dans l'oreille d'un sourd, tout comme sa « promesse » d'honorer le vœu mourant de Lillian. Tout en regardant la photographie de Lillian, il visualisa le rouge à lèvres rose de Monique et la douce boucle de sa lèvre supérieure, son chemisier rose irisé et sa jupe et ses chaussures rose brillant. Tout ce rose. Il imagina le claquement de ses talons aiguilles martelant le trottoir en cadence alors qu'ils se dirigeaient vers l'hôtel. Puis, il se souvint de la tristesse cachée qu'il avait ressentie en elle et qu'elle n'avait pas partagée avec lui, et de sa solitude quand il s'était réveillé dans son lit d'hôtel vide.

Chapitre 16

Avant d'attaquer le rapport annuel, Ricardo dîna des spaghettis avec des boulettes de viande et regarda le journal télévisé. Une épidémie de cécité à Détroit et des vidéos de salles d'urgence surpeuplées, avec des patients aveugles tâtonnant de peur, le surprirent. Tous les patients avaient une forte fièvre et s'étaient plaints d'un mal de gorge un jour avant de perdre la vue. La fièvre et le mal de gorge avaient disparu le lendemain lorsqu'ils étaient devenus aveugles. On ne savait pas encore si ou quand la vue serait retrouvée.

Ricardo changea de chaîne pour obtenir plus d'informations et tomba sur un entretien avec un médecin du Centre des maladies transmissibles et un représentant au Congrès du Connecticut. Le médecin s'abstint de faire des allégations non fondées, déclarant seulement que les tests ophtalmologiques n'avaient pas encore été effectués. Le membre du Congrès condamna la communauté médicale pour ne pas faire plus pour améliorer la santé publique et mentionna le Centre des sciences de la vision. En tant qu'autorité autoproclamée sur la médecine et la recherche, le membre du Congrès déclara d'une voix perçante : « Les scientifiques reçoivent d'énormes sommes d'argent des contribuables pour trouver des traitements et des vaccins pour ces maladies horribles, et après des promesses sans fin, ils haussent les épaules et disent que plus de recherches sont nécessaires. Ils demandent à être récompensés pour leurs échecs ! Cette situation est répréhensible. Nous devons cesser de financer les universitaires qui utilisent l'argent des contribuables pour étudier les insectes et la vermine, et je ne sais quoi d'autre au lieu des humains. » Il cita des statistiques sur le nombre de nouvelles épidémies de maladies signalées au cours de l'année passée et le montant d'argent que cela avait coûté au pays.

Soudain, le membre du Congrès cessa de parler, avala difficilement sa salive et, l'air effrayé, annonça : « Je pense que je commence à avoir mal à la gorge. Je dois rentrer chez moi immédiatement. Que Dieu vous bénisse tous. »

Ricardo s'attendait à voir un autre éditorial de Randolph Likens, accablant la recherche scientifique fondamentale, dans le journal du lendemain. Il éteignit la télévision et son esprit se tourna vers les méduses. Il semblait que tout ce à quoi il pouvait penser ces jours-ci était les méduses. Étaient-elles déjà devenues aveugles et, si oui, comment la cécité avait-elle affecté leur comportement ou leur survie ?

Réalisant qu'il procrastinait, il alluma son ordinateur et s'installa pour rédiger son rapport annuel. Le simple fait de regarder le formulaire d'évaluation annuelle vierge sur son écran d'ordinateur l'ennuyait. « C'est toujours la même chose, se dit-il. Quelle perte de temps. » Il réagissait de la même manière chaque année et, chaque année, Lillian lui avait dit de « se détendre et de le faire ». Même s'il supposait que ses rapports annuels étaient trop maigres, sa fierté le poussait toujours à impressionner – mais qui ? – le Dr Topping ? Probablement. Le fait que cela lui importait le dérangeait. Néanmoins, il se mit à remplir le formulaire jusqu'à ce que le téléphone sonne et l'interrompe.

« Marcus à l'appareil. Vous avez un moment, Ricardo ? »

Ricardo fut pris au dépourvu. Pourquoi le Dr Topping l'appelait-il chez lui ? Cela concernait-il l'épidémie à Détroit ? Non, cela n'avait aucun sens.

« J'espère que je ne vous dérange pas. Comme je n'ai pas encore reçu votre rapport annuel, j'ai supposé que vous étiez peut-être en train de travailler dessus. »

Marcus Topping, le directeur éternel ! Avait-il Ricardo jour et nuit dans son radar ? Ricardo était furieux. Cependant, le Dr Topping déclara qu'en raison des circonstances actuelles de Ricardo, un rapport annuel abrégé serait acceptable. Quelle frustration pour Ricardo de ne pas savoir s'il devait être en colère ou reconnaissant ! Avant de raccrocher, le Dr Topping ajouta : « Assurez-vous simplement de relier clairement vos recherches aux progrès médicaux, d'autant plus que le Comité des priorités scientifiques a souligné, la dernière fois, que vous aviez tendance à dériver des objectifs fixés. » Ricardo lui assura qu'il ferait de son mieux. Il raccrocha et décida de se noyer dans la bière.

Ricardo avait toujours reconnu l'importance des avancées médicales, mais il aurait menti s'il avait prétendu que ses objectifs de recherche étaient de traiter la maladie. Pour Ricardo, la recherche fondamentale signifiait soulever de nouvelles questions, approfondir les connaissances scientifiques et pousser la science dans de nouvelles directions. Pour le Dr Topping et les politiciens, la recherche fondamentale signifiait rechercher les pièces manquantes de puzzles médicaux afin de fournir des traitements pour la maladie. Dans l'esprit de Ricardo, il voulait composer de la musique tandis que le Dr Topping demandait des notes.

Ricardo travailla jusqu'à tard dans la nuit, présenta son rapport annuel le lendemain, tel un employé dévoué, puis appela son fidèle ami, Benjamin.

« J'ai eu ma dose avec ces rapports annuels, se plaignit Ricardo. Je veux retourner à La Parguera. J'ai presque plus de rhopalies congelées. Peut-être qu'on devrait repartir et prélever plus d'échantillons. T'en penses quoi ? »

Déçu que Benjamin n'ait pas immédiatement répondu, il demanda de nouveau : « Tu veux retourner à La Parguera ? »

« Peut-être. Ça dépend. » Benjamin était évasif.

« De quoi ? »

« Je ne sais pas. De ce que nous recherchons, je suppose. »

Ricardo était agacé. « Oui mais... »

Benjamin ne laissa pas Ricardo finir. « Écoute, Ricardo, j'ai entendu des stagiaires postdoctoraux dans les couloirs dire qu'ils souhaitaient pouvoir partir en vacances dans les Caraïbes comme je l'avais fait. Quand j'ai parlé à quelques-uns de mes collègues de nos recherches sur les méduses, ils ont souri et m'ont souhaité sarcastiquement 'bonne chance'. Jim Sash a même dit qu'il était irresponsable de ma part de m'amuser avec un travail non pertinent dans ma position.

_ Non pertinent ? Jim n'a toujours été qu'un grincheux qui ne voit pas plus loin que le bout de son nez.

_ Ce n'est pas la question et tu le sais. »

Ricardo fut frappé par la dureté des propos de Benjamin.

« Quand j'ai mentionné nos recherches sur les méduses lors de notre retraite annuelle, poursuivit Benjamin d'une voix plus douce, les gens ont eu l'air de s'ennuyer. Personne ne m'a posé de questions et, franchement, je me suis senti mal à l'aise. Où va ce travail sur les méduses ? » Benjamin fit une pause comme s'il était soudain désolé de décevoir son ami. « Les temps ont changé, Ricardo. Ils en pensent quoi de tes recherches sur les méduses au Centre des sciences de la vision ?

_ Eh bien..., Ricardo commença lentement. Quand j'ai donné à quelques collègues un rapport sur l'état d'avancement de mes recherches sur les méduses, ils ont eu l'air intéressés et il y a même eu quelques questions. Mais peut-être qu'ils étaient polis. Comment pourrais-je le savoir ? J'avoue que les méduses n'ont pas l'air d'emballer le Dr Topping, mais bon, c'est Marcus tout craché.

_ Eh bien, je ne suis pas surpris. Il subit beaucoup de pression pour obtenir des fonds. Écoute, j'ai adoré aller à La Parguera avec toi et c'était vraiment intéressant, mais c'était un détour pour moi.

_ Allons, Benjamin. La vision des méduses est une mine d'or inexploitée ! Tu le sais.

_ J'ai besoin que ma subvention soit renouvelée, j'ai une pile de manuscrits inachevés sur mon bureau, j'ai promis de donner quelques conférences, j'enseigne un cours… bref, ça continue encore et encore. Je suis vraiment, vraiment occupé.

_ Je ne sais pas où vont mes recherches sur les méduses, admit Ricardo, revenant à la question précédente de Benjamin.

_ Moi non plus, déclara Benjamin. Et cela prend du temps, ma ressource la plus précieuse. De plus, Mattie dit que je devrais prêter plus grande attention à nos petits-enfants. Ils grandissent plus vite que je ne peux suivre. Gloria entre déjà en CE1.

_ Comment ça avance comment avec tes cactus ? demanda Ricardo, ignorant complètement Gloria.

_ En fait, maintenant que tu me poses la question, j'ai fait quelques expériences sur les cactus. Mais… je dois dire… » Benjamin cala.

« Dis-moi, ou alors tu ne me fais pas assez confiance pour garder ton secret ? »

« Bien sûr que si. Je ne suis tout simplement pas sûr... » Benjamin était de nouveau prudent.

« ... que cela se passera comme tu l'espérerais ? » Cette fois, ce fut au tour de Ricardo de finir la phrase de Benjamin.

« Peut-être, admit Benjamin.

_ Vraiment ?

_ J'ai fait un tas d'extraits différents à partir des cladodes de cactus et, crois-le ou non, je me les suis injectés. C'est fou, je sais, mais j'ai besoin d'un test pour découvrir ce qui donne la sensation particulière après avoir été piqué par ces épines.

_ Mon dieu, Benjamin ! T'as pas peur de faire une sorte de réaction allergique ou de t'empoisonner ?

_ Un peu », hésita Benjamin.

Cette fois, Ricardo ne l'interrompit pas.

Benjamin continua. « Après l'injection d'hier, je n'ai pas pu dormir de la nuit. Mon esprit vagabondait partout. Je ne m'étais jamais senti aussi proche de Mattie de ma vie. J'ai eu toutes sortes d'idées sur mes expériences, sur mes enfants, sur tout. J'avais l'impression d'être quelqu'un d'autre et moi-même en même temps. Comment puis-je expliquer ? C'était comme être connecté à tout le monde et à toutes les choses, même aux choses inanimées. Je me suis senti physiquement attaché aux gens et aux objets. Les chaises, le canapé et les tables, tous les meubles semblaient être des extensions de mon corps, comme si je faisais partie structurellement de mon environnement, et plus j'y pensais, plus cela avait du sens.

_ Comment ça ?

_ Eh bien, ce sentiment était une nouvelle vision de la réalité, une réalité plus profonde. Mes meubles, ma maison, ma voiture, mon environnement font partie intégrante de ma vie. Je réponds à leurs besoins autant qu'ils répondent aux miens. Sans moi, ils n'auraient aucune importance, de la même manière que je serais perdu sans eux. Tu vois ce que je veux dire ? Je commence à te ressembler !

_ Pas tout à fait, mais tu te rapproches.

_ Et ça ne s'est pas arrêté quand je me suis finalement endormi, poursuivit Benjamin. Tu te souviens de ton rêve sur les méduses à La Parguera ? Et bien hier soir, j'ai rêvé que je pouvais parler au figuier de Barbarie. Quand je me suis réveillé, Mattie m'a demandé de quoi j'avais rêvé parce que j'avais marmonné dans mon sommeil. Elle a ri quand je lui ai dit. Elle a dit que je devrais arrêter de jouer avec les cactus.

_ Tu vas arrêter de travailler sur les cactus ?

_ Il y a quelque chose de spécial en eux. Je le sens », déclara Benjamin.

Ricardo savait que Benjamin ne laisserait pas tomber son projet de cactus. Il lui demanda comment il allait le poursuivre.

« L'agent actif semble petit par chromatographie et est détruit par plusieurs enzymes qui digèrent les protéines, donc je suis presque certain qu'il s'agit d'une petite protéine.

_ Et ton seul test consiste à t'injecter différentes préparations ?

_ Ouais. Maintenant, je veux isoler la protéine pure. J'aimerais pouvoir trouver une autre façon de tester cette substance en plus de me l'injecter. Je pourrais peut-être l'injecter à un chien ou un chat et observer certains changements de comportement.

_ Et t'as un nom pour cette substance magique ?

_ Cactéine, pour le moment. Ça semble accrocheur et ça combine le fait qu'il s'agit d'un cactus et d'une petite protéine. Il se peut que je doive changer le nom s'il s'avère que c'est autre chose. »

Que ce soit le fait d'entendre Benjamin si confiant ou que le fait qu'il l'avait exclu de son travail sur les cactus, Ricardo se sentit comme une fourmi écrasée sous un pouce lourd.

« Ça a l'air génial, Benjamin. Je dois partir. Quelqu'un attend pour me parler, mentit-il. Tiens-moi au courant de tes progrès. »

Ricardo n'accomplit pas grand-chose le reste de la journée. La Cactéine était comme une épine dans son cerveau. Était-ce un nouveau produit chimique qui percerait les mystères du système nerveux ou aurait une application médicale ? La Cactéine était-elle présente chez d'autres cactus, plantes ou animaux ? En quoi différait-elle de la mescaline – connue pour être présente dans certains cactus – ou d'autres stupéfiants, comme le LSD ou la marijuana ? Était-elle présente chez les méduses ? Benjamin avait une histoire à raconter, une histoire nouvelle et originale, alors que lui n'avait que des rêves oiseux et des fragments de données sur les méduses. Benjamin se tenait à l'épicentre de l'action tandis que Ricardo observait tout de l'extérieur. Ce n'était pas agréable d'être éclipsé par son ami. Il devait retourner à La Parguera dès que possible.

Ricardo fit une nouvelle demande de financement de voyage, justifiant ce second déplacement par la nécessité d'obtenir davantage de rhopalies pour terminer ses expériences qui, selon lui, étaient « prometteuses ».

« Prometteuses comment ? » demanda le Dr Topping.

Ricardo exagéra ses données peu concluantes. « Je pense que j'ai localisé, chez les méduses, l'un des deux gènes qui pourraient être liés à ceux qui sont associés à la dystrophie de Fuch. » C'était vrai qu'il avait trouvé, chez les méduses, un gène qui était possiblement similaire au gène des souris. Puis il ajouta : « Je suis toujours optimiste quant à la recherche d'un équivalent méduse de l'hormone de croissance des cellules endothéliales cornéennes, mais cela avance lentement. » C'était assurément le cas. Ricardo n'avait fait aucun progrès à cet égard. « J'ai besoin de plus d'échantillons. Je ne peux pas tirer de conclusions significatives à ce stade. »

Une fois de plus, Ricardo reçut l'autorisation d'aller à La Parguera. Alors que Ricardo avait hâte de poursuivre ses études sur les méduses, il était également triste de retourner à La Parguera sans Benjamin. Quelque chose ne semblait pas tout à fait correct dans l'ensemble.

Chapitre 17

Harold était concentré sur son travail, devant son ordinateur, lorsque Ricardo entra dans le laboratoire de La Parguera. Une moitié de barre de chocolat trainait sur le bureau d'Harold, comme d'habitude. Les microscopes de dissection, les bouteilles de produits chimiques à demi remplies sur les étagères, et les pots contenant des spécimens marins, avaient perdu leur éclat. La nouveauté avait disparu.

« Ricardo ? Vous m'avez fait peur. Content de vous voir. Où est Benjamin ?

_ Il n'a pas pu venir. Il avait trop à faire.

_ C'est dommage, déclara Harold. J'avais hâte de le revoir.

_ Je ne suis ici que pour quelques jours.

_ Je suis occupé. Je dois rendre nos rapports annuels et toute cette merde et donc je ne peux pas sortir en bateau avec vous cette fois.

_ Aucun problème. Je prévois de les prélever près du lieu habituel, dans la mangrove. Je sais où c'est.

_Vous venez seulement encore pour des yeux ?

_ Oui, mais je vais peut-être essayer une ou deux autres choses aussi. Je ne suis pas sûr.

_ Ah oui ! Quoi d'autre ? »

C'était là une question difficile. Prélever plus de rhopalies était facile, mais ce n'était pas suffisant. Il avait besoin de trouver une histoire – une histoire de méduses – qui montrerait au Dr Topping, au Comité des priorités scientifiques, à ses pairs, et surtout à lui-même, que ses jours créatifs n'étaient pas terminés, qu'il était toujours une force sur laquelle on pouvait compter. Et puis il y avait Benjamin et son fichu cactus. Ricardo avait beau vouloir le nier, il était envieux. La rivalité transcendait son amitié. Ricardo voulait égaler Benjamin, ou le surpasser, et les méduses semblaient sa seule option. De plus, il y avait sa fierté. Il avait prêché l'importance de prendre des risques dans la science, l'importance de la recherche sans destination et de l'étude des espèces que d'autres ignoraient – l'ornithorynque dans le passé et maintenant les méduses. Cela semblait être sa dernière chance de prouver qu'il avait raison.

Tout ce qu'il avait était une intuition que les méduses détenaient des secrets importants, mais son intérêt pour la perception des méduses était abstrait et indéfini. Si un jeune chercheur venait à lui avec des idées aussi diffuses pour un projet de recherche, il lui dirait de les aiguiser et de les cristalliser en questions. La recherche sans destination n'était pas une recherche indisciplinée.

« Il y a un bateau que je pourrais utiliser ? J'ai hâte de commencer, déclara Ricardo, ignorant la curiosité d'Harold quant à ce qu'il allait faire cette fois-ci avec les méduses.

_ Ouaip. Bonne chance avec ce que vous allez faire.

_ Merci. » Il avait besoin de chance.

Ricardo repéra un vieil oscilloscope qu'il n'avait encore jamais remarqué dans le coin du laboratoire. Il le plaça sur la paillasse et en essuya la poussière avec sa main. Il avait l'air archaïque avec ses cadrans rouillés et ses vieux câbles. Il se souvint avoir utilisé un oscilloscope quand il était encore étudiant et se demanda comment il pourrait s'en servir. Ricardo prit l'épuisette, une bouteille d'eau fraîche et un seau, et sifflotant sous une brise chaude, il se dirigea vers le quai où se trouvait le hors-bord. Après quelques heures dans la mangrove, Ricardo retourna au laboratoire avec un seau rempli de méduses. Il les répartit entre quatre bocaux, puis transféra une méduse dans une boîte de Pétri qu'il plaça sous le microscope de dissection. Quel plaisir de travailler dans le laboratoire sans être gêné par les obligations tenaces qu'il avait au Centre des sciences de la vision. Ses pensées sur Benjamin et ses cactus s'évaporèrent. Seul le moment présent existait, et c'était le sien. Il s'émerveilla devant la vue agrandie de la rhopalie au microscope, avec les deux yeux complexes à angle droit l'un de l'autre et les deux groupes spécialisés de cellules photoréceptrices de chaque côté des yeux, exactement comme schématisé dans le livre sur la vision des invertébrés, la nuit où il avait appris que les méduses avaient des yeux. De plus, le statocyste – l'organe qui orientait les méduses, leur indiquant le haut du bas – se trouvait au bout de la rhopalie, exactement là où il était censé être.

« Magnifique », marmonna Ricardo. Des centaines de millions d'années d'évolution avaient produit un appareil sensoriel biologique – les rhopalies des méduses – aussi remarquable, sinon plus, que toute création humaine à laquelle Ricardo pouvait penser. Comment était-il possible que les rhopalies des méduses aient à peine été étudiées ? Peu de gens connaissaient même leur existence et ils s'en souciaient encore moins. Ricardo lui s'en souciait. Il s'en souciait beaucoup.

Il se pencha en arrière sur sa chaise, se frotta les yeux et regarda les serviettes en papier jetées et éparpillées sur le sol, les pipettes en verre usagées, la balance avec quelques grains de sel renversés sur le plateau de pesée, le stylo à bille noir sur le cahier rempli de diagrammes et de taches de café, tous attributs de la science désordonnée en action. Ricardo se sentait chez lui dans ce petit coin du monde sans prétention, où il pouvait admirer les miracles impressionnants de la Nature. Mais, il avait encore besoin d'une nouvelle idée, d'une nouvelle histoire à raconter, *son* histoire, aussi intéressante que celle sur la Cactéine. Il ne pouvait pas se cacher derrière le vernis de la Nature pour toujours ; il avait besoin d'agir. Il reviendrait le soir pour récolter les rhopalies des prises de sa journée, qu'il devait ramener aux US pour faire ses analyses, puis il essaierait de tracer un chemin pour de nouvelles recherches, un chemin qu'il pourrait transformer en histoire.

Chapitre 18

Ricardo retourna au laboratoire, ce soir-là, rafraîchi après une douche et un dîner rapide. « Salut, mes mignonnes », dit-il, saluant les méduses qui pulsaient dans les bocaux sur la table. Il s'assit sur le tabouret à côté de la table et ferma les yeux. Tout lui semblait plus solitaire la nuit, plus personnel aussi.

« Tu me manques », soupira-t-il, parlant doucement au fantôme de Lillian.

« Toi aussi », répondit-elle.

Comme c'était merveilleux de pouvoir toujours être avec elle dans son esprit.

« Tellement ! ajouta-t-il. Qu'as-tu fait aujourd'hui ? Protégé un enfant maltraité ? » Ricardo imagina une adolescente anorexique, aussi mince qu'une feuille de papier, et les yeux tels des cavernes vides. Lillian avait aidé beaucoup d'enfants comme celle-ci.

« J'ai peur qu'elle meure », répondit Lillian.

Ricardo ouvrit les yeux et Lillian disparut, mais il garda son image à l'esprit. Tous les animaux avec des yeux créateurs d'images conservaient-ils des traces de ce qu'ils voyaient ? Les méduses le faisaient-elles ? Il imagina que s'il parvenait à faire remonter la mémoire visuelle jusqu'aux méduses, il aurait une histoire plus remarquable que celle de la Cactéine.

Mais comment pourrait-il identifier la mémoire visuelle d'une méduse ? Personne n'avait la moindre idée de ce qu'une méduse voyait et encore moins se rappelait.

Ricardo imagina Benjamin assis sur le tabouret de l'autre côté de la table. « Qu'est-ce que les méduses voient ? » demanda Ricardo. Parler à Benjamin l'aidait à réfléchir.

« Toi. Le laboratoire. L'une l'autre.

_ Vraiment ? Et tu sais ça comment ? Est-ce qu'elles se souviennent des images ?

_ Elles ne se souviennent pas, Ricardo. Ce sont des méduses. Je n'ai pas le temps pour ça. J'ai un travail important à faire », déclara Benjamin avant de disparaître de l'esprit de Ricardo.

Mais, présuma Ricardo, le seul fait que Benjamin excluait la possibilité que les méduses se souviennent ne signifiait pas qu'il avait raison. Ricardo alluma la radio pour avoir un peu de compagnie et entendit de magnifiques voix chanter *Don Giovanni*. Il fredonna avec la musique tout en sortant une méduse du bocal et en la plaçant sur une boîte de Pétri, sous le microscope de dissection, afin d'en exciser les rhopalies. Il était heureux que les méduses ne saignent pas. Ricardo récolta les rhopalies de la plupart des méduses et les congela afin de rapporter ses échantillons à son laboratoire.

« Ok, les petiotes », dit-il aux quelques méduses qui avaient été épargnées au bout de deux heures de travail. « Qu'est-ce que je vais faire de vous ? » Il mit le doigt dans un bocal contenant trois méduses. « Magnifique », murmura-t-il, faisant à la fois référence au chef-d'œuvre de Mozart et à la grâce des méduses. Il se demanda si les méduses sentaient le rythme de son doigt qui se balançait au rythme de la musique, de la même manière qu'Helen Keller absorbait la musique par les vibrations quand elle posait sa main sur un violon que l'on jouait. Dans son livre peu connu, *La Formation de la terre végétale par l'action des vers, avec des observations sur leurs habitudes*, Darwin avait conclu que les vers de terre, mis dans un pot placé sur un piano, réagissaient aux vibrations des notes lorsque les touches étaient frappées.

Ricardo regarda un bocal adjacent qui contenait quatre méduses ; deux étaient blotties l'une contre l'autre et il imagina leurs tentacules entrelacés. Il se souvint quand Lillian lui avait dit que les deux méduses adjacentes dans l'aquarium de Baltimore étaient amoureuses. Peut-être avait-elle raison, pensa Ricardo. La paire de méduses éloignée dans le bocal nagea vers les amants. Venaient-elles se joindre à la fête ou organisaient-elles une attaque, ou toute autre chose ? Comment pouvait-il avoir une idée de la dynamique sociale qui se passait à l'intérieur du bocal ?

Ricardo imagina Lillian dans le bocal avec les méduses, agitant sensuellement ses bras comme s'ils étaient des tentacules. « Viens me rejoindre », lui faisait-elle signe. Il aurait aimé le pouvoir. Quelle étrange sensation d'habiter simultanément dans deux mondes : le sien et celui des méduses.

Salisbury chuchota dans la mémoire de Ricardo. « Vous êtes un artiste et un scientifique, Ricardo, tout comme moi. »

Puis, il entendit la voix de Lillian. « Ne laisse pas l'artiste l'emporter sur le scientifique. Fais attention. »

Ricardo regarda l'oscilloscope et eut une idée. Il brancha l'oscilloscope dans une prise électrique, retira habilement la plus grande méduse du bocal près de lui et la plaça dans la boîte de Pétri sous le microscope de dissection. Il inséra l'extrémité du fil fin connecté à l'oscilloscope dans l'un des yeux de la méduse ; une ligne électronique fit un bond sur l'écran et se mit à osciller tandis que la méduse empalée gisait impuissante sur la plaque.

« C'est bien. Quelque chose fonctionne toujours sur cette vieille machine », dit-il.

Ricardo replaça ensuite délicatement la méduse dans le bocal, veillant à ne pas faire sortir l'extrémité du fil de son œil. La ligne sur l'écran devint plus longue et se mit à former des pics équidistants comme si elle dessinait quelque chose. Mais quoi ? La méduse ne semblait pas blessée, mais Ricardo craignait qu'elle ne souffre. Les distances entre les pics devinrent irrégulières et se mirent à clignoter alors que la méduse pulsait dans le bocal.

Ricardo n'avait aucune idée de ce qui se passait. Le scientifique rationnel en lui l'avertit que l'oscilloscope désuet n'était pas fiable et / ou que le fil, bien que mince, avait pu pénétrer plus que l'œil, compliquant toute interprétation qu'il pourrait faire de ces données. L'artiste optimiste et imaginatif en Ricardo estima que les lignes dynamiques de l'oscilloscope pouvaient représenter l'œil de la méduse répondant différemment aux vues variées du laboratoire, à travers le bocal en verre.

Il fixa l'écran lumineux de l'oscilloscope, se demandant s'il devait écouter le scientifique sceptique ou l'optimiste artistique en lui. Il se souvint qu'il avait souvent félicité les boursiers postdoctoraux lorsqu'ils ne comprenaient pas leurs données et ne savaient pas quoi faire ensuite, et leur avait dit qu'ils étaient enfin en mesure de découvrir quelque chose de nouveau. Si seulement c'était vrai, pensa-t-il maintenant, soudain rempli de compassion pour ses élèves et se sentant stupide.

Ricardo retira le fil de la méduse et débrancha l'oscilloscope. La méduse continua de nager dans le bocal comme si de rien n'était. Il était temps de retourner au motel et de dormir quelques heures. Le lendemain, Ricardo rentra au Centre des sciences de la vision avec un autre lot de rhopalies congelées à analyser. Mais plus important encore, il sentait qu'il avait des ingrédients improbables pour peut-être écrire une histoire – une histoire de méduses – mais quelle était exactement cette histoire ? Il avait encore besoin de trouver *sa* Cactéine.

Chapitre 19

« Paul, ça fait une éternité que je n'ai pas fait d'électrophysiologie et je suis sûr que la technique a énormément changé depuis mes études supérieures », déclara Ricardo au téléphone, le lendemain de son retour à son laboratoire de Washington. Paul Sing, un collègue du Centre des sciences de la vision, était un expert en enregistrements électrophysiologiques à partir de la rétine des rongeurs. « J'ai besoin de ton aide.

_ Bien sûr. Raconte-moi ?

_ Je fais un peu de recherche au clair de lune en ce moment. On peut se voir pour déjeuner ?

_ Au clair de lune ? Maintenant je suis curieux. On se retrouve à la cafétéria à midi, t'en dis quoi ? »

Ricardo arriva à la cafétéria avec dix minutes d'avance. Quand Paul arriva, ils se prirent un sandwich et s'assirent à une table dans le coin.

« Alors parle-moi de ces recherches au clair de lune. Tu fais du gin ?

_ Non. C'est plus important que ça.

_ Vraiment ? Plus important que le gin ? Alors ça doit être du gros.

_ En fait, je ne sais pas encore exactement ce que c'est, mais j'espère que c'est gros. Il s'agit, eh bien, voyons, en ce moment, de l'évolution de la vision, mais j'espère qu'au bout du compte il s'agira aussi de l'évolution de la mémoire visuelle, et de ... je ne sais pas, peu importe. » Ricardo aurait souhaité avoir une meilleure saisie de ce qu'il cherchait.

« Attends, Ricardo. Recommence depuis le début. Tu parles de quel animal ?

_ Promis, tu ne riras pas ?

_ C'est promis.

_ Des méduses.

_ Ok, j'ai promis donc je ne rirai pas, mais j'ai bien entendu ? T'as dit les méduses ?

_ Oui. » Et puis Ricardo expliqua à Paul que les méduses avaient des yeux complexes avec une lentille et une rétine.

« Et t'as eu la permission d'aller à Porto Rico pour étudier les yeux des méduses ? demanda Paul incrédule.

_ Peu de gens ont étudié les yeux des méduses, aussi étonnant que cela puisse paraître. J'ai proposé de rechercher, chez les méduses, des versions de l'hormone des cellules endothéliales cornéennes que j'ai déjà découvertes chez la souris, ainsi que des versions des gènes que j'ai identifiés et associés à la dystrophie de Fuch. Ce sont des questions légitimes.

_ Et tu attends quoi de moi exactement ? »

Ricardo raconta ses observations, que les méduses nageaient en groupes et que la lumière les attirait la nuit, et qu'il avait essayé de faire des enregistrements à partir de l'œil d'une méduse avec un vieil oscilloscope. « J'ai besoin d'aide pour interpréter les données de l'oscilloscope. »

Paul plissa les yeux comme s'il cherchait quoi dire. « Un oscilloscope ? Ça fait des années que je n'en ai pas vu. Comment pourrais-je savoir ce qui s'y passe ? »

Ricardo le pressa davantage. « Tu ne comprends pas, Paul, je veux savoir ce que voient les méduses et si elles se souviennent des informations pour une utilisation future. C'est farfelu, je sais. Je cherche un point d'entrée pour étudier l'évolution de la mémoire visuelle et de la pensée. » Là, se dit-il, ça devenait plus clair.

« Ouah, Ricardo. Est-ce que t'as bu ? »

Bu ? La question de Paul souleva une autre question. Et s'il prenait un peu de la Cactéine de Benjamin ? Cela affecterait-il sa capacité à comprendre les méduses ? Benjamin avait bien dit que la Cactéine débloquait une certaine capacité à se connecter aux êtres externes. Et pourquoi pas aux méduses ? se demanda-t-il. C'était fou, mais quand même...

Ricardo ne remarqua pas que Paul le regardait étrangement.

« Eh oh, Ricardo ? T'es toujours avec moi ? »

« Désolé. J'ai pas encore bien organisé mes idées. » C'était vrai.

« T'es sûr de savoir ce que tu fais, Ricardo ? Je ne peux pas imaginer que quiconque s'intéresse aux méduses de nos jours. C'est un territoire dangereux. Rappelle-toi comment Sam Sharpe a été contraint de quitter le Centre des sciences de la vision lorsque le Comité des priorités scientifiques lui a fait une très mauvaise évaluation pour son étude de quoi déjà ? Je me souviens que ça n'avait rien de médical.

_ Des pingouins. Il faisait des recherches fascinantes.

_ Si tu le dis, Ricardo. »

Ricardo pensait que la vision des oiseaux amphibies était particulièrement intéressante. Il était frustré que le cœur d'autres scientifiques ait pu, à un moment, être au même endroit que le sien, mais qu'ils avaient tous succombé aux pressions de l'époque.

« Je suis curieux, Paul. Je veux savoir ce que c'est que d'être une méduse. » Ricardo évita de dire qu'il cherchait également sa propre version de la Cactéine.

« T'es vraiment accro, hein ? »

Ricardo acquiesça.

« Écoute, je suis encore loin de la retraite et je ne veux pas être évincé. Mais je me demande…

_ Tu te demandes quoi ?

_ J'ai entendu parler d'un nouvel ordinateur développé par la NASA. Je pense qu'il convertit les données numériques en images et en graphiques. Je connais Frank Pizzaro qui travaille dessus. Tu pourrais peut-être lui parler. »

Ricardo le supplia d'appeler son ami à la NASA, ce que Paul fit immédiatement depuis son téléphone portable. Ricardo se rendit à la NASA le lendemain.

« Petit mais puissant, déclara Frank. Le logiciel a été écrit par le ministère de la Défense pour déchiffrer les codes. Il peut générer des images en trois dimensions à partir des données les plus bizarres. Nous sommes toujours en train de le peaufiner.

_ Intéressant. dit Ricardo, dissimulant son enthousiasme.

_ Paul m'a dit que vous étudiez les méduses ?

_ C'est vrai. »

Frank avait l'air sceptique. « Comment souhaitez-vous utiliser notre ordinateur ?

_ Je ne suis pas sûr. Je suppose que, pour commencer, j'aurais besoin de quelques électrodes pouvant relier l'ordinateur aux méduses. C'est possible ?

_ Aucun problème. Les électrodes sont elles-mêmes de petits ordinateurs et sont conçues pour l'enregistrement à partir de cellules nerveuses. Elles sont très fines et étanches et une fois que vous avez défini les paramètres appropriés, les électrodes communiqueront sans fil avec l'ordinateur. Il est très sensible.

_ Ouah. Génial ! s'exclama Ricardo. Je vais refaire l'expérience que j'ai faite avec un oscilloscope mais en utilisant votre ordinateur. Logique, non ?

_ Je ne suis pas sûr. Des méduses ? Ce ne sont guère des animaux. »

Ricardo attribua le commentaire condescendant de Frank à son ignorance de la biologie. « Je ne peux pas vous dire comment j'interpréterai ou utiliserai des informations que je n'ai pas encore, dit-il, mais j'adorerais essayer votre ordinateur.

_ Ça me semble un peu louche tout ça, mais bon… Par contre, rendez-le-nous vite. Et n'en parlez à personne. Il n'est pas encore censé circuler.

_ Et si j'obtiens des données que je souhaiterais publier ?

_ Sur les méduses ? »

Le lendemain, Ricardo appela Benjamin et lui parla des données de l'oscilloscope. Il mourait d'envie de lui parler de l'ordinateur de la NASA, mais il avait promis à Frank de garder le silence.

« Je pense que les yeux des méduses réagissent à différentes vues autour d'elles », déclara Ricardo, faisant écho à ce qu'il s'était imaginé dire à Benjamin ce soir-là à La Parguera.

« Hmmm, fit Benjamin. Cela me donne presque envie de retourner à La Parguera avec toi et de voir ça de mes propres yeux. »

Ricardo n'était pas certain de vouloir que cela se reproduise.

« Je peux te demander un énorme service ? » demanda-t-il avec appréhension.

« Bien sûr. » Il entendait de nouveau la voix chaleureuse de son vieil ami.

« Je suis curieux – préoccupé – par ces méduses.

_ Je comprends.

_ Je me souviens que t'as dit que la Cactéine te donnais de nouvelles perspectives, que tu te sentais connecté aux gens et même aux objets. Je veux essayer de me connecter aux méduses, quoi que cela signifie. Je sais que je me raccroche à tout et n'importe quoi, mais j'ai besoin d'aide. Si je pouvais essayer ta potion magique de cactus à La Parguera, je pourrais peut-être… *faire l'expérience*… d'être une méduse. » Ricardo hésita. « Est-ce que ça te semble fou ? »

Les mains de Ricardo tremblaient. Il ne s'inquiétait pas de sembler complètement déphasé puisque Benjamin le connaissait bien, mais demander de la Cactéine était une autre affaire : c'était pénétrer dans l'espace sacré de Benjamin.

« Tu veux de la Cactéine ?

_ Si ça ne te dérange pas. Juste un peu. Je ne suis même pas sûr de l'essayer.

_ Tu penses que la Cactéine pourrait te permettre d'entrer dans le monde des méduses ?

_ Je suppose que c'est ce que je veux dire. Ça ne peut pas faire de mal, n'est-ce pas ?

_ Je suppose que non. Je ne suis pas sûr de l'expérience que tu en tirerais, mais ce serait intéressant.

_ Vraiment ? Je le pense aussi, dit Ricardo.

_ D'accord. Pourquoi pas ? accepta Benjamin. Mais s'il te plaît, note tes sensations et tes pensées quand tu l'utiliseras. Je vais t'envoyer une partie de ma préparation. Garde-la au congél. Et ne parle à personne de la Cactéine ! Je dois d'abord publier. Tu comprends, n'est-ce pas ? »

Ricardo comprenait. On aurait dit qu'il collectionnait les secrets.

Chapitre 20

Le lendemain après avoir emprunté l'ordinateur de la NASA à Frank, et désireux de retourner à La Parguera, Ricardo demanda des fonds pour un nouveau voyage. Il justifia ce voyage en déclarant, comme précédemment, qu'il avait besoin de plus d'échantillons pour terminer le projet en cours approuvé sur les yeux des méduses. Le Dr Topping était parti assister à une conférence et le directeur par intérim surchargé de travail approuva donc la demande de voyage. Il n'avait aucune raison de remettre en question les approbations précédentes que le très estimé Ricardo avait reçues du Dr Topping.

Ricardo entra dans le laboratoire d'Harold à La Parguera avec l'ordinateur de la NASA sous le bras. Le laboratoire à l'ancienne avait l'air plus lumineux que lors de sa dernière visite, et Ricardo était optimiste.

« Me revoilà, lança-t-il à Harold, qui corrigeait les examens des étudiants lorsque Ricardo entra dans son bureau.

_ Eh, Ricardo. Vous avez l'air optimiste. Benjamin n'est pas avec vous ?

_ Non. Il est très occupé, mais il vous passe le bonjour.

_ Dommage qu'il n'ait pas pu venir. Il fait des trucs importants ... Comment ça s'appelle encore... la ratinopathie liée aux agressions par grenaille de plomb ?

_ Rétinopathie, corrigea Ricardo. Oui, il pourrait aider beaucoup de gens s'il faisait des progrès dans le traitement de cette maladie.

_ Ouaip. Un gars intelligent. Je suis désolé de ne pas pouvoir vous aider à collecter des méduses encore une fois, mais Robin m'a dit qu'elle était libre. Vous vous souvenez d'elle ? Elle adorerait gagner quelques dollars si vous voulez bien de son aide. Elle a de l'expérience en collecte. »

La personnalité joyeuse de Robin fit oublier à Ricardo son âge alors qu'ils collectaient des méduses, mais sa vision nette, qui repéra à plusieurs reprises de minuscules méduses translucides nageant au loin, lui rappela qu'il n'était plus tout jeune. Ricardo doutait qu'elle n'eut pas conscience de ses regards quand il prétendait retirer les insectes de son cou ou vérifier sa montre, ou encore admirer les cours d'eau pittoresques bordés de palétuviers.

Avec l'aide compétente de Robin, ils eurent bientôt assez de méduses pour rafraîchir son stock de rhopalies et il en resterait même pour ses expériences avec l'ordinateur de la NASA. Au bout de deux heures, il voulut retourner au laboratoire. Elle eut l'air déçue car chaque heure de collecte signifiait plus d'argent dans sa poche. Conscient de cela, il la paya beaucoup plus qu'elle ne le l'avait espéré, autant pour la voir sourire que pour être généreux.

« Faites-moi savoir si vous avez encore besoin d'aide », lui dit-elle.

Peu après leur retour, le ciel s'assombrit, suivi d'une pluie torrentielle. Des crêtes blanches décoraient les eaux noircies et menaçantes. Après avoir attendu dans le laboratoire que la rafale passe, Ricardo retourna au motel pour se reposer un peu.

Agacé d'avoir perdu l'après-midi lorsqu'il se réveilla presque à l'heure du dîner, il prit une douche, mangea un burger au restaurant gras préféré d'Harold et se rendit au laboratoire. Une pleine lune dans un ciel sans nuage lui remonta le moral. Il était temps d'essayer l'ordinateur de la NASA.

La soirée devant lui, Ricardo se mit au travail. Il alluma l'ordinateur de la NASA et en modifia les paramètres pour que les électrodes communiquent sans fil avec l'ordinateur. Il plaça l'une des méduses dans une boîte de Pétri sous le microscope et empala soigneusement l'un de ses yeux avec une électrode mince. Il prit soin de glisser la pointe de l'électrode vers l'arrière de l'œil, afin de ne pas bloquer le champ de vision, et fit son possible pour ne pas pénétrer profondément dans la rétine afin de ne pas l'endommager, ou du moins pour ne causer que des dommages minimes. Il ne savait pas à quel point l'œil d'une méduse était fragile et à quoi il pouvait résister. Une fois convaincu que l'électrode était bien implantée et que l'œil semblait toujours en bonne santé, il transféra la méduse empalée dans un bocal rempli d'eau. Elle se mit immédiatement à couler. « Oups, qu'est-ce que j'ai fait ? » dit-il à voix basse en fronçant les sourcils. Puis il soupira de soulagement quand la méduse se mit à bouger avant de toucher le fond. Qu'elle était belle avec ses légères pulsions ! Au bout de quelques secondes, l'écran de l'ordinateur s'éclaira et des lignes lumineuses et multicolores dansèrent devant ses yeux. Il mit la main dans le bocal et tapota doucement l'électrode pour s'assurer qu'elle était toujours solidement implantée à l'arrière de l'œil, afin d'éliminer toute possibilité que les lignes sur l'écran de l'ordinateur soient le résultat d'une connexion lâche entre l'électrode et la rétine.

La méduse empalée se déplaçait lentement autour du bocal. Des lignes et des points apparurent sur l'écran de l'ordinateur. Il n'y avait aucune image à l'écran. Quelque part dans ces lignes de données se cachait *sa* Cactéine, *sa* découverte encore à faire, même s'il n'avait aucune idée de ce que cela pourrait être. Il entra dans le bureau d'Harold pour y voler un carré de chocolat, qu'il supposait trouver sur le bureau, comme d'habitude. Harold adorait le chocolat.

Soudain, une pensée lui traversa l'esprit : peut-être qu'une méduse avait besoin d'un type de cerveau pour interpréter les signaux oculaires qui apparaissaient comme des lignes et des points sur l'écran de l'ordinateur, tout comme lui, Ricardo, avait besoin d'un cerveau pour interpréter le goût satisfaisant du chocolat. Un cerveau de méduse ? Il se souvint avoir évoqué cette possibilité auprès du Dr Topping en partie par plaisanterie et sans vraiment y croire. Le seul système nerveux organisé que Ricardo connaissait aux méduses était l'anneau nerveux entourant la ligne médiane, et qui était supposé contrôler le mouvement. Mais que pourrait bien faire d'autre cet anneau nerveux ? Il ne connaissait aucune étude sur l'anneau nerveux du point de vue de la perception. Il était déterminé à considérer toutes les possibilités, aussi éloignées soient-elles.

Ricardo retira la méduse du bocal et la plaça sous le microscope de dissection, en prenant soin de ne pas déranger l'électrode dans son œil. Il inséra une deuxième électrode au milieu de la méduse, là où se trouvait son anneau nerveux. Une ligne horizontale noire avec des pointes saillantes apparut au bas de l'écran au moment où l'électrode perça l'anneau nerveux, et cela s'accompagna d'un bourdonnement sourd accentué de clics et de bips de l'ordinateur.

Ricardo se gratta la tête. « Allez, mon petit gars, dit-il en replaçant la méduse dans le bocal. Apprends-moi quelque chose de nouveau. »

« Ouah ! » s'exclama Ricardo lorsqu'une image floue des étagères du laboratoire, proches du bocal de la méduse, apparut au-dessus de la ligne horizontale sur l'écran de l'ordinateur. Alors que la méduse faisait le tour du bocal, une série d'images déformées, comme si elles étaient vues à travers une lentille incurvée, apparurent sur l'écran. Il reconnut d'abord le pH-mètre sur la table, puis la centrifugeuse à côté du pH-mètre. Après cela, il vit l'image de la porte ouverte du bureau d'Harold. Ces images changeantes ressemblaient à une vidéo de ce que les méduses devaient voir depuis l'intérieur du bocal ! Ricardo était fou de joie. La découverte vraiment remarquable était que les images n'étaient apparues sur l'écran de l'ordinateur qu'une fois qu'il avait commencé à enregistrer simultanément à partir de l'œil et de l'anneau nerveux, tout à la fois. Il semblait que l'anneau nerveux était nécessaire pour traduire les signaux de l'œil en images visuelles reconnaissables. Un « anneau nerveux-cerveau » ?

Pour vérifier cette possibilité étonnante, Ricardo retira l'électrode de l'œil, laissant l'autre électrode dans l'anneau nerveux, et remit la méduse dans l'eau. Les images du laboratoire disparurent. L'esprit de Ricardo s'embrasa. Oui ! Les images visuelles du laboratoire n'étaient présentes que lorsque l'ordinateur recevait des impulsions de l'œil et de l'anneau nerveux ensemble.

« Ça doit être une première dans l'histoire de la science », dit-il à voix haute, incapable de contenir son excitation. Peut-être lisait-il trop les données et dépassait-il les limites de la discipline scientifique. Mais la possibilité que l'anneau nerveux de la méduse interprète l'information visuelle pour générer une image – que l'anneau nerveux de cette méduse pourrait agir comme un cerveau – lui coupa le souffle. Il était gonflé de fierté et d'ambition. Benjamin avait peut-être la Cactéine, mais Ricardo avait maintenant les yeux des méduses qui voyaient des images via un cerveau intégré dans leur anneau nerveux. Cela mettrait les méduses – et Ricardo – sur la carte.

Alors que cette histoire remarquable se cristallisait dans son esprit, Ricardo se demanda comment la vision affectait les méduses et si elles se souvenaient de ce qu'elles avaient vu ? Comment pourrait-il vérifier si les méduses conservaient une mémoire visuelle ? Il avait besoin d'être une méduse pour savoir de quoi elle se souvenait.

Ricardo tourna son attention vers la ligne horizontale à pointes sous les images. Heureusement, Frank avait donné à Ricardo plusieurs électrodes, chacune un minuscule ordinateur qui interagissait sans fil avec l'ordinateur principal. Il plaça donc une nouvelle méduse sous le microscope de dissection, inséra une nouvelle électrode dans son anneau nerveux et plaça cette méduse dans le bocal, avec la méduse doublement empalée. L'ordinateur allait maintenant recevoir des informations de trois électrodes : les deux qui empalaient l'œil et l'anneau nerveux de la première méduse, et la troisième qui empalait seulement l'anneau nerveux de l'autre méduse. Il manipula le logiciel pour diviser l'écran afin de pouvoir visualiser séparément les impulsions générées par chaque méduse. Au début, chaque moitié d'écran montra différents motifs à pointes et émit des sons apparemment différents, même si les sons étaient brouillés car ils sortaient tous d'une enceinte unique, simultanément. Cependant, lorsque les deux méduses passèrent l'une à côté de l'autre, les motifs des lignes et les sons se synchronisèrent ; lorsque les méduses se séparèrent, ces motifs à pointes et ces sons redevinrent aléatoires. Les méduses semblaient communiquer d'une manière ou d'une autre lorsque côte à côte.

Ricardo remarqua un phénomène plus déroutant encore. Lorsque les deux méduses étaient l'une à côté de l'autre, celle aux électrodes dans l'œil et l'anneau nerveux générait une image amorphe oblongue avec des bosses qui remplaçait les images du laboratoire, et quelques fois cette image amorphe devenait une série d'images plus complexes et abstraites. Lorsque les méduses se séparaient, les images abstraites disparaissaient et les images du laboratoire revenaient sur le côté de l'écran qui recevait des enregistrements de la méduse doublement empalée.

Ricardo s'éloigna de l'écran de l'ordinateur, perplexe, et but une gorgée de Ginger Ale chaud d'une cannette qu'il avait ouverte il y avait déjà un certain temps. Pourquoi les méduses ne se voyaient-elles pas si elles pouvaient voir des objets à l'extérieur du bocal ? L'environnement était-il, pour les méduses, tel une peinture impressionniste et ne devenait reconnaissable qu'à une certaine distance ? C'était peut-être une adaptation évolutive qui leur donnait le temps d'échapper aux prédateurs. Et quelles étaient ces images amorphes à l'écran lorsque les méduses étaient proches l'une de l'autre ?

Ricardo, perplexe devant ses découvertes, entendit la voix rassurante de Lillian dans son esprit : « Tu es intelligent. Tu auras le déclic, tu verras. » Elle avait eu raison dans sa jeunesse ; il espérait qu'elle aurait de nouveau raison.

C'est alors que Ricardo se souvint de la Cactéine.

Chapitre 21

Lorsqu'il était parti pour Porto Rico, Ricardo savait qu'il allait essayer le cocktail au cactus de Benjamin ; ce n'était qu'une question de temps. L'euphorie provoquée par ses observations extraordinaires et sa frustration devant son incapacité à les interpréter convergèrent en ce moment parfait pour s'injecter de la Cactéine. Il sortit l'échantillon du réfrigérateur, remplit une seringue et s'injecta l'extrait dans la cuisse. Il attendit. Rien. Après une dizaine de minutes, ses yeux se mirent à le démanger et il commença à avoir envie de dormir. Ce n'était ni le résultat qu'il attendait, ni celui qu'il souhaitait. Alors qu'il s'efforçait de combattre sa somnolence, il gifla un minuscule insecte qui s'était posé sur son bras. « Désolé », s'excusa-t-il auprès de l'insecte assommé.

Ricardo regarda les deux méduses dans le bocal et décida de les appeler Mutt et Jeff, comme les personnages de la vieille bande dessinée. L'œil empalé de Mutt faisait face au pH-mètre sur la paillasse à côté de son bocal et une image floue du pH-mètre était visible sur l'écran de l'ordinateur. Un instant plus tard, une image de la balance remplaça celle du pH-mètre. C'était cohérent avec l'idée que Mutt voyait les objets dans le laboratoire. Mutt changea soudain de direction et se mit à nager vers Jeff. Dès que Mutt fit face à Jeff, une forme oblongue avec des bosses remplaça les images du laboratoire sur l'écran. L'image oblongue avait une texture velouteuse, semblable à de la mousse, et de nombreux petits pores en recouvraient la surface. Les pores étaient si prononcés que Ricardo ne comprenait pas pourquoi il ne les avait pas remarqués auparavant.

Alors que Ricardo se demandait pourquoi Mutt voyait cette forme oblongue au lieu de Jeff, ses yeux dérivèrent vers les spécimens marins dans les bocaux remplis de formaldéhyde sur les étagères. Il y avait des étoiles de mer, certaines avec peu de bras, d'autres avec beaucoup, des escargots avec et sans coquille, des vers ronds et plats, un homard, quelques petits poissons et de nombreuses autres espèces. Ricardo aperçut un bocal contenant une éponge qui ressemblait à l'image grise et poreuse sur l'écran. Il s'approcha de l'étagère pour la regarder de plus près. L'image sur l'écran et l'éponge dans le bocal semblaient similaires et avaient la même texture velouteuse, bien que la couleur de l'éponge dans le bocal soit plus délavée que l'image gris-brun sur l'écran. Comment Mutt avait-il pu voir un tel détail de si loin ? De plus, l'œil empalé de Mutt ne faisait même pas face à l'éponge sur l'étagère. Il regardait Jeff.

Ricardo commença à faire les cent pas, réfléchissant. Juste au moment où il pensait qu'il ne trouverait jamais de logique à ses résultats, il remarqua, collée au mur, un dessin au crayon représentant un arbre aux multiples branches, fait par le neveu d'Harold, seulement âgé de quatre ans. La mâchoire de Ricardo faillit se décrocher.

Il jeta à nouveau un coup d'œil à l'éponge dans le bocal sur l'étagère, puis à Mutt et Jeff, et s'écria : « Quand Mutt regarde Jeff, il voit une éponge, l'ancêtre évolutionnaire de Jeff ! Mutt voit l'arbre évolutif ! »

Instantanément, Ricardo passa de scientifique déconcerté à la carrière décroissante à scientifique à la carrière revigorée, prêt à écrire une histoire extraordinaire. Il avait découvert que les « humbles » méduses traitaient les images visuelles en utilisant un « cerveau » diffus – mais un cerveau ! – à l'intérieur de leur anneau nerveux. Mais ce n'était même pas le plus extraordinaire. Les méduses voyaient un ancêtre – une éponge – de leur propre évolution quand elles regardaient d'autres méduses. Il interpréta cela comme signifiant que les méduses stockaient une mémoire visuelle des événements passés, y compris même de l'évolution.

Ricardo resta momentanément émerveillé par ces découvertes remarquables puis, de façon inattendue, il pensa à l'un des portraits abstraits de Papa. Il n'avait pas reconnu Carlos dans ce portrait quand il l'avait vu pour la première fois, étant enfant. Le cou vert pincé et fin comme un bâton, les cheveux orange vif sur une tête ovale de couleur chair, les épaules inclinées avec de longues ailes d'avion pour les bras et les mains comme des matraques projetant des vrilles torsadées en guise de doigts, ne ressemblaient en rien à Carlos. Cependant, après avoir vécu avec ce tableau pendant plusieurs mois, il avait reconnu que, enfoui sous une anatomie incorrecte, le tableau révélait le caractère décousu de Carlos plutôt que ses caractéristiques physiques. « Bravo, avait dit Papa. Les mystères se dissolvent quand on en voit la vérité sous-jacente. » L'épiphanie de Ricardo sur les méduses qui visualisaient l'évolution passée, résonna avec sa perspicacité d'enfance et lui donna la confiance qu'il avait révélé une vérité sous-jacente – une vérité étonnante – de la vision des méduses et même de la mémoire.

Cependant, les images changeantes qui interrompaient parfois l'image oblongue générée lorsque Mutt regardait Jeff continuaient de déranger Ricardo. Il compara les images qui avaient défilé à l'écran avec les diverses espèces sur les étagères. Les ressemblances étaient frappantes. Il reconnut l'hémichordate, *Amphioxus*, et peut-être un tunicier parmi les images qui étaient apparues très brièvement sur l'écran de l'ordinateur ; ces deux espèces étaient des tremplins connus pour l'évolution des vertébrés à partir des invertébrés. Mais cela posait un dilemme. Les hémichordates et les tuniciers avaient évolué après les méduses, tout comme la plupart des espèces représentées par les images changeantes. Momentanément découragé, Ricardo s'apprêtait à rejeter l'idée que Mutt voyait un ancêtre de l'évolution de Jeff et à accepter que ces images animales sur l'écran de l'ordinateur n'étaient que des conceptions dénuées de sens générées par l'ordinateur. Puis il se souvint qu'Harold lui avait parlé de la Nature prédatrice des méduses, et que l'on pouvait souvent voir, dans leur estomac, de minuscules crustacés et poissons qu'elles avaient ingérés. Quand Ricardo regarda de près, il put voir de tels morceaux non digérés dans l'estomac de Jeff, ainsi que dans l'estomac de certaines méduses dans les autres bocaux. Peut-être pouvait-il encore sauver sa théorie. Peut-être les méduses enregistraient-elles des flashs séquentiels – comme des vidéos, pas seulement des images statiques – du chemin de l'évolution. Plus les espèces que les méduses regardaient étaient avancées, plus il y avait d'images d'ancêtres évolutionnaires qui apparaissaient sur l'écran de l'ordinateur. Si tel était le cas, lorsque Mutt regardait certaines parties de Jeff, l'écran de l'ordinateur ne montrait qu'une espèce ressemblant à une éponge, représentant ainsi l'ancêtre évolutionnaire de Jeff ; mais quand l'œil de Mutt se concentrait sur l'estomac de Jeff, l'écran d'ordinateur faisait clignoter les ancêtres du contenu non digéré – celui des crustacés et des petits poissons que Mutt voyait.

Ricardo comprit qu'il était absurde, vu ce que l'on savait actuellement de la science, de penser que les méduses conservaient une mémoire visuelle de leur propre évolution, mais au moins cela faisait partie de l'histoire *passée* de l'espèce et l'on pouvait envisager que celle-ci était enregistrée dans leurs gènes. Si toutes les espèces héritaient des séquences d'ADN de leurs ancêtres, ce qui était le cas, il était peut-être possible pour les espèces de stocker également des images de leurs ancêtres. Mais comment les méduses pourraient-elles avoir une mémoire visuelle des ancêtres évolutionnaires des espèces qui avaient évolué *après* elles ? Cela signifierait que les méduses enregistraient des événements *futurs* par rapport à leur propre évolution.

Ricardo craint une fois de plus que sa théorie soit en difficulté et qu'il ne doive l'abandonner. Cependant, pour sauver cette hypothèse, cette fois-ci, il rationalisa le fait que puisque les méduses avaient été parmi les premiers animaux complexes à évoluer, elles avaient amplement eu l'occasion, en tant qu'espèce, d'être témoins de l'évolution des espèces marines qui avaient évolué après elles. Que Ricardo ne puisse pas immédiatement conceptualiser comment les méduses pouvaient faire cela ou quel avantage de survie elles pouvaient gagner à enregistrer des images de leurs ancêtres, ne devait pas l'obliger à abandonner son hypothèse. Où serait la science si les hypothèses étaient rejetées parce qu'elles n'étaient pas entièrement comprises lors de leur première conceptualisation ? La science n'accédait-elle pas à la vérité en modifiant les idées à mesure que davantage de données étaient acquises ? Les hypothèses ne venaient pas pré-emballées.

Ricardo devint de plus en plus convaincu que les méduses enregistraient des « vidéos » de l'histoire évolutive des espèces dans leur champ de vision. Elles avaient développé un type de mémoire visuelle plus dynamique et plus complexe que celle des humains. Une espèce plus ancienne ne voulait pas dire une espèce moins sophistiquée, comme il l'avait expliqué à Lillian il y avait de nombreuses années. Bien au contraire : un temps d'évolution plus long donnait à une espèce plus de temps pour développer des moyens sophistiqués de maîtriser son environnement.

« Le passé et le présent sont vus simultanément par les méduses », marmonna Ricardo, étonné de ses propres spéculations. Son idée était si belle qu'elle devait être vraie. Il avait un ordinateur rempli d'images concrètes obtenues par des expériences qui soutenaient son hypothèse selon laquelle les méduses détectaient l'évolution. Les données n'étaient pas fabriquées. C'était à lui d'écrire l'histoire.

Enfin, Ricardo tourna son attention vers les sons étranges générés par les méduses. Il se rappela que Lillian lui avait dit qu'il devrait écouter plus et parler moins. Il y avait beaucoup à apprendre en écoutant et, en l'occurrence, en écoutant les méduses. Et donc Ricardo se concentra sur les clics et les bips discordants provenant de l'ordinateur. Après quelques instants, les sons fusionnèrent et commencèrent à sembler harmonieux et naturels. Il eut le sentiment d'être parmi des amis, comme dans le rêve de méduses qu'il avait fait lors de son premier voyage à La Parguera. Ses orteils et le bout de ses doigts commencèrent à pulser en synchronisation avec les méduses dans les bocaux. Il savoura ce moment chimérique où il s'imagina à la fois homme et méduse, observateur et observé. Il avait violé la règle naturelle de vivre dans les limites de sa propre niche et ignoré le signe invisible « Entrée interdite » affiché à la frontière de l'univers des méduses.

Il devait documenter ses observations alors qu'elles étaient encore fraîches dans son esprit, et écrivit donc le résumé suivant :

« À La Parguera, Porto Rico, le 18 juillet 2047 : Ce soir, avec l'aide d'une technologie informatique avancée, je suis entré dans l'esprit des méduses, en quelque sorte, et j'ai découvert que les méduses utilisent leur anneau nerveux pour intégrer les signaux électroniques de leurs yeux et percevoir l'environnement, suggérant que leur anneau nerveux est une sorte de cerveau. Et, plus remarquable encore, ce 'cerveau' semble percevoir des images, quoique quelque peu abstraites, des espèces qui constituent l'histoire évolutive de tout organisme marin que les yeux des méduses voient, même d'espèces ayant évolué après les méduses. Ces images se succèdent d'une manière cohérente avec la voie évolutive des espèces que les méduses regardent, suggérant que les méduses voient des vidéos de l'évolution !! Comment ces souvenirs visuels sont enregistrés reste un chapitre non écrit de cette histoire extraordinaire. »

Ricardo se renfonça dans son fauteuil, se sentant calme et excité, voulant méditer et crier tout à la fois.

Était-ce l'émotion globale que les autres ressentaient immédiatement après avoir fait une grande découverte ?

Ricardo ferma son carnet et commença à réfléchir à des applications pratiques de ses découvertes, qui, selon lui, seraient nécessaires pour justifier ses recherches dans le climat politique actuel. Ses découvertes pourraient conduire à diviser la mémoire à long terme en composantes génétiques et non génétiques. Il émit l'hypothèse que les voies d'évolution enregistrées par les méduses pourraient servir de guide pour sélectionner les modèles animaux appropriés – ceux qui se rapprochaient le plus des humains – pour la recherche médicale, surtout si d'autres espèces, plus récemment évoluées, pouvaient également visualiser l'évolution. Ainsi, ses découvertes ouvriraient une nouvelle branche de la recherche. Comprendre en détail comment les méduses enregistraient les informations visuelles pourraient fournir de nouvelles façons de prévenir ou de traiter l'amnésie ou, mieux encore, la démence et la maladie d'Alzheimer. Cela pourrait également conduire à des innovations dans la technologie informatique.

« L'imagination est le seul facteur qui limite l'application pratique des connaissances de base », murmura-t-il pour lui-même. Ses expériences étaient une aubaine qui pouvait s'appliquer de plusieurs façons.

Ricardo regarda sa montre. Il était déjà cinq heures du matin, presque le lever du soleil. Il vint poser sa tête au creux de ses bras croisés sur la table et ferma les yeux un instant.

« Dr Sztein... Dr Sztein !

_ Quoi ? Qui est là ? Où suis-je ?

_ C'est Robin. Réveillez-vous. Vous avez dû vous endormir.

_ Quelle heure est-il ?

_ Il est neuf heures. Je dois aller en cours. Le professeur Freeman devrait bientôt arriver. »

Ricardo retira les électrodes des méduses qui pulsaient paisiblement dans les bocaux, puis Harold entra dans le laboratoire.

« Vous êtes déjà là ? Vous avez l'air fatigué. Vous avez travaillé tard hier soir ?

_ Plutôt, oui, déclara Ricardo. J'ai disséqué beaucoup de rhopalies à ramener avec moi. Elles devraient m'occuper pendant un certain temps. » Il se demanda si Harold pouvait entendre son cœur battre. « J'ai également obtenu des données intéressantes sur l'activité nerveuse de ces méduses et j'ai fini par m'endormir au laboratoire. Robin m'a réveillé.

_Vraiment. Qu'avez-vous découvert ?

_ Je ne sais pas encore ce que tout cela signifie. Je dois y réfléchir. Je... » Ricardo s'arrêta au milieu de sa phrase, se souvenant des avertissements de Lillian quant au fait de trop parler.

« Vous quoi ? » demanda Harold.

« J'ai eu un voyage productif. » Ricardo n'était pas satisfait de cette réponse, mais il était satisfait de sa maîtrise de soi.

Harold lui souhaita bonne chance avec ses expériences et entra dans son bureau. Ricardo remit l'ordinateur et les électrodes de la NASA dans leur boîtier rembourré, prit sa boîte de rhopalies congelées et retourna au motel pour rendre sa chambre. Son avion partait pour Washington dans l'après-midi.

Chapitre 22

L'aéroport de San Juan grouillait de monde. Les rhopalies étaient congelées dans une boîte isotherme qui rentrait parfaitement dans le bagage à main de Ricardo, alors qu'il faisait la queue pour passer la sécurité. Comme il avait à la fois son passeport du gouvernement américain et son badge d'identification en tant que scientifique au Centre des sciences de la vision, il ne s'attendait à aucune difficulté pour transporter ses échantillons biologiques congelés ; il n'avait jamais eu de problèmes pour ramener des spécimens congelés à la maison auparavant. Cette fois, cependant, l'inspecteur examinait les sacs des passagers plus rigoureusement, presque comme s'il était en colère. Lorsque le bagage à main de Ricardo traversa la machine à rayons X, l'inspecteur eut l'air perplexe.

« Ouvrez le sac, s'il vous plaît », déclara l'officier.

Ricardo s'exécuta.

« Qu'y a-t-il dans cette boite ?

_ Juste quelques spécimens scientifiques – rien de vivant – que je ramène à mon laboratoire gouvernemental aux États-Unis, répondit Ricardo, sortant sa carte d'identité du Centre des sciences de la vision. Je suis scientifique et je collabore avec le professeur Freeman à la station marine de l'Université de Porto Rico, à La Parguera.

_ Ah oui ? Des spécimens ?

_ Croyez-le ou non, ce sont des yeux de méduses. » Cela calmerait certainement l'homme. À quel point les yeux des méduses pouvaient-ils être menaçants ?

« La bonne blague », répondit l'inspecteur avec un sourire sarcastique.

Ricardo serra les lèvres. « Les méduses ont des yeux. » Il fit une pause, réalisant que le fonctionnaire ne pouvait pas croire que les méduses avaient des yeux – qui le croirait ? Pour ajouter de la crédibilité, Ricardo ajouta : « Presque personne ne le sait.

_ Que pourrait bien voir une méduse ? Et après vous allez me dire que les méduses ont un demi-cerveau. Allez, ouvrez la boîte ; laissez-moi voir ce qu'il y a à l'intérieur, dit l'inspecteur.

_ Les spécimens vont décongeler et être ruinés, expliqua Ricardo, pensant qu'un demi-cerveau était toujours plus que ce que l'inspecteur avait.

_ Ouvrez la boîte ou laissez-la ici ! » ordonna l'officier. À chaque échange, sa voix augmentait d'un décibel. « Vous ne pouvez pas l'emmener dans l'avion tant que je n'ai pas vu ce qu'elle contient. »

Ricardo entendit à peine l'inspecteur, ses pensées étant soudain reparties vers les sons inexplicables des méduses qu'il avait entendus avec l'ordinateur. Il pensait que ce devait être un code quelconque. Pourquoi les clics et les bips aléatoires de Mutt et Jeff fusionnaient-ils d'une manière si agréable quand les méduses étaient proches l'une de l'autre ?

« Très étrange », dit-il doucement dans le vide. Puis, il murmura pour lui-même : « Si une méduse a un cerveau, que s'y passe-t-il ? »

« Quoi ? demanda l'inspecteur, l'air confus. Je vous ai demandé d'ouvrir cette boîte. » Il criait presque maintenant.

« Si vous insistez. » Ricardo dévissa le couvercle et retira le petit tube avec les rhopalies congelées, qui commencèrent immédiatement à décongeler.

« Pourquoi est-ce que les trucs dans le tube sont aussi noirs ? »

« Le tissu noir, c'est le pigment qui est présent dans tous les yeux, même les nôtres. C'est pourquoi vos pupilles ont l'air noires. » C'était le professeur Ricardo qui parlait. « Ces yeux de méduses sont ruinés maintenant. Je ne peux plus les utiliser pour mes expériences. Gardez-les. » Ricardo n'était plus en colère ; il avait une nouvelle mission. « Par contre, j'aurais besoin de récupérer ma boîte. »

Ricardo jeta les yeux ruinés sur le plateau qui venait de traverser la machine à rayons X, replaça la boîte vide dans son sac et s'éloigna. L'inspecteur, l'air déconcerté, regarda Ricardo repartir pour La Parguera, impuissant. Ricardo ne se souciait pas de ce que l'inspecteur pensait. Il s'en fichait de ne pas apparaître le lendemain, comme prévu, dans son laboratoire. Le Dr Topping s'en moquerait s'il revenait un ou deux jours plus tard, et il ne le saurait probablement même pas. Le Centre des sciences de la vision n'était pas le problème de Ricardo pour le moment.

Les méduses étaient dans son esprit. Il voulait savoir pourquoi les motifs à pointes se synchronisaient lorsque Mutt et Jeff étaient côte à côte. Quelle était la signification de leur « chant » l'un pour l'autre ? Avaient-ils vraiment un cerveau, ou peut-être un demi-cerveau comme l'inspecteur l'avait suggéré avec sarcasme ? Quelle ironie que le fonctionnaire en colère lui ait donné la liberté de retourner à La Parguera.

Chapitre 23

Ricardo retourna au motel. Il déposa son sac dans sa chambre et laissa un message vocal à sa secrétaire, lui disant qu'il était retenu au moins un autre jour. Il était vingt heures quand il se rendit au laboratoire. Harold n'était pas là. Des examens d'étudiants partiellement corrigés et, comme d'habitude, une barre de chocolat à moitié mangée gisaient sur son bureau.

L'atmosphère calme du laboratoire avait cette odeur d'air salé moisi qu'il aimait. Le sel de l'eau de mer évaporée avait laissé comme une croute sur les fenêtres. Ricardo se transformait en hibou nocturne et il aimait ça. Cela aidait avec son insomnie pendant les longues nuits solitaires.

Heureusement, Harold n'avait pas encore jeté les quelques méduses qui restaient dans les bocaux. Malgré avoir été perforés à plusieurs reprises, Mutt et Jeff avaient toujours l'air en bonne santé.

« Vous résistez bien, les petits bougres, leur dit-il. Pas étonnant que vous ayez survécu si longtemps sur cette planète. »

Ricardo s'émerveilla de la façon dont le laboratoire d'Harold dans la lointaine Parguera, juste un nom étranger pour lui il n'y avait pas si longtemps encore, lui donnait à présent le sentiment d'être comme chez lui. C'était peut-être la saveur latino de la ville qui lui rappelait sa ville natale de

Buenos Aires. Le Dr Topping et ses obligations professionnelles n'existaient pas à La Parguera. Le sentiment de liberté était enivrant.

Le retour de Ricardo à La Parguera, cet après-midi-là, avait été un acte audacieux et héroïque. Il aurait souhaité pouvoir dire à Lillian que c'était une fois où sa nature impulsive avait eu ses avantages. Il éclata de rire en imaginant l'inspecteur confus, ne sachant pas quoi faire des rhopalies qui décongelaient sous ses yeux.

« Allez, on se remet au travail », prévint-il les méduses, déterminé à comprendre ce que signifiaient tous ces sons. Mais comment s'y prendre ? Il commencerait par confirmer ses résultats antérieurs.

« Oh, bonjour. Je pensais que vous étiez reparti pour Washington, déclara Robin passant la tête par la porte ouverte du laboratoire.

_ Robin ! Que faites-vous ici si tard ? lui demanda Ricardo, surpris et heureux d'avoir de la compagnie.

_ Je rendais juste un livre que j'avais emprunté, dans un bureau au bout du couloir. » Elle entra dans le laboratoire. « J'ai vu de la lumière alors ...

_ J'ai décidé de prolonger mon séjour d'un autre jour, déclara Ricardo, essayant de paraître décontracté.

_ Sur quoi travaillez-vous ? » demanda Robin. Elle se dirigea vers Mutt et Jeff.

« Juste quelques expériences que je fais. Je... »

Robin l'interrompit. « Vous étudiez la reproduction des méduses ? »

« La reproduction ? Pourquoi vous dites ça ? »

Elle désigna Mutt. « Parce que, celle-ci, c'est un mâle. Vous voyez les fines stries blanches le long de la cloche ? Il a dû dépenser son sperme parce que ses gonades sont à peine visibles. » Elle pointa ensuite Jeff du doigt. « Et celle-là, c'est une femelle. Vous voyez les ovaires orange pâle et les embryons orange pâle à l'intérieur ? »

Ricardo était à la fois stupéfait et gêné. Comment avait-il pu ne pas le remarquer ?

« Bonne observation, Robin. Je n'y avais même pas pensé. » Il n'en dit pas plus, mais son esprit s'emballait. Mâle et femelle ? De la « Musique » quand les méduses étaient côte à côte ? Des motifs à pointes synchronisés ? Qu'est-ce que tout cela signifiait ? Du sexe ! La « musique » pourrait-elle être une sérénade séductrice ? Et, si oui, que se passerait-il s'il plaçait deux mâles ou deux femelles dans le bocal, au lieu d'un mâle et d'une femelle ?

« Vous allez rester à travailler encore longtemps ? » demanda Robin.

Ricardo, préoccupé, se pencha au-dessus d'un petit groupe de méduses dans un autre bocal, à la recherche d'un mâle en bonne santé à utiliser pour ses expériences.

« Eh oh ? Vous en avez encore pour longtemps ?

_ Oh désolé. Je ne suis pas sûr. » Ricardo voulait être laissé seul pour continuer ses expériences.

« Faites-moi savoir si vous voulez de l'aide pour attraper plus de méduses demain, ajouta-t-elle.

_ Merci. J'en aurai peut-être besoin, car le stupide inspecteur de l'aéroport a ruiné les rhopalies que j'avais prélevées. »

Robin lui dit au revoir tout en se dirigeant vers la porte.

Ricardo plaça l'ordinateur de la NASA sur la paillasse et regarda Mutt et Jen – et non plus Jeff ! – avec un intérêt renouvelé. Il rit à l'idée absurde que Mutt sérénadait Jen quand il la regardait. Il se souvint que Lillian allait à la salle de sport avec un sweat-shirt ample, des lunettes à monture en corne, un short trop long qui lui arrivait aux genoux et des baskets usées sans chaussettes. Elle avait ce « je ne sais quoi », des yeux souriants qui suggéraient timidement les richesses qui se cachaient sous la surface. Ricardo connaissait bien l'attraction magnétique entre hommes et femmes. Mais que savait-on de l'attraction des méduses ?

Quelle chance que Robin soit passée.

Il avait besoin de répéter son expérience avec Mutt et Jen pour confirmer la synchronisation des sons lorsqu'ils étaient proches l'un de l'autre, puis il ferait des enregistrements similaires à partir de Mutt et d'une méduse mâle. Il réinséra les électrodes dans Mutt et Jen, plus ou moins où ils les avaient mises la première fois, et fut soulagé d'obtenir les mêmes résultats qu'auparavant : les images du laboratoire sur l'écran d'ordinateur devinrent abstraites, les motifs à pointes aléatoires se synchronisèrent et les sons incohérents s'harmonisèrent lorsque les méduses se croisèrent en nageant.

« Incroyable. Génial », dit-il à haute voix. La répétition de résultats expérimentaux était cruciale, mais jamais garantie.

Il remplaça ensuite Jen par une méduse mâle. Lorsque les deux méduses s'écartèrent, les images du laboratoire et les pointes aléatoires apparurent sur l'écran de l'ordinateur, comme prévu, et il entendit des clics et des bips aléatoires. Mais cette fois, lorsque les deux mâles se rapprochèrent, les motifs à pointes générés par chaque méduse se mirent à faire des bonds sauvages et s'accompagnèrent de cris plutôt que de sons harmonieux.

Il se demanda si la réaction différente de Mutt à un mâle ou à une femelle était un hasard. Il avait besoin de tester, sur Mutt, les effets d'autres méduses. Il plaça donc successivement deux mâles différents dans le bocal avec Mutt, puis deux femelles différentes. Mutt généra des bips discordants de bas niveau lorsqu'il fut confronté au premier mâle, mais des crissements exceptionnellement forts et désagréables en réponse au deuxième mâle, qui était plus gros. En revanche, Mutt généra des sons apaisants lorsque la première femelle nagea près de lui, mais il demeura silencieux à côté de la deuxième femelle. Déroutant. Pourquoi Mutt réagirait-il différemment aux méduses adjacentes en fonction de leur sexe et d'autre chose, quoi que ce puisse être ? Leur personnalité ? Que penserait Benjamin de ces résultats, lui qui interprétait toujours les données avec prudence ?

Penser à Benjamin rappela à Ricardo qu'il lui restait au moins une dose de Cactéine. « Pourquoi pas ? » se dit-il doucement, puis il s'injecta l'extrait dans la cuisse.

Dix minutes plus tard, Ricardo se sentait serein et étroitement lié à son environnement, comme cela avait été le cas avec sa première injection de Cactéine. Il éteignit les lumières et imagina les différents sons de l'ordinateur tels une langue parlée par les méduses. Comme il voulait rejoindre leur société et savoir ce qu'elles se disaient.

Des méduses pulsantes dansaient dans son esprit plus en tant qu'êtres vivants que sujets expérimentaux. L'œil de son esprit vit le visage de Robin sur une méduse. Il imagina des échanges séducteurs entre deux méduses comme un duo amoureux dans un opéra, et les tentacules de Mutt et Jen enchevêtrés dans une tendre étreinte. Quelle histoire il avait à raconter !

Ricardo ralluma la lumière dans le laboratoire et fixa du regard les petits points orange – les embryons – qui remplissaient la cavité de Jen. Elle aurait relâché ses bébés dans la mangrove de La Parguera s'il ne l'avait pas attrapée pour mener ses expériences. Il pensa à Lillian et à toutes ses fausses couches et se sentit triste.

Ricardo hocha la tête, débordant de questions. Comment les méduses ressentaient-elles les émotions ? En quoi celles-ci différaient-elles des émotions humaines ? Comment communiquaient-elles entre elles ? Il était certain qu'elles communiquaient. Qu'est-ce qui faisait qu'une méduse aimait ou n'aimait pas une autre méduse ? Que signifiait « aimer » ou « ne pas aimer » pour une méduse ?

8 h 30. La lumière du soleil entra par la fenêtre. Ricardo se frotta les yeux et s'étira, raidi à force de dormir sur une chaise en bois pour la deuxième fois en deux jours. Il se fit une tasse de café en utilisant la cafetière crasseuse du laboratoire et laissa un mot d'adieu sur le bureau d'Harold : « Je suis revenu pour faire quelques expériences supplémentaires. Désolé de vous avoir manqué. Dites au revoir à Robin de ma part. Merci pour tout. »

Ricardo quitta le motel se sentant idiot d'avoir payé une chambre qu'il n'avait pas utilisée. Cette fois, il n'eut aucun mal à passer la sécurité car il n'avait pas de rhopalies avec lui. Il n'en avait pas besoin. Son travail consistait maintenant à publier les résultats de ses expériences extraordinaires. Tout le reste était à présent en stand-by.

Chapitre 24

Après un rapide bonjour à sa secrétaire, Ricardo entra dans son bureau. Il avait préparé les grandes lignes de son article dans l'avion et était impatient de commencer à rédiger.

Le cœur de Ricardo se serra quand il ouvrit sa boîte mail pour y trouver une longue liste d'e-mails : un cours de recyclage avec de longues instructions sur ce qu'il fallait faire et qui contacter en cas de soupçon de terrorisme ; un rappel pour assister à la formation déontologique obligatoire annuelle ; l'heure et le lieu de la réunion du comité de promotion du Centre des sciences de la vision ; un atelier sur la manière d'évaluer le personnel de laboratoire ; une demande prioritaire d'un résumé des recherches qu'il avait effectuées au cours de l'année passée pour que le Dr Topping puisse l'intégrer dans son rapport au Congrès ; des instructions sur la façon d'écrire un paragraphe sur ses contributions à la recherche au cours de l'année passée pour le bureau de développement ; des demandes d'examen de trois subventions de fondations privées et deux manuscrits pour des revues scientifiques ; des demandes d'anticorps et de clones d'ADN qui avaient été faits dans son laboratoire.

Il ferma sa boîte mail et regarda dans le vide, se demandant ce qui se passerait s'il ignorait simplement ces e-mails. Il pensa à la mangrove, aux méduses qui pulsaient dans l'eau saumâtre, et à Harold, qui n'avait jamais l'air inquiet et se vantait d'avoir ses priorités en ordre.

Pearl vint jeter un œil dans le bureau de Ricardo. « Contente de vous revoir parmi nous. Vous avez une seconde ? »

Ricardo n'était pas d'humeur à jouer les mentors, mais il accordait toujours une grande priorité à ses élèves et lui demanda ce qu'elle désirait. Elle entra dans le bureau, une radio à la main, indiqua une tache noire dessus et lui dit qu'elle avait pensé – été certaine même – que la protéine que cette tache noire représentait disparaîtrait lorsqu'elle nourrirait les cellules cornéennes d'un agent oxydant.

« Mais elle est toujours là », expliqua-t-elle, déçue et confuse.

La tendance de Pearl à insister que ses prédictions expérimentales se réaliseraient le frustrait.

« Pourquoi étiez-vous si sûre que l'agent oxydant se débarrasserait de la protéine, Pearl ? » demanda-t-il avec une pointe d'agacement. Dès que les mots sortirent sa bouche, il regretta son ton. Ne faisait-il pas, *lui* aussi, une interprétation très large de ses données sur les méduses ?

« Désolé, Pearl. Pourquoi n'augmentez-vous pas la dose d'oxydant et ne répétez-vous pas l'expérience ? » Elle négligeait souvent de prendre le temps de confirmer ses résultats expérimentaux. Il lui donna rendez-vous pour revoir son projet en détail la semaine suivante.

Après avoir répondu à quelques e-mails, Ricardo appela Frank Pizzaro à la NASA. Il n'allait pas se laisser distraire de ses méduses pendant longtemps.

« Frank, votre ordinateur est fantastique. J'y ai stocké toutes sortes de données sur les méduses, mais j'ai besoin de votre aide pour en obtenir des diapositives PowerPoint et des copies papier. Je ne sais pas comment faire avec ce programme et je n'ai pas la bonne imprimante. »

« Pourquoi pas cet après-midi, après quinze heures ? »

Plus tard dans la journée, Frank fut impressionné par les résultats de Ricardo et ne fut pas d'avis qu'ils pouvaient être expliqués par un seul et unique artefact expérimental. Il pensait que les cliquetis et les bips dont Ricardo lui avait parlé – comme Ricardo n'avait pas activé le programme pour stocker les sons, il ne pouvait pas les reproduire – étaient « étranges ».

Pour Ricardo, « étrange » constituait tout ce qu'un scientifique ne pouvait expliquer, comme des méduses qui se rassemblaient à un endroit de la mangrove, ou une protéine cellulaire qui ne disparaissait pas comme pourtant prévu dans certaines conditions. Tout était censé s'inscrire dans la structure fragile des connaissances actuelles ; sans compter que tant de résultats expérimentaux et d'observations, qui avaient été « étranges » au départ, étaient devenus monnaie courante avec davantage de connaissances.

À la fin de leur réunion, Frank déclara : « Je ne sais pas ce que tout cela signifie, mais dans l'ensemble, ces données semblent intéressantes. Je suis impressionné. »

Impressionné. C'est ce que Ricardo voulait entendre. Il ignora le fait que Frank avait également dit qu'il ne savait pas ce que tout cela signifiait. Ricardo s'abstint pourtant de partager son idée que les méduses enregistraient l'évolution.

« Merci », dit Ricardo. Il mit, dans sa mallette, les rames de copies papier qu'ils avaient imprimées, ainsi que la petite clé USB contenant les données, et retourna à son laboratoire, désireux d'appeler Benjamin.

« Calme-toi, Ricardo. Je ne te suis pas. Les méduses se reconnaissent et communiquent ? Elles voient des vidéos de l'histoire évolutive des animaux quelles regardent ? Ça semble ridicule. »

Ricardo fit de son mieux pour rester calme et parler lentement. Lillian l'avait mis en garde à plusieurs reprises de laisser les autres arriver à leurs propres conclusions, afin de ne pas être accablant.

« Voici le scoop, Benjamin. Frank, le gars qui m'a prêté l'ordi, a dit qu'il était impressionné par les données électroniques. Et, au fait, ne parle à personne de l'ordi de la NASA. Je n'étais pas censé en parler à qui que ce soit, mais comment pourrais-je te raconter mes expériences sans t'en parler ? Je ne pense pas qu'il y ait un seul doute sur le fait que les méduses voient des images de ce qui se trouve devant leurs yeux quand elles nagent. Pourquoi avoir des yeux avec des lentilles si c'est pour ne pas voir ?

_ Les lentilles pourraient être utilisées pour agrandir la lumière, déclara Benjamin. En tout cas, je veux bien croire que les méduses voient des images. Par contre, je ne suis pas sûr que les méduses interagissent ou soient attirées les unes aux autres. Quant au peu que tu m'as raconté sur les méduses qui voient l'évolution ; on dirait une pure invention.

_ Eh bien, peut-être, mais... »

Benjamin ne voulut pas laisser Ricardo terminer. « Peut-être que chaque méduse génère une sorte de champ électrique autour d'elle, qui affecte les images des méduses à côté d'elle, et différentes méduses génèrent différents champs de forces, notamment en captivité, ou même en fonction de leur sexe. Qui sait ce qui se passe ?

_ Bon. Mais les champs électriques ne pourraient-ils pas être la langue par laquelle elles communiquent ? » Ricardo reconnut que Benjamin avait des points valables et en prit note pour rester prudent lorsqu'il rédigerait son manuscrit, mais il était déçu par la négativité et le manque d'imagination de Benjamin.

« Au fait, j'ai utilisé de la Cactéine quand j'étais à La Parguera. C'est vraiment quelque chose.

_ Ah oui ? fit Benjamin, tendant de nouveau une oreille intéressée. Et comment ça t'a affecté ?

_ Comme tu l'avais prédit. Je me suis senti connecté à tout ce qui m'entourait et surtout aux méduses. C'était comme si j'étais entré dans l'esprit des méduses. En fait, j'avais l'impression d'être moi-même une méduse. Je n'étais pas shooté, rien de tel. C'est juste que, tout à coup, toutes mes données – les dessins sur l'écran et les synchronisations des motifs à pointes – semblèrent avoir du sens. J'étais convaincu qu'il y avait une grande interaction entre ces créatures. La Cactéine m'a permis de réduire la distance entre elles et moi.

_ Génial ! C'est bien mon idée de ce que fait la Cactéine. Elle stimule une partie encore inconnue de notre cerveau, qui favorise un type de télépathie pouvant nous permettre de comprendre sans mots ce qui est vraiment là. C'est une sorte de substance qui améliore la réception. Je pense que cela peut avoir un potentiel médical en psychiatrie. » Benjamin fit une pause.

« Je suppose que oui, déclara Ricardo.

_ Au fait, continua Benjamin, t'as ajouté de la Cactéine à l'eau de mer dans laquelle les méduses nageaient ? Ou tu leur en as injectée ? Ça serait encore mieux. Si elles ont une sorte de cerveau, comme tu le penses, quoi que cela signifie dans le cas des méduses, peut-être que la Cactéine les affecterait aussi. »

Ricardo se tut. « Non, je n'ai jamais donné de Cactéine aux méduses. Je suppose que j'explorais mes idées sur les méduses. »

« Tu dis que tu explorais *tes idées* sur les méduses. Je pensais que tu explorais *les méduses* », dit Benjamin, soudain agressif.

Ricardo fut surpris et se demanda si ses recherches sur les méduses menaçaient Benjamin, tout comme la Cactéine l'avait menacé lui.

Benjamin poursuivit avant que Ricardo n'ait eu le temps de répondre : « Tu prévois de soumettre ton article pour publication auprès de quelle revue ? »

« Je ne sais pas encore ; probablement *Science* ou *Nature.* »

Benjamin ne dit rien.

« T'en penses quoi, Benjamin ? »

Toujours rien.

« *Nature* ou *Science* ? Je ne sais pas », répondit enfin Benjamin. Et la Cactéine ? Tu ne peux pas en parler avant que je fasse ma publication. Et puis, tu m'as dit que tu n'étais pas censé publier quoi que ce soit concernant ton utilisation de l'ordinateur de la NASA avant que Frank ne le fasse. »

C'était vrai. Il devait en parler à Frank.

« Ne t'inquiète pas, Benjamin. Mon article ne portera que sur les données que j'ai collectées auprès des méduses. Et puis, de toutes façons, j'espère que tu le liras avant que je le soumette. J'ai besoin de toute l'aide possible. »

« Bien sûr, répondit Benjamin. Ça a l'air vraiment intéressant. »

Chapitre 25

Ricardo travailla dur pendant un mois pour rédiger son article sur les méduses. Il était frustré d'avoir promis de ne pas soumettre le manuscrit pour publication, jusqu'à ce que Benjamin ait publié le sien sur la Cactéine et que la NASA ait officiellement annoncé son nouvel ordinateur. Les promesses étaient des promesses et Ricardo attendit. Les mois traînèrent. Pendant l'intervalle, Ricardo continua son travail de mentor auprès de Pearl, dont les recherches progressaient enfin, et il lut beaucoup sur le cerveau, y compris celui des invertébrés, et sur le comportement animal en général. La plupart de ses lectures sur les invertébrés avaient été publiées au moins vingt ans plus tôt, car ce type de recherche fondamentale était dépassé depuis un certain temps. Plus Ricardo en apprenait, plus il était convaincu que ses expériences révolutionneraient les idées sur la mémoire et que de nombreux autres invertébrés étaient bien plus que des « machines réactives », comme Harold avait appelé les méduses.

Le Dr Topping ne demandait jamais rien à Ricardo concernant ses expériences sur les méduses et Ricardo savait mieux que d'essayer de l'impressionner avec ses résultats. Il était préférable de faire profil bas. Il avait justifié ses demandes de voyage en proposant d'étendre aux méduses ses recherches antérieures, sur les facteurs de croissance de la cornée et les gènes associés à la dystrophie de Fuch, mais il s'était écarté de ses objectifs déclarés. De plus, le climat politique était devenu encore plus glacial en ce qui concernait la recherche financée par les contribuables, sans implication médicale directe. Likens ne présentait plus les informations une mais deux fois par semaine, aux heures de grande écoute. Dans tout le pays, des candidats politiques très conservateurs remportèrent des victoires écrasantes lors des élections pour le Congrès et les législatures locales, et ces politiciens conservateurs promirent de faire en sorte que « chaque centime issu de l'argent des contribuables profite directement au contribuable et à la santé ». Chaque programme de recherche du Centre des sciences de la vision était connecté à au moins une maladie courante. Même les maladies rares n'étaient pas bien financées car le rapport coût-bénéfice était trop faible. Ricardo n'était pas d'accord avec ces tendances politiques, mais décida de garder le silence jusqu'à la publication de son article, qui, espérait-il, pourrait ramener les gens à apprécier la recherche fondamentale.

Benjamin publia enfin son article sur la Cactéine et la NASA celui sur son ordinateur. L'idée que la Cactéine pourrait exploiter une nouvelle fonction cérébrale, qui modulait la capacité de communiquer, généra de l'enthousiasme dans la communauté scientifique. L'importance de la Cactéine pour comprendre la fonction cérébrale et la proposition de Benjamin sur la façon dont la Cactéine pourrait être utilisée pour traiter les maladies psychiatriques, en particulier la dépression, lui valurent une acclamation immédiate, et il fut élu à l'Académie des sciences américaine cette année-là.

Ricardo appela Benjamin dès qu'il entendit parler de son élection à la prestigieuse académie. « C'est fantastique, Benjamin ! Je suis si heureux pour toi. Tu le mérites. » Il était sincère.

Aussi sincèrement heureux que Ricardo l'était pour son ami, l'élection de Benjamin au statut d'élite de l'Académie changea leur relation. Ils n'étaient plus des égaux professionnels. L'équilibre des pouvoirs avait changé et Ricardo nageait à présent à contre-courant. Benjamin devint plus amical que jamais, presque condescendant. Autant Ricardo détestait la tension subtile qui montait de temps en temps quand ils étaient sur un pied d'égalité, autant il la préférait à ce vernis lisse qui apparut avec le statut professionnel élevé de Benjamin. Lorsque Benjamin plaisanta sur le fait de devenir membre de la société des « vieux croûtons », Ricardo rit mais sentit une séparation douloureuse entre eux. Il n'avait aucun moyen de riposter avec une « plaisanterie » qui lui soit propre. Il devint davantage sur ses gardes et conscient que son ami le plus proche avait un nouveau pouvoir qui avait le potentiel de l'aider ou de le blesser. Ricardo craignait même qu'un simple commentaire désinvolte et peu flatteur sur ses recherches sur les méduses, fait par Benjamin à un membre de l'académie – même si Benjamin voulait seulement être drôle – puisse diminuer sa position professionnelle. Avoir son meilleur ami sous les projecteurs et étroitement lié à l'établissement scientifique d'élite était une lame à double tranchant. Alors que le soutien de Benjamin était potentiellement utile, son glamour éleva les enjeux personnels de l'article des méduses de Ricardo, sa dernière chance d'atteindre la hauteur de son ami. La compétition nourrissait son ambition.

Et puis il y avait cette question de la Cactéine qui le taraudait. La publication de Benjamin avait éliminé toute hésitation de Ricardo quant au fait de discuter de la Cactéine dans son article, mais il craignait que la divulgation de son utilisation ne détourne l'attention de ses travaux sur les méduses au profit de Benjamin. Il craignait également que son utilisation de la Cactéine ne nuise à la crédibilité de ses conclusions, même si l'article de Benjamin indiquait clairement qu'il n'y avait aucune preuve que la Cactéine provoquait des hallucinations ou des délires, et qu'elle ne fonctionnait à travers aucun des récepteurs cérébraux connus utilisés par les hallucinogènes ou autres drogues psychoactives, telles que la mescaline ou le LSD.

« Les données sur les méduses soutiennent mes interprétations, déclara Ricardo lorsque Benjamin insista sur les raisons pour lesquelles il avait omis la Cactéine dans la version préliminaire de son article. N'est-ce pas suffisant ?

_ La partie sur les images du laboratoire provenant des yeux des méduses est très bonne, commenta Benjamin. Mais, Ricardo, je m'inquiète de la façon dont tu as interprété les sons et le comportement des méduses en général. Ça semble trop anthropomorphe. Pourquoi tu n'as pas mentionné la Cactéine ? Tu l'as utilisée. Si tu discutais de ce que tu as observé en termes de Cactéine, ce serait plus logique.

_ En termes de Cactéine ? Tu plaisantes ? Plus logique ? Et pourquoi ça ?

_ Cela élargirait mon hypothèse que la Cactéine puise dans un nouveau compartiment du cerveau, qui facilite la connexion entre les personnes et leur environnement. Tes expériences étendent cette communication des personnes aux animaux. Que ces animaux puissent être des méduses est extraordinaire. Imagine… ressentir – croire – que tu es dans l'esprit d'une méduse ! C'est dingue. Je parie que ces nouvelles fonctions cérébrales affectées par la Cactéine sont à l'origine d'une multitude de troubles mentaux. Tu te rends compte des implications ? Je serais heureux de communiquer tes résultats pour qu'ils soient publiés dans les *Comptes-rendus de l'Académie des sciences américaine.* »

Ricardo fit de son mieux pour jeter de l'eau froide sur la fureur qui jaillissait en lui à l'idée d'être le pion de Benjamin. C'était *son* tour de briller – *son* idée – et il savait qu'il tenait quelque chose d'important, même si ce n'était pas encore directement lié à l'atténuation de la maladie.

« Cet article concerne la perception des méduses, déclara Ricardo, essayant de rétablir sa position. Juste des méduses, ces masses sans forme dont personne ne se soucie vraiment, jusqu'à ce que mon article soit publié, je l'espère. »

« Tu dois mentionner la Cactéine quelque part dans le manuscrit. Autrement, ce n'est pas honnête », insista Benjamin froidement.

Ricardo savait que Benjamin avait raison, le remercia pour son opinion et raccrocha.

Pourquoi Benjamin ne comprenait-il pas ce qu'il ressentait ?

Chapitre 26

Sachant qu'il devait parler de la Cactéine d'une manière ou d'une autre, Ricardo la mentionna dans ses « Remerciements » à la fin du manuscrit, avec la phrase suivante : « Je remercie le Dr Benjamin Wollberg pour sa participation aux premières phases de la recherche, pour ses critiques constructives du manuscrit et pour son don de Cactéine, qui m'a permis de rester alerte et rigoureux lors de quelques observations qui ont duré toute une nuit. » Ricardo pensa, avec réserve, qu'il s'agissait là d'une déclaration honnête de son utilisation de la Cactéine. Il remercia également Paul Sing pour ses « conseils » et Frank Pizzaro pour « l'inestimable ordinateur de la NASA ».

Benjamin explosa en lisant le rejet de la Cactéine dans la version finale que Ricardo prévoyait de soumettre pour publication. « Alerte et rigoureux lors de quelques observations de nuit ? Tu te moques de moi ! C'est quoi la Cactéine pour toi, une tasse de café ? La Cactéine aiguise la perception. C'est révolutionnaire. Tu devrais insister là-dessus dans ton manuscrit. »

Ricardo serra la mâchoire et plissa les yeux, une expression faciale habituelle lorsqu'il contrôlait sa colère. Benjamin n'avait-il pas compris qu'il voulait mettre l'accent sur les méduses – *son* histoire – pas la Cactéine ?

Benjamin fit un pas en arrière. « Écoute, Ricardo, je pense que tu as un article charmant. C'est original, audacieux. Que puis-je dire ? C'est provocateur, dans un sens positif. Mais, vraiment, penses-y. La Cactéine améliorerait ton article et le lierait à un nouveau concept de fonction cérébrale humaine, sans détourner l'attention des méduses. Tu ne vois pas ça ? »

Bien sûr, Ricardo le voyait, et c'était là le problème. La Cactéine mettait considérablement en valeur Benjamin et ses recherches, surtout compte tenu de la nouvelle visibilité de Benjamin. Mais il ne pouvait pas dire à Benjamin qu'il était jaloux de lui, qu'il voulait une reconnaissance égale. Comment pouvait-il l'admettre ? C'était le même dilemme qu'il avait eu quand il n'avait pas pu dire à Papa, il y a des années de cela, qu'il voulait gagner un prix Nobel. Certains secrets ne pouvaient tout simplement pas être dévoilés.

« Mon article n'est censé être ni 'charmant', comme tu le dis, ni sur la Cactéine, dit Ricardo. Il s'agit des méduses et de l'évolution de la mémoire, y compris de nouveaux concepts de mémoire. Je dois souligner ça.

_ À qui d'autre as-tu montré cet article ?

_ En fait, à personne d'autre que toi, admit Ricardo.

_ Eh bien, passe-le à Frank Pizzaro ou à Pearl, même si elle pourrait être trop intimidée pour te dire ce qu'elle pense vraiment. Vois ce que quelqu'un d'autre en pense. »

Benjamin avait raison. Ricardo montra l'article à Frank Pizzaro et Paul Sing. Une semaine plus tard, Paul revint vers Ricardo et deux jours après, Frank l'appela. Ils avaient chacun des réserves différentes, ce que Ricardo avait craint de voir se produire.

Paul, qui avait un penchant pour les sciences humaines, pensait que certaines parties de l'article étaient scientifiquement intéressantes, mais en général, c'était trop « romanesque ».

« Romanesque ? » Ricardo était déconcerté.

« Je sais que cela semble étrange. L'écriture est exquise, inhabituelle pour un scientifique, presque trop bonne, aussi étrange que cela puisse paraître, et elle est trop générale. Ça m'a donné l'impression que t'étais plus concerné par la prose que par la science. Le titre en est un exemple : *Les Méduses : Mettre en lumière la matière noire de l'évolution, des émotions et de la mémoire.* Le mot 'méduses' attirera les biologistes, les écologistes et même les non-scientifiques qui s'intéressent aux animaux marins, mais 'mettre en lumière' ne permet pas de savoir s'il s'agit d'un article expérimental, théorique ou philosophique, et assimiler les méduses à la 'matière noire', c'est confondre la biologie avec l'astronomie ou peut-être même la spiritualité. 'L'évolution, les émotions et la mémoire' recouvrent à peu près tout ! De quoi parle précisément cet article ? »

Ricardo écouta patiemment bien qu'il pensait qu'il s'agissait de critiques absurdes. « Et la Cactéine ? » demanda-t-il enfin.

« La Cactéine ? Oh oui. Tu l'as mentionnée dans les remerciements. C'est le composé de cactus de Wollberg, non ? Ils l'ont récemment présenté dans la colonne 'Nouvelles Découvertes' de *Nature*, n'est-ce pas ?

_ Oui.

_ Un truc vraiment fascinant. Tu pourrais insister davantage dessus, mais je ne connais pas grand-chose à la Cactéine. »

Ricardo remercia Paul pour sa contribution.

Frank avait une opinion différente. « J'ai aimé certains passages, mais ...

_ Mais quoi ? demanda Ricardo.

_ J'ai aimé la section où les méduses voient des images de leur environnement. Qui l'aurait deviné ? Des méduses ! Vos données m'ont convaincu que c'était vrai. C'est un super ordinateur, n'est-ce pas ? Vous auriez pu souligner sa nouveauté maintenant qu'il est publié. »

Ricardo ignora le fait que, tout comme Benjamin, Frank voyait le monde dans ses propres termes. Après tout, lui, Ricardo n'était pas différent. Et il convint que les données montrant que les méduses voyaient des images étaient solides comme le roc. Benjamin le pensait aussi.

« Mais, poursuivit Frank, les parties sur les méduses se reconnaissant et interagissant... eh bien, je pense que c'est un peu exagéré, comme idée.

_ C'est quand-même vraiment incroyable, non ? s'exclama Ricardo, fier de lui, au lieu de penser qu'il devrait retirer ces idées du manuscrit. Et les méduses qui voient l'évolution ? demanda-t-il.

_ Vous envisagez vraiment de garder cette partie dans l'article ?

_ Bien sûr. C'est... » Une fois de plus, Ricardo se souvint des avertissements de Lillian d'écouter davantage. Il avait demandé l'avis de Frank, et maintenant il devrait l'écouter. Il n'avait pas à changer le manuscrit s'il ne le voulait pas. Il avait recueilli les données honnêtement à travers des expériences, sans attentes préconçues, et avait lui-même été surpris par les résultats. Il s'attendait à ce que ses pairs conservateurs rechignent à l'idée que les méduses interagissaient entre elles et visualisaient l'évolution. C'étaient de nouveaux concepts. Ils rejetteraient tout ce qui élèverait les méduses au-dessus d'un globe de protoplasme et d'eau.

« C'est quoi ? » demanda Frank.

« Utile », répondit Ricardo. « Merci d'avoir lu mon manuscrit. Je vais réfléchir à vos commentaires et tâcher de les prendre en compte. »

Ricardo ne savait pas quoi faire. Paul disait que cela ressemblait trop à un roman, Frank voulait mettre en évidence son ordinateur et supprimer les parties sur les méduses interagissant et visualisant l'évolution, et Benjamin voulait faire de la publicité pour sa Cactéine. Il décida de le montrer à Pearl, après tout. Elle était jeune mais intelligente. Il espérait que, comme elle n'était pas une scientifique chevronnée, elle ne se sentirait pas menacée par les réalités politiques et qu'elle ne se chercherait pas qu'à chanter ses propres louanges.

« Oh, oui, j'adorerais lire votre manuscrit, s'exclama Pearl le lendemain. Je suis flattée. Je le lirai ce soir. »

Ricardo sourit. « Ce soir, ça ira. Merci, Pearl. »

Le lendemain, Pearl lui dit qu'elle adorait, absolument adorait son article. « C'est tellement bien écrit et incroyable, dit-elle. Pourquoi pensez-vous que les méduses ne se rassemblent qu'à un seul endroit de la mangrove ? Et elles sont attirées les unes aux autres. C'est génial !

_ Et la partie sur l'évolution, Pearl ? Que pensez-vous des méduses qui voient l'évolution ?

_ C'est une interprétation très imaginative des données. Je ne sais pas. C'est certainement nouveau, mais j'avoue, c'est difficile de comprendre comment cela fonctionne. Vous pensez vraiment que c'est vrai ?

_ Je pense que oui. Et la Cactéine ? Vous savez, l'extrait de cactus que mon ami, le Dr Wollberg, a découvert et que j'ai utilisé plusieurs fois. Est-ce que cela vous préoccupe ?

_ Vous parliez de la Cactéine dans l'article ? Vous l'avez utilisée ?

_ Juste un tout petit peu. Je l'ai mentionnée dans les remerciements.

_ J'ai dû passer à côté. Je ne sais rien de la Cactéine. Y a-t-il un problème avec la Cactéine ?

_ Non. Benjamin prétend que ça aiguise la perception de ce qui est déjà là.

_ Oh. En tout cas, je pense que votre article est très intéressant et devrait donner aux gens beaucoup de matière à réflexion.

_ Merci, Pearl. »

Cet après-midi-là, Ricardo entendit Pearl dire que son article était « très imaginatif » et qu'elle espérait avoir un jour l'opportunité de faire des « trucs amusants » comme cela.

Ricardo modifia son manuscrit en soulignant la Nature spéculative de ses interprétations selon lesquelles les méduses interagissaient entre elles et visualisaient l'évolution. Cependant, il soutint que ces concepts étaient nouveaux, potentiellement importants, et devraient être étudiés davantage. Il demanda ensuite à Benjamin s'il voulait relire l'article, car c'était la seule opinion que Ricardo respectait vraiment.

« J'essaie seulement d'interpréter mes données de manière créative », expliqua Ricardo à Benjamin, qui pensait toujours que Ricardo devrait limiter son article aux méduses qui voyaient des images. « Pendant des siècles, personne n'a cru que la terre tournait autour du soleil, simplement parce que le soleil semblait tourner autour de la terre. Au siècle dernier, les scientifiques ont été choqués lorsqu'ils ont découvert que les gènes individuels comprenaient des séquences d'ADN déconnectées. Un gène composé de petits morceaux contredisait tout ce qu'ils pensaient alors, mais cela s'est avéré être le cas. » Ricardo avait du mal à faire la distinction subtile entre être têtu et persistant.

« Voyons, Ricardo, c'est déjà assez difficile comme ça d'intéresser les gens aux méduses. Tu ne penses pas qu'il vaudrait mieux jouer la sécurité ? Pourquoi donner à quelqu'un des munitions pour te blesser ou pour dénigrer davantage la recherche fondamentale ? » Benjamin parlait en tant qu'ami, pas en tant que critique scientifique.

Ricardo soupira. « Tu as probablement raison, Benjamin. Je connais les problèmes d'aujourd'hui. » Il hésita. Mais malgré tout, Ricardo pensait que les méduses étaient beaucoup plus complexes que quiconque ne l'avait jamais imaginé, que ses données *suggéraient bien* que les méduses interagissaient, et qu'il était possible qu'elles stockent des souvenirs d'une manière qui était complètement étrangère aux scientifiques. Et pourquoi les méduses ne pouvaient-elles pas garder des souvenirs de l'évolution ? L'ADN n'était-il pas un référentiel de l'évolution passée, et n'était-il pas possible que ces souvenirs puissent s'exprimer sous forme de « gènes de mémoire » ? S'il avait raison, il voulait que tout le mérite lui revienne et le seul moyen d'y parvenir était de le publier en premier. À son âge, les opportunités se faisaient de plus en plus rares.

« Écoute, Benjamin, je n'ai peut-être pas tout bon, mais il se passe quelque chose d'important avec ces méduses. Je suis convaincu que les méduses ont une sorte de cerveau. Bien sûr, nous ne les comprenons pas encore. Comment pourrions-nous ? Nous ne savons presque rien des espèces qui vivent dans des niches où nous ne pouvons pas vivre. J'ai utilisé la dernière technologie informatique disponible et je n'avais aucune idée préconçue. Je crée juste une histoire intéressante avec les données que j'ai obtenues. Je n'ai rien inventé. Si quelques personnes ne croient pas mon histoire, tant pis. Mais je ne peux pas imaginer que ça n'intéresse que peu de scientifiques, parce que ça devrait. Toute science est constituée d'histoires créées à partir d'observations et de données, et toutes ces histoires sont modifiées au fil du temps avec de nouvelles informations. La science n'est pas seulement un ensemble de soi-disant faits. La science est un travail en cours. Je ne peux pas te dire quelle sera l'histoire des méduses dans le futur. Mais je peux te dire que mon histoire sur les méduses commence un nouveau chapitre, et je prédis que cette histoire sera passionnante. »

Ricardo était résolu. Il n'aurait pas pu le dire plus directement. Il avait peut-être eu ses caprices, mais il n'était ni stupide ni naïf. C'était un honnête scientifique qui étudiait la Nature, et il le faisait depuis longtemps.

Benjamin regarda son ami avec des yeux doux. « Je sais, Ricardo, dit-il. Et je suis avec toi. » Il n'avait pas oublié à quel point Ricardo l'avait impressionné par son imagination et son enthousiasme – son humanité – lors de leur première rencontre, il y avait de nombreuses années, et Ricardo était toujours l'homme qu'il était alors. Il avait ce génie pour voir au-delà des détails.

« C'*est* un article fascinant, déclara Benjamin. Et je suis d'accord que tu as atténué les spéculations. On verra ce qui se passera. »

Autant Ricardo voulait que ses travaux sur les méduses soient publiés dans une prestigieuse revue scientifique, autant il ne demanda pas à Benjamin de les communiquer aux *Comptes-rendus de l'Académie des sciences américaine.* Il évitait de s'appuyer sur le succès de Benjamin pour son propre avancement. Fierté. Vanité. Envie. Peut-être les trois.

Les rédacteurs de *Science* et ceux de *Nature* lui renvoyèrent le manuscrit, seulement quelques jours après sa soumission, affirmant que ce n'était pas suffisamment d'intérêt général. Les rédacteurs en chef des revues spécialisées hautement réputées, *Cell* et *Neuron,* jugèrent le travail prématuré pour la publication. *Brain Research*, une revue relativement nouvelle, déclara que son manuscrit conviendrait mieux à une revue moins spécialisée, ou à une revue consacrée à la biologie marine. Un critique écrivit : « L'auteur croit-il vraiment que les méduses ont un cerveau ? Il serait difficile de parvenir à cette conclusion sans contrôles appropriés. Et quels seraient ces contrôles ? » Tous les examinateurs se plaignirent que l'article n'avait aucune importance médicale. Quant aux méduses visualisant l'évolution : « franchement ridicule » semblait être le consensus.

La seule critique que Ricardo trouva substantielle était le manque de contrôles expérimentaux. Cependant, le critique lui-même ne semblait pas certain de ce qui constituerait un contrôle approprié pour ces expériences. On pouvait tester l'effet d'un médicament en comparant les résultats expérimentaux obtenus avec le médicament et sans celui-ci. Mais que pouvait-on comparer pour déterminer si une méduse était attirée par une autre, ou si une méduse visualisait l'évolution ? De plus, les contrôles pouvaient être trompeurs. Par exemple, de nombreux stimuli pouvaient activer un ovule non fécondé en l'absence de spermatozoïdes, mais cela ne signifiait pas que le spermatozoïde n'était pas l'activateur naturel du développement embryonnaire.

Déçu mais non vaincu, Ricardo décida de soumettre son manuscrit à *Observation and Discovery*, un journal populaire largement diffusé pour les non-scientifiques, mais souvent lu par les scientifiques. Il fut rapidement accepté pour publication.

L'ambiguïté du titre, la prose élégante et les idées imaginatives de l'article de Ricardo attirèrent divers lecteurs. La rumeur de l'article se répandit dans la communauté non-scientifique, telle un incendie de forêt par grand vent. Cependant, Ricardo eut le sentiment que ses pairs ignorèrent l'article. La publication n'apparaissait jamais dans les conversations et il ne reçut aucun e-mail de reconnaissance ou de demandes d'informations supplémentaires, comme il était pourtant coutume après avoir publié un article. Ricardo justifia ce silence par le fait que ses collègues, qui se targuaient d'être surchargés de travail sans temps à perdre, n'avaient tout simplement pas vu sa publication sur les méduses. Mais sa plus grande crainte était qu'ils aient lu l'article et l'aient rejeté. Quelle que soit la vérité, être ignoré était douloureux.

Chapitre 27

Les mois qui suivirent la publication de l'article de Ricardo sur les méduses se déroulèrent sans tempêtes de protestation ni vagues d'intérêt. Ses méduses bien-aimées n'avaient pas secoué le monde.

« Mieux vaut ne pas réveiller le chat qui dort », lui conseilla Benjamin lors de son passage à Washington, pour la réunion annuelle de l'Académie.

Ils dînaient au Vieux Logis, un restaurant français à l'atmosphère particulière qui était à Bethesda depuis toujours, quand Benjamin surprit Ricardo. « Tu sais, Ricardo, j'ai été un peu dur avec toi avant la publication de ton travail sur les méduses. Je suis désolé d'avoir été si sceptique. Je me sens mal à ce sujet. »

« Vraiment ? » Voulait-il dire cela, ou Benjamin, qui surfait sur la vague de la réussite professionnelle, essayait-il juste de lui donner un coup de fouet ?

« Oui, vraiment, répondit Benjamin. Je vais te dire autre chose. J'enviais ton courage. Je veux dire, bousculer l'établissement, laisser vagabonder ton imagination, t'exprimer aussi bien en tant qu'artiste véritable qu'en tant que scientifique. Je t'ai toujours respecté pour ça. »

Ricardo eut une pensée pour son mentor, mort depuis longtemps, Vince Salisbury. Il lui manquait. « Cela ne m'a pas mené très loin. Je suis peut-être juste né au mauvais moment.

_ Attends. On ne sait jamais. Rappelle-toi l'hypothèse du réalisme prématuré de ton père ?

_ Qu'est-ce que tu veux dire ?

_ Peut-être que tes idées sont correctes, mais juste prématurées. Parfois, les idées sont en avance sur leur temps. Prématurées. Nous ne sommes pas devenus humains d'un coup de baguette magique. Nous avons évolué quelque part. Le souvenir, la réflexion et le ressenti doivent avoir commencé il y a bien longtemps. Ta preuve, et c'est une sorte de preuve, que les méduses contiennent des graines d'activité cérébrale supérieure, sous une certaine forme, ... est ... je ne sais pas ... *audacieuse*. Tu as ouvert une porte. Rien n'est clair tout de suite. Les idées évoluent, tout comme la vie évolue. Je t'admire et j'admire ton travail, Ricardo. Vraiment. Tu as du courage et de l'imagination. »

Ricardo était sans voix. Ses yeux s'humidifièrent. Benjamin était un ami fidèle. Il l'aimait. Si seulement il pouvait le lui dire.

Au lieu de cela, Ricardo répondit : « Eh bien, tu as fait la même chose avec ton cactus et la Cactéine. Félicitations à toi. »

« J'ai eu de la chance. »

Ricardo ne répondit pas.

« Alors, tu vas poursuivre tes recherches sur les méduses ? continua Benjamin, en se coupant un autre morceau du canard qu'il avait commandé en plat de résistance. Nous ne savons toujours pas comment elles réagiraient à la Cactéine.

_ C'est vrai. Tu veux y collaborer ?

_ Sur le principe, oui, naturellement. Mais… eh bien… je suis très occupé. Je suis en train de rédiger deux propositions de subventions, j'ai des recherches en cours et deux essais cliniques avec des sociétés pharmaceutiques pour voir quels effets la Cactéine a sur la dépression et les maladies bipolaires. De plus, les petits-enfants prennent beaucoup de temps et Mattie dit… »

_ J'ai compris, interrompit Ricardo. Je devrais peut-être prendre ma retraite quand Pearl partira. Elle se débrouille très bien. Son travail pourrait être utile pour soigner les cornées endommagées. Qui sait ? Après avoir fait part de ses conclusions lors de la conférence régionale sur les yeux, elle a reçu trois offres d'emploi de l'industrie et deux de facultés de médecine.

_ Qu'est-ce qu'elle va faire ?

_ Elle réfléchit. Elle est financée pour une année supplémentaire dans mon laboratoire, ce qu'elle pourrait faire. Marcus était enthousiasmé par ses résultats lorsque je l'ai rencontré pour discuter du budget. Il m'a demandé d'écrire un paragraphe sur son travail pour le présenter au Congrès.

_ Les problèmes cornéens sont beaucoup plus vendables que les méduses !

_ Je sais. Mais tu ne vas pas y croire.

_ Quoi ?

_ Quand j'étais dans le bureau de Topping, devine ce que j'ai vu sur son bureau ?

_ La Bible. »

Ricardo rit. « Pas trop, non. Une copie d'*Observation and Discovery*. Elle était ouverte à la page de mon article et il avait même souligné certaines parties.

_ T'en es sûr ?

_ Absolument. Alors je lui en ai parlé.

_ Ah oui ? Et il a dit quoi ?

_ Qu'il avait lu mon article… deux fois… et…

_ Deux fois ? Et quoi ? Un peu plus vite, s'il te plaît.

_ Et ... pourquoi cette hâte ? » Ricardo aimait taquiner Benjamin après toutes ces années d'amitié.

« Et » Ricardo pausa de nouveau pour prendre une gorgée d'eau. « Ça lui a plu. Il a dit que c'était imaginatif, brillamment, et que j'étais un pionnier. Il semblait sincère. Il m'a dit qu'il ramassait des vers quand il était enfant et s'était toujours demandé s'ils pensaient à quoi que ce soit. Il connaissait même le livre de Darwin sur les vers. La vie est pleine de surprises.

_ C'est fantastique, Ricardo !

_ C'est ce qui me rend dingue avec Marcus, poursuivit Ricardo.

_ Quoi ?

_ Son besoin mesquin d'asseoir son pouvoir me rend furieux, mais quand nous sommes ensemble, il est sympathique et intelligent et je l'aime bien. C'est schizophrène ! »

Benjamin secoua la tête. « Compliqué, hein ?

_ Il y a plus.

_ Continue.

_ Après avoir bavardé quelques minutes, il a dit qu'il souhaiterait pouvoir financer des recherches sur les alouettes comme pour mes méduses. Les alouettes ! Tu y crois, toi ? J'ai recherché 'alouette' dans le dictionnaire. L'une des définitions était 'jeux stupides'. Une autre lisait 'jeu espiègle'. C'est idiot ! Jeu espiègle ! Il a dit qu'en tant que directeur, il avait des responsabilités sociales. Alors voilà. »

Benjamin laissa Ricardo vider son sac.

« En tout cas, je ne suis même pas sûr de ce que je ferai ensuite avec les méduses. » Ricardo fit une pause. « Merci d'avoir écouté, Benjamin. J'apprécie vraiment.

_ En parlant d'écouter, tu veux entendre les derniers potins ?

_ Toujours.

_ Ton premier mentor, Richard Winelly, tu te souviens ? Monsieur impeccablement propre, marié et père de quatre enfants. Il a une liaison avec Linda McElroy.

_ Linda McElroy ? C'est qui ?

_ Tu ne sais pas ? C'est la jeune femme qui travaille sur la maladie de Gilbert. Elle vient d'entrer à l'Académie.

_ Vraiment », dit-il sans beaucoup d'enthousiasme, davantage pour couvrir son sentiment d'insignifiance d'avoir été exclu à plusieurs reprises du cercle restreint, que se souciant d'avec qui Winelly couchait ou de la profession de Linda Machin.

« C'est moi qui invite », s'exclama Benjamin lorsque le serveur apporta l'addition.

« Moitié-moitié », insista Ricardo, sortant sa carte de crédit.

Ils partagèrent l'addition. Benjamin rentra à son hôtel et Ricardo chez lui en se demandant comment la Cactéine affecterait les méduses et quel âge avait Linda McElroy.

Elle avait 42 ans.

Chapitre 28

Benjamin envoya un e-mail à Ricardo, dès son retour de la réunion de l'Académie, et demanda à Ricardo de l'appeler quand il aurait un peu de temps pour parler. C'était important.

« Alors, de quoi il s'agit, Benjamin ?

_ C'est Randolph Likens, le fauteur de troubles qui présente l'émission 'Votre Argent / Votre Santé'.

_ Quel connard, ce gars. » Même son nom, Likens, rendait Ricardo fou. « Il est déterminé à abolir la recherche fondamentale, mais bon il n'est pas le premier opportuniste à partir à la chasse aux sorcières. Alors, qu'est-ce qu'il y a de nouveau ?

« Mes collègues de l'Académie sont assez nerveux. Les gens sont fâchés, au-delà de la raison, au sujet de l'économie et 'les gens en colère' se traduisent en votes. Likens gagne du terrain auprès des politiciens. Il est dangereux. »

Benjamin n'avait pas pour habitude de parler négativement, alors Ricardo l'écouta attentivement.

« En d'autres termes, Ricardo, ne rejette pas les Likens trop rapidement. »

Ricardo, bien conscient de l'attitude anti-scientifique qui prévalait, ne pouvait pas croire que beaucoup de gens aux États-Unis ne croyaient même pas à l'évolution.

« C'est effrayant, Ricardo. Tu suis la campagne de réélection d'Henry Wiggler ?

_ C'est ton représentant au Minnesota, c'est ça ?

_ Exact. Écoute ça. »

Benjamin expliqua à Ricardo comment Wiggler avait réprimandé la recherche fondamentale dans un discours de campagne. « Le public a applaudi lorsque Wiggler a accusé les scientifiques de base d'avoir abusé des fonds fédéraux. Son slogan de campagne est 'La Guerre contre la fraude'. Quand il a terminé son discours, tout le monde s'est mis à chanter à l'unisson : 'La Guerre contre la fraude, La Guerre contre la fraude'. C'était effrayant.

_ La Guerre contre la fraude ?

_ Je suis inquiet, Ricardo. Ne t'avais-je pas prévenu concernant le fait de voyager à La Parguera sur les fonds du labo ? La collecte de méduses à Porto Rico pourrait ressembler à des vacances aux frais du gouvernement. Et on ne peut pas dire que tu sois très connu. Aucun de nous ne l'est. Mais tu es bien connu dans le domaine de la vision et tu es un scientifique gouvernemental reconnu. Tu pourrais être une cible idéale pour Likens. »

Ricardo resta silencieux. Était-il possible qu'il ait vraiment des problèmes ?

« Et écoute ça, Ricardo. Wiggler a déclaré qu'il soutenait Likens dans ses efforts pour limiter la recherche non pertinente.

_ Et c'est quoi, la recherche *non pertinente* ? demanda Ricardo en resserrant sa prise sur le combiné téléphonique.

_ Je pense que t'en as une petite idée.

_ La recherche sur les cactus n'est-elle pas pertinente ?

_ Voyons, Ricardo. Tu sais que nous faisons des essais cliniques pour voir si la Cactéine peut être utilisée comme traitement contre la dépression. On ne peut pas faire plus pertinent que cela ? De plus, je n'ai jamais utilisé l'argent du gouvernement pour collecter des cactus ou quoi que soit du genre. »

Avant même que Ricardo ne puisse répondre, Benjamin s'adoucit. « Ecoute, je suis de ton côté. Je pense qu'il est possible que nous soyons en train de graviter de problèmes de financement vers des problèmes bien plus graves. Je ne suis pas prophète, mais tu pourrais commencer à penser à une réponse au cas où Likens se mettrait à te harceler. »

Bien sûr, il pouvait réfuter les dires de Likens. Où allait le monde lorsqu'un scientifique crédible avait peur de chercher des réponses à d'importantes questions biologiques ?

« Ricardo ? Tu écoutes ? Dis quelque chose.

_ Que veux-tu dire par 'des problèmes bien plus graves' ? demanda Ricardo, inquiet de connaître déjà la réponse, mais cherchant à ce qu'on le rassure et lui dise que 'des problèmes bien plus graves' ne seraient pas si graves que cela.

_ Je ne sais pas, Ricardo. Mauvaise pub, peut-être même des problèmes juridiques. C'est comme si nous étions au bord de l'eau sur une plage peu profonde et que la marée remontait à toute vitesse. »

Les mains de Ricardo tremblaient. En vérité, il n'avait aucune idée de comment se préparer à la possibilité que Likens puisse le cibler. Cela ne pouvait pas arriver, n'est-ce pas ? Il n'avait rien fait de mal, si ?

Chapitre 29

Ricardo espérait que Benjamin réagissait seulement de manière excessive à la menace de Randolph Likens. Un jour, alors qu'il était dans les toilettes, Ricardo entendit deux stagiaires postdoctoraux qui discutaient.

« Eh, Adam, t'as vu l'éditorial du *Washington Post* aujourd'hui sur la science fondamentale ?

_ Franchement, qui a le temps de lire tout ça ?

_ C'était sur le financement public de la recherche.

_ Ah bon ?

_ Un gars nommé Likens a dit qu'il devrait y avoir plus de surveillance des scientifiques de base. Apparemment, il se déchaîne sur le gaspillage des fonds gouvernementaux dans des recherches non pertinentes. Il a ciblé deux biochimistes de l'Université de l'Utah qui sont allés skier en utilisant l'argent de leur subvention, prétendant qu'ils planifiaient des expériences.

_ Ils ont été vraiment stupides d'essayer un coup comme ça dans cette économie.

_ T'as raison. Mais, tu connais Ricardo Sztein, un peu plus loin dans le couloir ?

_ Bien sûr.

_ Sa postdoc, Pearl, m'a dit qu'il était allé à Porto Rico pour un projet de recherches sur les méduses, et il a conclu qu'elles voyaient l'évolution, ou quelque chose comme ça. Ça avait l'air bizarre. Il a publié ses résultats dans une revue profane dont je n'ai jamais entendu parler. *Observation and Discovery*, je crois. Quoi qu'il en soit, j'ai pensé à Sztein en lisant l'éditorial de Likens dans le *Post*.

_ Étrange. Mais et alors ? Moi aussi j'irais sous le soleil de Porto Rico si j'étais à sa place. J'avoue qu'il a l'air étrange et un peu solitaire. J'le vois rarement lors des séminaires. Je suppose qu'il s'fait vieux. Pearl fait des trucs assez intéressants sur la cornée. Peut-être qu'il va bientôt partir à la retraite. »

Étrange ? Solitaire ? Vieux ? Bientôt à la retraite ? De retour dans son bureau, Ricardo lut l'article du *Washington Post* en ligne. C'était encore plus accablant que ce qu'Adam avait dit. Le dernier paragraphe faisait l'éloge de Wiggler et de sa « Guerre contre la fraude », et prédisait que les scientifiques de l'Utah ne seraient que le début. Likens accusait les scientifiques de base de « malhonnêteté rampante » et il qualifiait ce qu'ils faisaient avec l'argent des contribuables de « vol pur et simple ». La dernière phrase de l'éditorial ébranla Ricardo : « Il est temps de poursuivre en justice les scientifiques pour leurs dépenses outrageuses des dollars des contribuables sur des projets scientifiques non pertinents et obscurs. »

Ricardo appela immédiatement Benjamin.

« Je sais, déclara Benjamin. J'ai lu cet éditorial dans le *Star Tribune* aujourd'hui.

_ Tu penses toujours que Likens va me prendre pour cible ? » demanda Ricardo dans un filet de voix. Il avait enfin compris la gravité de l'inquiétude de Benjamin.

« Peut-être que tu devrais en discuter avec le Dr Topping. Après tout, il a approuvé tes voyages à La Parguera.

_ Peut-être. Mais je ne veux pas donner l'impression de me sentir coupable. » Ricardo ne croyait pas qu'il avait fait quelque chose de mal, mais il devait admettre qu'il avait un peu poussé la justification de son dernier voyage à La Parguera.

« Tu sais que je suis à cent pour cent en faveur de la recherche fondamentale, déclara Benjamin. Tes trucs sur les méduses sont originaux et potentiellement importants. Mais je ne suis pas la personne à convaincre. Tu dois être prudent, Ricardo. La tour d'ivoire s'est effondrée. »

Deux mois plus tard, Ricardo trouva une mince enveloppe du ministère de la Justice américain dans sa boîte aux lettres, à son retour du travail. Il devint blanc comme un linge et ses genoux faiblirent. Avec un lourd soupir, il ouvrit l'enveloppe. Une citation à comparaître lui ordonnait de se présenter, le mois suivant au palais de justice de Baltimore, pour une audience devant le Grand Jury, sur l'utilisation abusive de l'argent des contribuables. Le cauchemar était devenu réalité.

Ricardo était trop secoué pour en parler à quiconque immédiatement. Le lendemain matin, il rechercha les débats du Grand Jury sur Internet. En raison de leur nombre croissant, les procès du Grand Jury – la plupart concernait des accusations d'évasion fiscale – avaient été simplifiés. Il ne lui fallait que peu pour conclure qu'il y avait suffisamment de raisons pour un procès pénal. Le procureur était souvent un procureur fédéral adjoint, comme par le passé, mais ce procureur pouvait désormais désigner un autre avocat à sa place pour éviter les retards. Les témoins étaient utilisés avec parcimonie, car ceux qui étaient inculpés les réservaient pour le procès pénal, si cela était nécessaire. L'interrogatoire ne prenait généralement pas plus d'un ou, à l'occasion, deux jours. Certains disaient que les procès du Grand Jury s'étaient dégradés et transformés en tribunaux bidons.

Ricardo appela Benjamin.

« Mon dieu, Ricardo, quelle horrible nouvelle. Malgré mes craintes, je n'ai jamais cru que tu serais réellement visé. Je pensais juste que tu devais être sur tes gardes contre les vautours comme Likens. Je suis sûr que tu seras innocenté. T'es un scientifique sérieux avec tant de réalisations. Et tes recherches fondamentales sur les méduses sont… que dire… époustouflantes, dans le bon sens du terme. Je te le garantis. Tu peux compter sur moi.

_ Merci.

_ Je le pense sincèrement, insista Benjamin. Tu le sais. T'as un avocat ?

_ J'en connais un. David Lass. Il nous a été utile à Lillian et moi, il y a quelque temps. Je vais le consulter.

_ C'est bien. Tiens-moi au courant, d'accord ? Bonne chance, mon vieil ami. »

Malgré le fait que David Lass était sur le point de prendre sa retraite, il accepta d'aider Ricardo car les procès du Grand Jury étaient notoirement courts. Ricardo demanda un congé du Centre des sciences de la vision pour préparer le procès.

« Bien sûr, lui dit le Dr Topping. Je suis désolé que vous ayez tous ces ennuis. J'attends votre prompt retour avec impatience.

_ Je l'espère bien, répondit Ricardo docilement. Puis, se souvenant des conseils de Benjamin pour tester la loyauté du Dr Topping, Ricardo lui demanda s'il serait disposé à souligner que ses voyages à Porto Rico avaient été approuvés sur la base de leur validité scientifique.

Le Dr Topping serra la mâchoire et plissa les yeux. « Je n'ai eu aucun problème avec votre premier voyage. C'était clairement une extension de vos recherches sur la cornée, même si cela impliquait des méduses. J'ai approuvé le deuxième voyage, peut-être trop rapidement, car vous avez dit que le travail progressait bien et que vous aviez besoin de plus d'échantillons de méduses pour terminer votre travail. Cependant, pour être honnête, j'étais sceptique. »

Ricardo se demanda pourquoi le Dr Topping estimait qu'il devait préciser quand il était honnête.

« Quant au troisième voyage, poursuivit-il, j'étais absent lorsque vous avez fait votre demande. Mon assistant l'a approuvée. À mon retour, il était trop tard pour y remédier. Je ne m'attendais certainement pas à ce que vos recherches s'aventurent dans de telles spéculations non fondées. »

Le ton du Dr Topping était froid et dérangeant, et cela laissa Ricardo incertain quant à la mesure dans laquelle le Centre des sciences de la vision le soutiendrait.

Au cours des semaines qui suivirent, Ricardo se prépara pour le procès à venir – ou « l'inquisition » comme il l'appelait – avec David Lass. David demanda à Ricardo de relier ses motivations aux problèmes médicaux, autant que possible, plutôt que de plaider pour l'importance de la recherche fondamentale. Ricardo dit qu'il ferait de son mieux. Il passa des nuits blanches et perdit un peu plus de trois kilos.

Lorsque le jour du procès devant le Grand Jury arriva, Ricardo se rendit à Baltimore avec David, consumé par l'anxiété et la rage réprimée, pétrifié une minute, confiant la suivante. Le procureur était un homme d'une trentaine d'années au maximum, qui avait été nommé par le procureur fédéral adjoint. Ricardo ne savait pas si c'était bon ou mauvais signe quand il entendit le procureur dire à un collègue : « Je ne m'attends pas à ce que cela dure longtemps. »

Lorsque l'audience commença, le jeune procureur montra un visage sévère. « Nous comprenons, Dr Sztein, que vous vous êtes rendu à La Parguera, à Porto Rico, à trois reprises pour recueillir des yeux de méduses : une fois en juin il y a deux ans, une fois en mai de l'année dernière, puis de nouveau en juillet de cette année. Est-ce exact ?

_ Oui, monsieur.

_ Belle station balnéaire, La Parguera. Pour étudier les yeux des méduses, c'est bien cela ?

_ Oui, encore une fois.

_ Chose fascinante, que les méduses aient des yeux. »

Ricardo acquiesça. Il remarqua que plusieurs membres du jury semblaient intéressés par le fait que les méduses avaient des yeux. Jusqu'ici, tout allait bien, pensa-t-il.

« Et le Centre des sciences de la vision a payé ces voyages ?

_ C'est exact, répondit Ricardo à voix basse, se souvenant de l'inquiétude de Benjamin quant à l'utilisation des fonds publics pour le voyage.

_ Pour faire avancer vos études sur la dystrophie de la cornée de Fuch ? » Le procureur avait fait ses devoirs.

Du dos de la main, Ricardo essuya la sueur qui coulait sur son front et expliqua sans détour qu'il cherchait, chez les méduses, des précurseurs évolutifs des gènes associés à la dystrophie de Fuch, gènes qu'il avait auparavant identifiés chez la souris.

« Avez-vous trouvé ces précurseurs ?

_ Il n'est pas facile d'identifier les gènes de manière concluante, expliqua évasivement Ricardo.

_ J'en suis certain. Avez-vous continué à rechercher ces gènes lors de vos voyages ultérieurs à La Parguera ?

_ Oui, mais des questions encore plus intéressantes sont apparues. » Ricardo transpirait maintenant abondamment. Il envisagea de donner des détails, mais David lui avait dit de ne rien dire de plus que des réponses directes aux questions.

L'interrogatoire se poursuivit. « Ces études plus intéressantes concernaient la perception et la mémoire des méduses ? »

Ricardo se gratta la cicatrice laissée par Mulligan sur sa main, un tic nerveux. « De nouvelles questions se posent toujours en sciences fondamentales. Oui. J'ai fait des observations passionnantes suggérant que les méduses ont une sorte de cerveau et de mémoire. » Il cala un instant. « Des observations inattendues conduisent souvent à des progrès. »

Le procureur fronça les sourcils. « Des progrès ? Quels progrès avez-vous réalisés lors de vos voyages à La Parguera ?

_ Il faudra faire davantage de recherches pour donner suite à mes observations, mais elles ouvrent de nouveaux horizons pour la recherche. Cependant, en ce moment je suis occupé par mes recherches sur la cornée avec les souris, ce qui a des implications médicales pour le traitement des lésions cornéennes, dit-il, essayant de persuader le jury qu'il s'intéressait principalement à la recherche médicale.

_ Donc, la recherche sur les méduses n'a pas abouti. Est-ce exact ? »

Ricardo secoua lentement la tête d'un côté puis de l'autre et regarda le jury. « De nouvelles opportunités sont des progrès, monsieur. Cela prend du temps, souvent des années. »

Le procureur traversa la pièce en regardant le sol, se frotta le menton et changea de sujet. « Pourquoi avez-vous choisi d'aller à La Parguera ? N'auriez-vous pas pu obtenir des yeux de méduses auprès de l'aquarium de Baltimore ? Cela aurait été beaucoup plus proche et moins cher.

_ L'aquarium de Baltimore ? Je ne crois pas qu'ils aient les espèces de méduses aux yeux complexes – ce sont des yeux avec des lentilles et des cornées – dont j'avais besoin. Toutes les méduses n'ont pas des yeux complexes, monsieur. Ils sont presque exclusivement réservés aux cuboméduses, et on en trouve certaines dans la mangrove de La Parguera. Une autre espèce de méduse, avec une toxine dangereuse et des yeux complexes existe dans la Grande barrière de corail, en Australie, mais cela aurait coûté beaucoup plus cher. Et Harold Freeman, un expert sur les méduses qui fait partie du corps enseignant de la Station marine de La Parguera, a aimablement offert de m'aider à collecter des cuboméduses dans la mangrove.

_ Harold Freeman est-il professeur à l'Université de Porto Rico ?

_ Oui monsieur. Il n'est pas beaucoup publié donc il n'est pas très connu, mais il vit à Porto Rico depuis longtemps.

_ Pas beaucoup publié. Je vois. Un résident de longue date à La Parguera. »

Ricardo soupira, exaspéré de ne pouvoir répondre à aucune question sans que le procureur déforme ses propos et les fasse paraître peu fiables. Il jeta un coup d'œil à David, qui agita ses deux mains, paumes vers le bas, pour faire signe à Ricardo de se détendre.

« Oui, monsieur, dit Ricardo d'une voix calme. Harold Freeman est originaire du Nebraska. Il a épousé une portoricaine et est resté à La Parguera.

_ Avez-vous voyagé seul à La Parguera ?

_ Mon collègue, le Dr Benjamin Wollberg de la faculté de médecine de l'Université du Minnesota et membre de l'Académie des sciences américaine, m'a accompagné lors du premier voyage. » Ricardo espérait que le prestige de Benjamin aiderait son cas.

« Sa faculté de médecine a-t-elle financé son voyage ? Ou l'Académie des sciences américaine ? »

Ricardo hésita. « Non. Il l'a payé par ses propres moyens. Les recherches du Dr Wollberg sont moins liées aux méduses que les miennes.

_ Et les yeux de méduses que vous avez prélevés, vous les avez analysés dans votre laboratoire au Centre des sciences de la vision avec des fonds de recherche fédéraux. Est-ce exact ?

_ Oui monsieur. Toutes les recherches dans mon laboratoire sont financées par le gouvernement.

_ Vous devez avoir trouvé *quelque chose* d'intéressant puisque vous êtes retourné deux fois à La Parguera pour obtenir plus de rhopalies. »

Ricardo était impressionné par le fait que son inquisiteur était au courant des rhopalies, mais il était incapable d'expliquer la Nature de ses recherches à quelqu'un qui n'avait aucune idée de la façon dont on menait réellement des recherches et qui attendait des résultats rapides.

« Dr Sztein ?

_ Oui, désolé. J'ai trouvé un gène chez les méduses qui montre une relation partielle avec l'un des deux gènes présents chez les souris qui sont, comme je l'ai montré, associés à la dystrophie de Fuch. »

Le procureur lui tourna le dos et dit à voix basse : « Un gène partiellement lié... » Puis il fit de nouveau face à Ricardo et demanda : « Le Dr Wollberg est-il toujours impliqué dans vos recherches sur les méduses de quelque manière que ce soit ?

_ Il est très occupé avec de nombreux boursiers postdoctoraux et il voyage beaucoup pour donner des conférences et faire des choses pour l'Académie.

_ Je vois, dit l'inquisiteur. Il est lié à ses responsabilités et à ses engagements.

_ Oui, monsieur.

_ Juste une curiosité, Dr Sztein, à quel point un œil de méduse est-il semblable à un œil humain ?

_ Il a l'air remarquablement similaire et semble partager de nombreuses propriétés biochimiques pour la vision, mais il y a bien sûr des différences. Par exemple, les humains et les méduses ont des lentilles transparentes, mais les principales protéines des lentilles, appelées cristallines, sont différentes chez les humains et les méduses. »

Ricardo regretta soudain d'avoir mentionné les différences de cristalline entre les lentilles humaines et celles des méduses. David l'avait averti de ne rien dire de plus que ce qui était nécessaire.

Le procureur reprit l'erreur de Ricardo. « Alors diriez-vous que vous forcez le lien entre les méduses et les humains ?

_ Non monsieur. De nombreuses espèces ont des cristallines différentes dans leurs lentilles, alors que la plupart de leurs autres protéines oculaires sont conservées et leurs yeux sont assez similaires.

_ Conservées ?

_ Pareilles, elles n'ont pas changé de manière significative au cours de l'évolution.

_ Je vois. Mais…

_ Puis-je continuer, s'il vous plaît ? » demanda Ricardo. Puis, sans attendre la réponse, il tenta de contrebalancer son erreur d'avoir mentionné la cristalline des lentilles en essayant de relier ses recherches sur les méduses à l'homme et à la médecine. « C'est très intéressant de noter que les cristallines diffèrent chez de nombreuses espèces, y compris chez les méduses. L'analyse comparative pourrait nous apprendre quelque chose sur la gamme des propriétés requises pour les fonctions des cristallines. Cela serait utile pour traiter ou, mieux encore, prévenir les cataractes humaines.

_ Peut-être. Mais à quel prix ? »

Ricardo haussa les épaules. « Difficile d'estimer les coûts avant d'en savoir plus. C'est la nature de la recherche fondamentale, monsieur.

_ Revenons à vos expériences à Porto Rico. Est-il exact que vous perforé les yeux et les nerfs des méduses avec des électrodes pour savoir si les méduses se souvenaient et se reconnaissaient ? Cela me semble un peu tiré par les cheveux, déclara le procureur sur un ton plus agressif.

_ Tiré par les cheveux ? Certainement pas ! rétorqua Ricardo. J'explorais les questions fondamentales de la biologie. Les méduses sont à la base de l'évolution des animaux supérieurs, y compris des humains, même s'il est vrai qu'elles peuvent appartenir à une très vieille branche de l'arbre évolutionnaire. »

Une fois de plus, Ricardo aurait voulu se gifler pour avoir dit plus qu'il n'était nécessaire. Comment les non-scientifiques pouvaient-ils apprécier la complexité de l'évolution alors que nombre d'entre eux, chose incroyable, ne croyaient même pas à l'évolution ?

Ricardo continua d'une voix plus calme. « Je suis convaincu que les méduses apporteront de nouvelles perspectives à de nombreuses questions sans réponse, pertinentes pour la médecine. Toutes les avancées majeures de la biologie ont reposé sur les épaules de systèmes dits 'simples'. Aucun n'est vraiment simple, bien sûr. Par exemple, les bactéries ont ouvert la porte à la compréhension de la régulation des gènes chez les animaux, y compris chez les humains. Nous avons tendance à minimiser la pertinence des organismes que nous connaissons peu. Nous ne devons pas limiter nos recherches aux mêmes espèces ou poser les mêmes questions encore et encore. Comment pourrions-nous apprendre quelque chose de nouveau si c'est tout ce que nous faisions ? »

Ricardo était satisfait de cette réponse. Il avait dit ce qu'il pensait.

« Eh bien, qu'avez-vous appris de nouveau exactement, Dr Sztein ? J'essaie toujours de comprendre cela.

_ En un mot, mes recherches indiquent que les méduses sont beaucoup plus compliquées qu'on ne l'avait imaginé, et qu'elles voient des images, interagissent et, peut-être même, visualisent l'évolution. Visualiser l'évolution – eh bien – ce serait révolutionnaire, une mémoire visuelle entièrement nouvelle, génétiquement codée. Imaginez ! Cette possibilité doit être explorée davantage.

_ C'est un peu comme tirer des balles dans le brouillard, non ? Pouvez-vous nous donner un exemple, ou du moins spéculer, sur quelque chose d'utile, médicalement ou autre, qui pourrait ressortir de vos recherches sur les méduses ? Nous ne sommes pas des scientifiques. »

Ricardo voulait demander au procureur comment il s'attendait à ce que le jury juge sa science s'il n'était pas composé de scientifiques. Au lieu de cela, essayant de garder son sang-froid, il répondit : « La recherche fondamentale acquiert des connaissances fondamentales que les médecins et autres scientifiques peuvent utiliser cliniquement, ou appliquer de la manière qu'ils jugent appropriée. Personne ne peut tout faire. » Ricardo savait que sa réponse était banale et pas assez précise pour satisfaire le procureur, mais c'était la vérité après tout, ou du moins telle qu'il la voyait.

Comme le procureur attendait qu'il continue, Ricardo reprit à contrecœur. « Qui sait ? Comprendre exactement comment fonctionne un œil de méduse pourrait donner des indications sur le traitement des maladies oculaires aveuglantes. Ou, la capacité des méduses à voir l'évolution, si elle s'avère vraie, pourrait révéler des relations animales qui nous permettraient de choisir des modèles animaux, pour enquêter sur les maladies humaines, de façon plus pertinente que nous ne le faisons actuellement. »

Ricardo se redressa et regarda directement le procureur, essayant de paraître plus aux commandes qu'il ne s'y sentait. Que pourrait-il dire d'autre ? Qu'il avait un plan spécifique pour appliquer médicalement ses recherches sur les méduses ?

Il n'en avait pas. Par conséquent, il regarda le jury droit dans les yeux et dit d'une voix autoritaire : « Les méduses vivent dans un autre univers conceptuel que les humains. Nous devons explorer cet univers biologique tout comme les astronomes explorent les galaxies. » Cela devrait suffire. Comment pourrait-on ne pas comprendre cela ? Il regarda David à la recherche d'un appui. David lui rendit légèrement son sourire mais rompit rapidement le contact visuel.

Le procureur se gratta la tête.

Ricardo, submergé par une vague d'inquiétudes, pensa à Lillian et Benjamin, les deux piliers de sa vie, l'avertissant de faire attention. Il était découragé par le fait que personne ne semblait voir l'importance évidente de ses recherches sur les méduses.

Le procureur griffonna quelques notes puis changea de sujet. « Revenons à l'argent, Dr Sztein, c'est pourquoi nous sommes ici. Combien toutes vos recherches sur les méduses ont-elles coûté au Centre des sciences de la vision ?

_ Pas tant que cela, en termes relatifs. Si l'on considère tout — les recherches et les voyages — je dirais entre 30 000$ et 50 000$, plus ou moins. C'est une très petite portion du budget de mon laboratoire. »

Le procureur acquiesça et changea encore une fois de sujet. « Pourquoi avez-vous choisi de publier vos recherches sur les méduses dans *Observation and Discovery* ? Tous vos autres articles ont été publiés dans des revues scientifiques plus académiques. »

Étouffant sa frustration à ce sujet, Ricardo expliqua que quelques revues avaient pensé que les méduses n'intéresseraient pas suffisamment de lecteurs. « C'est vraiment dommage pour la science », dit-il. Puis il ajouta : « Il est parfois nécessaire d'oser sauter le pas et de passer par-dessus un énorme chiasme d'ignorance, et les revues n'aiment pas prendre ce risque.

_ Et la Cactéine, Dr Sztein ? Est-ce que cela aurait pu influencer vos conclusions ? »

Encore la Cactéine. Pourquoi l'avait-il utilisée ?

« Le Dr Wollberg, qui a découvert ce remarquable composé, a conclu que ce n'était pas un hallucinogène. De toutes façons, les données de l'ordinateur sont les sources de mes conclusions, et cela indépendamment de la Cactéine. »

Ricardo dût endurer encore plusieurs heures d'interrogatoire. Le procureur ramena plusieurs fois la question des dépenses de son laboratoire. Il questionna également Ricardo sur les raisons pour lesquelles il avait choisi d'étudier les méduses, en premier lieu, et s'il prévoyait de continuer ses recherches sur ces méduses. Ricardo dit que non, mais le procureur ne sembla pas convaincu.

Ricardo était abattu, sur le chemin du retour, dans la voiture avec David. « Vous en pensez quoi, David ? Je m'en suis pas trop mal sorti ? »

« Beaucoup de vos réponses sont tombées justes. C'est difficile de dire ce que le jury conclura. »

Ricardo ne répondit pas.

« C'est une situation complexe, Ricardo. Il vaut mieux ne pas essayer de deviner les intentions d'un jury.

_ Je suis inquiet. Que se passera-t-il si je suis inculpé ?

_ Vous le savez. Il y aura un procès au tribunal. Cela ne serait jamais arrivé il y a quelques années. Mais ces jours-ci… » David s'arrêta.

« Ces jours-ci quoi ? »

« C'est moche pour le monde académique et la tour d'ivoire du passé. Si seulement l'économie rebondissait. Toute personne trouvée coupable d'avoir fait un usage abusif des fonds du gouvernement obtient une peine obligatoire de dix ans. C'est ridicule, je sais. J'espère vraiment que le Grand Jury ne trouvera aucune cause pour un procès pénal. »

Ricardo frotta le creux de son dos, qui était plus douloureux que de coutume. Ils firent le reste du trajet dans un silence relatif.

Le lendemain, le Grand Jury inculpa Ricardo pour usage abusif de fonds gouvernementaux.

PARTIE III

Chapitre 30

Ricardo, dans tous ses états suite au verdict du Grand Jury, fit les cent pas pendant un certain temps dans son salon. Puis, il appela Benjamin, qui cria pratiquement au téléphone. « Je n'arrive pas à croire qu'on te fasse un procès ! Je n'ai jamais pensé qu'on en arriverait à cela. Likens ! Odieux ! Le Dr Topping viendra à ton secours. Il peut être irritant, mais je l'ai entendu louer ton travail à plusieurs reprises.

_ Je ne sais pas, Benjamin. Rien de prometteur de ce côté-là. J'ai suivi tes conseils, avant de passer devant le Grand Jury, et j'ai demandé à Marcus s'il me soutiendrait puisqu'il avait approuvé mes voyages à La Parguera.

_ Et il a dit quoi ?

_ C'était plus comment il l'a dit. Froid comme la glace. Il m'a dit qu'il avait approuvé le premier voyage puisque j'avais dit que mon but était d'étendre, bien que de manière assez vague, mes travaux antérieurs sur l'hormone cornéenne des souris et les gènes associés à la dystrophie de Fuch.

_ Très bien.

_ Puis, quand je lui ai dit que le travail progressait mais que j'avais besoin de plus d'échantillons de méduses, il dit avoir approuvé le deuxième voyage, mais à contrecœur.

_ Et pour ce qui est du troisième ?

_ Il dit qu'il ne l'aurait pas approuvé s'il avait été là. Il veut protéger ses arrières, pas les miens. Il changera peut-être d'avis, mais je ne suis pas optimiste.

_ Quelle pagaille.

_ Un journaliste ambitieux et impitoyable, je peux comprendre, déclara Ricardo. Il y a toujours des gens comme Likens. Mais comment un Grand Jury de non-scientifiques pourrait-il porter un jugement sur mes recherches et conclure que je suis financièrement irresponsable ? Après toutes ces années à diriger mon laboratoire sans jamais dépasser mon budget. »

Découragé et en colère, Ricardo appela David Lass dès qu'il eut dit au revoir à Benjamin. « Eh bien, David, nous ferions mieux de commencer à réfléchir à la suite des choses. Mon procès commence dans trois mois. Nous avons besoin d'une nouvelle approche. La science fondamentale en soi ne semble pas avoir beaucoup de poids de nos jours.

_ Il y a assurément une mauvaise tendance dehors et un désir de trouver des gens à blâmer pour l'état de l'économie, déclara David.

_ Que peut-on faire ?

_ Je ne peux rien faire, Ricardo.

_ Que voulez-vous dire ? » Ricardo était stupéfait. Il sentit le sol s'ouvrir sous ses pieds.

David lui expliqua qu'un procès pénal prendrait bien plus de temps que celui du Grand Jury et qu'il avait promis à sa femme de prendre sa retraite. Il ne pouvait pas prendre un nouveau cas compliqué, pas à présent.

« Je ne peux vraiment pas vous convaincre ? Je ne sais pas vers qui d'autre me tourner.

_ Je ne peux tout simplement pas le faire, Ricardo, mais je peux vous recommander un autre avocat.

_ Allez-y.

_ Ma fille Sophia travaille chez Backus, Smith et Runner depuis quelques années et elle sera bientôt faite Associée. Elle est intelligente et aime les cas intéressants et ambigus. Elle a l'instinct d'un franc-tireur. Je suis sûr que votre cas l'intéresserait. Je parie qu'elle s'y jetterait corps et âme. Pourquoi ne lui parlez-vous pas ? Vous n'avez rien à perdre. »

David avait raison : qu'avait-il à perdre en la rencontrant ?

Sophia Lass accueillit Ricardo avec un joyeux « Bonjour ! », quand il entra dans son bureau deux jours plus tard. Sophia était, en toute transparence, naturelle, authentique. Le teint lumineux, elle était un peu ronde et vraiment toute petite, lui arrivant à peine au nez. Elle portait une robe en coton bleu-vert, ourlée juste au-dessous du genou ; ses pieds bien ancrés dans des sandales plates en cuir noir. Des lunettes à monture en nacre encadraient ses yeux verts empressés. Ses bras se balançaient avec fluidité depuis ses épaules détendues.

Son apparence plut à Ricardo, mais il sourit intérieurement à l'idée ridicule qu'elle lui rappelait une méduse. Il lui parla de son dilemme et elle sympathisa avec son sort : un scientifique idéaliste attaqué injustement à l'automne d'une carrière admirable.

Quand Ricardo lui demanda : « Pourquoi les gens ne comprennent-ils pas que la connaissance vient en premier et la pertinence plus tard, et non l'inverse ? », elle rebondit sans hésiter, « parce qu'ils sont ignorants. Ce sera notre travail de les éduquer. »

Ricardo aima cette réponse.

Elle continua. « Je vais étudier votre article sur les méduses, mais je ne suis pas scientifique. Vous devrez me dire en langage clair, pas dans votre jargon, pourquoi vous pensez que votre travail sur les méduses a une pertinence médicale. C'est ça le problème, non ? La pertinence médicale ? Nous devons trouver le lien médical entre vos recherches sur les méduses et les contribuables malades. »

« Bien sûr, mon travail est pertinent. » Ricardo ne remarqua pas que Sophia grinçait des dents alors qu'il disait cela.

Sophia vit qu'il regardait, sur ses étagères, les rangées de livres de droit qui couvraient un large éventail de questions juridiques. Elle lui dit qu'elle aimait la diversité et les cas difficiles.

« Eh bien, le mien est difficile, dit-il. Alors, par où allons-nous commencer, Mme Lass ?

_ Je pense que votre cas est intéressant et important. J'ai du temps maintenant si…

_ … Si je vous engage ? » termina Ricardo.

Sophia baissa les yeux. « Je ferai tout ce que je pourrai. Vous parlez de la liberté académique contre la soi-disant responsabilité sociale. Il vous faudrait autant un philosophe qu'un avocat. Ce sont des questions subjectives, pas juridiques. Je suis stupéfaite que vous soyez dans ce pétrin. Je pourrais peut-être comprendre si le Centre des sciences de la vision menaçait de limiter le budget de votre laboratoire ou quelque chose comme ça. Cela ressemble plus à une affaire interne qu'à une affaire pénale. J'ai l'impression que vous êtes un bouc émissaire de notre misérable époque. Le chômage approche les vingt pour cent. Et les gens sont extrêmement inquiets de toutes les maladies qui surviennent. Moi aussi. C'est effrayant ! Je ne sais pas, Dr Sztein ... puis-je vous appeler Ricardo ?

_ Bien entendu, Sophia. » Il aimait sa fougue. « Vous pensez que mon cas est sans espoir ?

_ C'est un cas difficile, je vous l'accorde, répondit-elle. Mais rien n'est impossible. » Elle sourit doucement. « Beaucoup joue en votre faveur. J'avoue que je vous ai recherché sur Internet avant notre rendez-vous et j'ai été impressionnée. Vous avez publié des centaines d'articles, remporté des prix

– le prix LeBlanc, la médaille Melon. Vous êtes clairement un scientifique connu et respecté. Je ne peux pas croire qu'on vous fasse toutes ces histoires.

_ Je suis d'accord, dit Ricardo. Je n'ai rien fait de mal.

_ Et puis ... » Elle fit une pause.

« Et puis quoi ?

_ Et puis vous semblez être un type sympa, honnête. Les impressions personnelles sont importantes dans les affaires avec le jury, surtout lorsque la loi est floue.

_ Merci. »

Sophia poursuivit : « Mais sympa ne suffit pas. Je continue de penser à Stan. » Elle lui indiqua la photo sur son bureau. « Mon mari. Il est géologue pour une grande compagnie pétrolière et gazière. Il aime les roches autant que vous aimez les méduses et c'est le gars le plus gentil que vous puissiez rencontrer, mais il serait renvoyé en un clin d'œil s'il partait sur une montagne pour satisfaire sa curiosité à propos de quelque chose ou autre, aux frais de son employeur, même s'il pensait que l'entreprise pourrait éventuellement profiter de son voyage.

_ Ma situation est différente. Le Centre des sciences de la vision m'a autorisé à me rendre à Porto Rico pour faire mes recherches. Ils ont approuvé mes voyages. Je ne suis pas parti seul. J'ai tous les documents dans mes dossiers, rétorqua Ricardo.

_ C'est bien. Pensez-vous que nous pourrions demander à votre directeur de vous soutenir ?

_ Marcus Topping ? Bonne chance ! Quand je lui en ai parlé, il a dit clairement qu'il n'irait pas jusque-là. Il m'a dit que mes recherches à La Parguera ne suivaient pas le cours que j'avais promis. C'est une excuse boiteuse. Tout le monde sait que de nouvelles questions surgissent toujours dans tout projet de recherche fondamentale. Si mon procès devant le Grand Jury m'a appris quelque chose, c'est qu'il est presque impossible de faire comprendre à un non-scientifique la nature de la recherche fondamentale. En tout cas, je pense que le Dr Topping est plus soucieux de se protéger que de me protéger. »

Elle acquiesça.

Ricardo regarda autour de lui tandis que son esprit jouait au ping-pong avec ses conflits. Le temps pressait et il voulait commencer sa défense, ce qu'il pourrait faire s'il l'engageait maintenant. Mais elle était jeune. Lillian – toujours pratique – lui aurait conseillé d'essayer de trouver un avocat plus expérimenté. Cependant, il aimait Sophia et ses perspectives réalistes mais positives. Elle semblait intelligente et elle semblait impatiente d'obtenir ce cas.

Calme-toi, se dit-il. C'était un scientifique honnête avec une solide expérience professionnelle et qui n'avait rien fait de mal. S'il faisait confiance à son intuition, cela ne signifiait pas qu'il était impulsivement irresponsable.

« Combien facturez-vous, Sophia ? »

« Mon entreprise a un tarif minimum de 350$ de l'heure. Ce serait beaucoup plus si j'étais associée. »

Ricardo pensa qu'il avait suffisamment d'économies pour se le permettre. Bien sûr, il ne savait pas combien d'heures son cas nécessiterait. Mais à son âge et sans héritier, quelle différence cela faisait ? Un avocat plus expérimenté coûterait plus cher et ne serait pas nécessairement meilleur.

Il lui tendit la main et dit avec plus de confiance qu'il n'en avait, « Sophia, battons le système ensemble ! »

Elle rayonna ; ils se serrèrent la main.

« Tu as fait quoi ? s'exclama Benjamin le lendemain, au téléphone.

_ Tu m'as entendu. J'ai engagé Sophia Lass comme avocate.

_ Une femme d'une trentaine d'années inexpérimentée ? Mais qu'est-ce que t'avais en tête ? »

Chapitre 31

Ricardo et Sophia préparèrent leur défense pendant les trois mois qui précédèrent le procès. Elle étudia son budget de recherche et de laboratoire. « Vous auriez dû payer vous-même les voyages à La Parguera », lui dit-elle à plusieurs reprises, faisant écho à Benjamin. Il s'en rendait compte maintenant. Elle se dit préoccupée par l'équipement qu'il avait acheté et se demanda si c'était pour son travail régulier ou pour ses expériences sur les méduses.

« Les deux, dit-il. Je dois rester au fait des dernières technologies. »

« Vous êtes très imaginatif », lui dit-elle quand il tissa des histoires fascinantes à partir des différents aspects de ses recherches ; mais elle lui rappela qu'il était essentiel de répondre à la question de la *pertinence* de son travail et de trouver des témoins crédibles pour le soutenir.

Et ce fut ainsi, jour après jour. Il resta optimiste, elle prudente. Il lui enseigna les sciences, elle souligna la nécessité de trouver des liens entre ses recherches sur les méduses et la médecine. Aucun argument scientifique ou juridique ne pouvait le condamner ou l'acquitter. La ligne subjective entre le jugement et le droit était floue.

Le matin du début du procès, Ricardo et Sophia s'assirent côte à côte à une table rectangulaire, entre l'estrade du juge devant et la tribune, derrière. Le jury était assis sur deux rangées, sur le côté droit du devant de la salle d'audience, sous une fenêtre.

Le procureur fédéral du ministère de la Justice, M. Carl Jenkins, et son assistant s'assirent à une table, à côté de Ricardo et Sophia. Au milieu de la cinquantaine et dépassant tout juste les un mètre quatre-vingt, le procureur avait des yeux bleus pénétrants, un visage rond, le teint rougeâtre et les cheveux bruns teintés. Une silhouette musclée soutenait son costume rayé, bleu marine et repassé. Il portait une chemise bleu pastel avec un col blanc et un nœud papillon bleu ciel. Il avait un anneau en or brillant, incrusté de saphirs, à son petit doigt gauche.

Ricardo se pencha vers Sophia, qui était occupée à rassembler ses notes.

Il chuchota : « C'est une étude bleue, comme un tableau de Picasso. »

Tout semblait poli chez le procureur, à l'exception d'un tic provoquant un mouvement du coin droit de sa bouche en synchronie avec une contraction de son œil droit, conséquence d'un léger spasme hémifacial. Il était assis derrière une pile de documents, un bloc-notes, deux stylos à bille et un ordinateur portable, et était très occupé à consulter à voix basse son assistant.

Ricardo sonda les spectateurs. Le loyal Benjamin, qui avait insisté pour venir soutenir son ami tout au long du procès, était assis au deuxième rang. Il sourit et joignit ses mains devant sa poitrine pour souhaiter bonne chance à Ricardo.

Ricardo reconnut Randolph Likens dans la dernière rangée des spectateurs. Likens était plus mince qu'il n'en avait l'air à la télévision, son visage plus dessiné, son attitude moins menaçante. Un ordinateur portable fermé reposait sur ses genoux. Il avait presque l'air de s'ennuyer en attendant le début du procès.

Il y avait au moins une douzaine d'autres journalistes qui discutaient entre eux dans le fond de la salle d'audience. Il était devenu possible et à la mode pour les journalistes d'assister aux procès impliquant des questions fiscales. Néanmoins, Ricardo était dérouté par le fait que *son* procès ait suscité tant d'attention.

Un sentiment d'anticipation était palpable dans la salle d'audience. Des papillons voletaient dans l'estomac de Ricardo. Il se retourna sur son siège et regarda de nouveau Benjamin pour qu'il le rassure, tel un enfant s'accrochant à sa couverture pour se sentir plus en sécurité. Oh, Benjamin, Benjamin, Benjamin, tant d'années ensemble. Benjamin était la famille unique et honoraire de Ricardo.

Le juge entra dans la salle d'audience. « Veuillez vous lever », déclara l'huissier de justice. Lorsque le juge fut assis, la sténographe échauffa ses doigts, se préparant à transformer les mots en histoire enregistrée, les bouts de phrases en récits.

Les déclarations liminaires débutèrent. Le procureur commença en disant : « Le Dr Sztein occupe une position de responsabilité élevée et dirige un laboratoire gouvernemental prestigieux et bien financé au Centre des sciences de la vision, qui a un mandat clair pour rechercher des traitements pour les maladies oculaires. Pendant de nombreuses années, poursuivit le procureur, le Dr Sztein a assumé cette responsabilité. Par conséquent, permettez-moi d'être clair : le Dr Sztein n'est jugé que pour ses recherches sur les méduses, au cours desquelles il a ignoré à la fois sa proposition de recherche déclarée et les objectifs de la mission du Centre des sciences de la vision. » Puis il ajouta d'une voix professionnelle et sérieuse : « Le tribunal montrera que le Dr Sztein a gaspillé l'argent des contribuables pour poursuivre des intérêts personnels plutôt que publics. »

Le procureur décrivit ensuite, avec le plus grand soin, l'aventure des méduses de Ricardo : qu'il avait fait trois voyages à La Parguera pour étudier les méduses aux frais du gouvernement ; que les voyages avaient été approuvés parce qu'il avait faussement déclaré que ses recherches se limiteraient à une extension de son travail médical antérieur ; que ses recherches s'étaient déplacées vers le comportement des méduses sans direction ni objectifs clairs ; qu'il avait conclu, aussi absurde que cela puisse paraître, que les méduses interagissaient, avaient un cerveau et voyaient l'évolution ; et, enfin, puisque les revues scientifiques professionnelles avaient rejeté son article, qu'il avait eu recours à la publication de ses recherches dans une revue profane, davantage destinée au divertissement qu'à la science sérieuse. Après avoir présenté ce résumé, le procureur accorda quelques instants de silence pour laisser le jury digérer ce qu'il venait de dire. Il poursuivit ensuite en élaborant sur sa précédente accusation d'irresponsabilité fiscale : « Selon l'État, même si les montants en jeu n'étaient pas énormes, le Dr Sztein est coupable d'avoir gaspillé l'argent des contribuables, dans le cadre de ses recherches sur les méduses, et d'avoir trahi son obligation de soutenir les objectifs de mission médicalement pertinents de son Centre. Nos citoyens dépendent du gouvernement pour les servir et non pour les *exploiter.* »

Le procureur prit une profonde inspiration, secoua la tête d'un air désapprobateur et ajouta lentement et avec venin : « Franchement, je trouve répréhensible, quand tant de gens se débattent financièrement, qu'un scientifique, mandaté par le gouvernement pour rechercher des moyens de traiter des maladies épouvantables, ait le culot de satisfaire ses caprices, partir en vacances au bord de la mer et jouer avec des *méduses*. Pour ces âmes malheureuses qui sont décédées de maladies qui auraient pu être traitées avec succès si des chercheurs comme le Dr Sztein s'en étaient tenus à leur travail... eh bien, c'est comme si elles avaient été *assassinées* par négligence. »

Le public laissa échapper un cri de surprise collectif.

Pour finir, avec un panache digne d'un évangéliste, le procureur termina en disant : « Les *m-é-d-u-s-e-s* », prononçant chaque lettre à vitesse égale, « ne sont pas des êtres humains ».

Des murmures se firent écho dans toute la salle d'audience et de nombreux spectateurs acquiescèrent d'un signe de tête.

Ricardo regarda Benjamin qui secoua la tête avec incrédulité.

Les commentaires liminaires de Sophia, quant à eux, constituèrent un appel éloquent au bon sens et à la justice. Elle appela Ricardo un scientifique dévoué et un artiste. « Les frontières entre l'art et la science peuvent être floues, dit-elle. Ils impliquent tous deux la créativité. » Sophia fit référence à la longue et impressionnante liste de publications de Ricardo dans des revues scientifiques prestigieuses et souligna les reconnaissances qu'il avait reçues pour ses recherches médicales, en particulier le prix LeBlanc et la médaille Melon. Elle argumenta que condamner le Dr Sztein reviendrait à punir la créativité et à limiter les progrès scientifiques. « Comment *cela* pourrait-il bénéficier au pays ? » demanda-t-elle. « Serait-*ce* de la justice ? »

Elle surprit ensuite Ricardo en considérant le sort de Galilée comme un exemple de ce qui pouvait se produire dans une société fermée, qui réprimait la créativité. Les yeux de Sophia brillèrent alors qu'elle racontait au jury comment ce grand scientifique avait vu, pour la première fois, des cratères sur la Lune semblables à ceux sur Terre, découvert de petits satellites en orbite autour de Jupiter et des anneaux autour de Saturne, et compris les mouvements des corps célestes. « Où serions-nous aujourd'hui si des penseurs et des preneurs de risques aussi avancés n'avaient pas vu plus loin que le courant dominant de leur époque ? » Elle conclut avec audace : « Le courage de Galilée d'explorer les cieux a changé l'humanité. Naturellement, personne aujourd'hui ne soutiendrait sa poursuite par l'Église. »

Ricardo se sentit gêné mais flatté d'être comparé à Galilée. Il y eut un silence inconfortable quand elle eut fini. Ses pas sonnèrent mécaniquement contre le plancher en bois quand elle retourna à son siège. « Galilée ? chuchota Ricardo à son oreille. N'est-ce pas un peu extrême ?

_ Chut, pas si fort !

_ Oui mais…

_ Il faut rappeler aux gens les erreurs passées. Personne n'achètera une logique simple. Ils ont besoin de quelque chose *contre* quoi se rebeller, dans ce cas, l'histoire. »

Il fronça les sourcils, réfléchissant à son argument, mais il était inquiet. Ricardo focalisa son regard sur le dessus de la table pour éviter d'attirer l'attention, mais il ne put s'empêcher de jeter un coup d'œil aux membres du jury. Ils demeurèrent impassibles, à l'exception d'une femme d'âge moyen dans la deuxième rangée, qui avait une expression plus douce et plus sensible. Elle avait une mèche blanche distinctive qui divisait ses cheveux noirs en deux moitiés. Ricardo espérait qu'elle pourrait être de son côté. « Noir et blanc », marmonna-t-il entre ses dents, regardant ses cheveux et se demandant pourquoi tout devait être noir ou blanc. Qu'était-il arrivé au gris ? Bien que le procès ne fasse que commencer, Ricardo était accablé de fatigue.

Chapitre 32

Les deux premiers témoins de l'accusation étaient des membres du Congrès, dont la connaissance de la science se limitait à des extraits sonores utiles pour les campagnes de réélection. Richard Thomas était un sénateur junior de l'Oklahoma et Sandra Biggs une représentante chevronnée de l'Utah.

« Et c'est parti », marmonna Sophia, lorsque les politiciens commencèrent leur témoignage.

Thomas et Biggs témoignèrent de manière aussi prévisible qu'une machine s'allume en faisant 'clic' lorsqu'on appuie sur son bouton de démarrage. Les deux témoins présentèrent des statistiques sur le nombre de personnes souffrant de diverses formes de cancer, le pourcentage élevé de crises cardiaques mortelles et le manque de traitements disponibles pour la maladie d'Alzheimer, la dystrophie musculaire, la sclérose en plaques... – la liste était longue. Thomas montra des photos d'un garçon de dix ans dans un fauteuil roulant, chauve suite à une chimiothérapie. Il était mort d'un cancer la semaine précédente. Biggs montra la vidéo d'une femme plus âgée atteinte de SLA, allongée dans un lit d'hôpital et entourée de médecins en blouses blanches impeccables. La patiente condamnée essayait de répondre à son mari en larmes en clignant des yeux, la seule fonction motrice qui lui restait. Le sénateur et le représentant soulignèrent tous deux que non seulement ces horribles maladies affligeaient les gens depuis des siècles, mais que de nouvelles maladies apparaissaient à haute fréquence et faisaient des ravages. « Ce niveau d'ignorance médicale est inacceptable au milieu du XXIe siècle », déclara le sénateur Thomas, les yeux écarquillés, criant presque. La représentante Biggs, quant à elle, accabla le jury en énumérant les catastrophes médicales au cours de l'année passée : l'épidémie de cécité à Détroit ; les cas mystérieux de paralysie qui avaient touché des milliers de personnes en Indonésie ; la dysenterie affectant environ un quart de la population des îles des Caraïbes ; cent fois le nombre habituel de cancers du pancréas en France ; la grippe respiratoire dévastatrice menaçant l'effondrement financier en Suède parce que trente pour cent de la population restait piégée à la maison, malade ou trop effrayée de sortir. Le problème ne se limitait pas aux États-Unis. C'était international et les États-Unis avaient la responsabilité de montrer la voie.

Biggs conclut en soulignant qu'il était impératif de financer la recherche qui réduirait à terme la pression des factures médicales sur les contribuables. « Les scientifiques ont une responsabilité morale. Les recherches financées par le gouvernement sans direction médicale claire ni avantage tangible pour la société – les recherches sur les méduses, par exemple – sont grotesques. » Elle s'arrêta pour l'effet. «*Est-ce là* la justice ? » conclut-elle en se moquant des remarques liminaires de Sophia.

Des « Non » se firent entendre de-ci de-là dans le public.

« Un peu de calme ! » ordonna le juge. Un gros homme dans le jury réajusta sa mâchoire et secoua la tête, ne laissant aucun doute quant à son accord avec la représentante. Lorsque Sophia demanda, dans son contre-interrogatoire du représentant Biggs, des exemples d'avancées médicales qui avaient résulté de la recherche fondamentale au cours des vingt-cinq dernières années, le procureur martela la table et réclama : « Objection, votre Honneur. Le témoin n'est ni scientifique ni médecin, et la question ne se rapporte pas à son témoignage. »

« Retenue », déclara le juge. Lorsque Sophia demanda la source de leurs statistiques, les deux témoins affirmèrent que c'était « notoirement connu ».

« J'ai lu d'innombrables lettres de patients atteints de ces maladies et de leurs familles », déclara le sénateur Thomas.

« Cela vous brise le cœur, déclara la représentante Biggs. Je n'oublierai jamais l'image de Pamela, six ans, qui aurait dû avoir la vie devant elle, poussant son dernier souffle dans les bras de sa mère, ses yeux exorbités, son visage plus pâle que la coquille d'un œuf, incapable de respirer à cause d'une accumulation de mucus dans ses poumons. Quand vous voyez ces patients — ces victimes — vous comprenez. Mon Dieu ! Cela ne peut pas continuer ! Les millions de dollars des contribuables consacrés à la recherche doivent aider les contribuables ! »

Les spectateurs, collés à leurs sièges, acquiescèrent de la tête.

Les témoignages furent diffusés aux informations nationales, à la télévision ce soir-là. Le lendemain, les gros titres du *New York Times* lisaient : « Des millions pour la recherche, des cœurs brisés pour les malades ».

Chapitre 33

Le lendemain, le public débordait de monde au procès de Ricardo, suite aux gros titres des journaux et à la couverture télévisée. Des journalistes impatients étaient alignés au fond de la salle d'audience. Randolph Likens était parmi eux, son fidèle ordinateur portable à la main. Marcus Topping, le directeur du Centre des sciences de la vision en personne, était sur le point de témoigner. La tension était palpable. Les spectateurs en colère voulaient du sang, une décapitation, un bouc émissaire. Pour le gouvernement, le procès était une chance de rédemption publique pour l'économie pauvre. Un verdict « coupable » assurerait l'électorat : « Nous sommes de votre côté. Nous comprenons. Nous aussi, nous en avons assez. Votre argent doit être utilisé pour *vous* aider. »

Le Dr Topping ignora Ricardo lorsqu'il passa près de lui, se dirigeant vers la barre des témoins. Pourquoi Marcus ne le regardait-il pas ? Dissimulait-il une attaque, prévoyait-il un sabotage ? En général, le Dr Topping marchait à pas lents ; à présent, sa démarche était raide avec de petits pas, et il portait des chaussures noires polies au lieu de ses chaussures de toile athlétiques habituelles.

« Il a l'air sévère », chuchota Ricardo à Sophia, qui n'aurait eu aucun moyen de discerner ces différences par rapport à l'apparence et au comportement normaux du Dr Topping.

Après avoir prêté serment, le Dr Topping s'assit et jeta un coup d'œil timide à Ricardo. Il passa sa main sur le côté de sa tête pour s'assurer que ses cheveux impeccablement peignés étaient en place, et ajusta ses lunettes à monture métallique sur l'arête de son nez. Il plaça d'abord une main sur la barre des témoins puis la posa rapidement sur ses genoux, tordant ses doigts. Ricardo fut impressionné par la rapidité avec laquelle l'insensibilité de Marcus pouvait être remplacée par une vulnérabilité apparente, plus soucieux d'être jugé que de juger. Ricardo se sentait furieux contre le Dr Topping une minute et désolé pour lui la suivante. Son travail n'était pas facile.

Ricardo regarda la jurée à la mèche argentée qui contrastait avec ses cheveux noir charbon. Qu'est-ce qui l'attirait vers elle ? Le procureur se dirigea lentement vers la barre des témoins et commença son interrogatoire. « Quand êtes-vous devenu directeur du Centre des sciences de la vision, Dr Topping ?

_ Il y a environ douze ans.

_ Pourriez-vous expliquer à la cour vos qualifications ?

_ Certainement. J'ai d'abord été enseignant-chercheur en ophtalmologie, puis j'ai effectué des recherches biomédicales pendant dix ans, publié soixante-deux articles sur le glaucome et été professeur à la Faculté de médecine de Yale, avant d'être nommé directeur du Centre des sciences de la vision.

_ Très impressionnant, monsieur. Depuis combien de temps le Dr Sztein travaille-t-il pour le Centre des sciences de la vision ?

_ Le Dr Sztein a été recruté comme chef de laboratoire il y a une quarantaine d'années, bien avant que je devienne directeur. Il occupe toujours ce poste. Il a publié de nombreux articles de recherche, critiques et chapitres de livres. Je ne sais pas combien de publications il a. Des centaines.

_ Avez-vous une relation cordiale avec le Dr Sztein ?

_ Je pense que nous sommes en très bons termes. » Le Dr Topping fit un clin d'œil à Ricardo, qui grogna intérieurement à cette familiarité inappropriée. « Nous déjeunons ensemble quand nous le pouvons, même si nous sommes tous les deux très occupés. Il est consciencieux et serviable, du moins lorsqu'il est en ville.

_ Il voyage beaucoup ?

_ Je dirais que oui. On m'a dit qu'il allait souvent en Australie quand il faisait des recherches sur l'ornithorynque. C'était avant que je devienne directeur, bien sûr.

_ Objection, s'écria Sophia. La destination d'un voyage du Dr Sztein, il y a une cinquantaine d'années, n'est pas pertinente.

_ Objection retenue », indiqua le juge, qui ordonna au procureur de limiter son interrogatoire à la période considérée.

Le procureur souligna qu'il établissait un modèle de comportement conforme au caractère de l'accusé, mais le juge maintint sa position et déclara que le procès était limité à l'utilisation abusive, par Ricardo, des fonds du gouvernement pour ses recherches sur les méduses, et non à son caractère.

Les mots du procureur, « modèle de comportement », se glissèrent dans l'esprit de Ricardo comme une araignée disparaissant dans une fissure entre les rochers. Ses recherches antérieures sur l'ornithorynque ésotérique faisaient-elles partie d'un modèle de comportement ? Personne ne s'y était opposé quarante ans plus tôt. Mais c'était alors, l'âge d'or de la curiosité ; et maintenant, c'était la fin de la créativité scientifique motivée par la curiosité et, selon Ricardo, l'aveuglement de la vision personnelle. Le juge avait peut-être temporairement ralenti la tentative du procureur d'attaquer le caractère de Ricardo, mais cela l'empêcherait-il d'influencer le jury ?

Le Dr Topping poursuivit. « Récemment, Ricardo s'est rendu à Porto Rico pour son travail sur les méduses, comme vous le savez. Il assiste à des réunions dans le monde entier et a pris un nombre important de congés avant la mort de sa femme, Lillian. »

Lillian ? Qu'avait-elle à voir avec quoi que ce soit ? Pourquoi le Dr Topping évoquait-il ses congés et Lillian ? Quoi qu'il en soit, il n'avait pas pris tant de congés, pas autant que Lillian l'aurait souhaité.

« Le Centre des sciences de la vision a-t-il payé ces voyages ainsi que les recherches ? demanda le procureur.

_ Bien entendu, pas ses congés personnels. Sinon, oui, à moins que l'organisation qui l'invitait ne paie, ce qui était généralement le cas.

_ Et son budget de laboratoire, est-il élevé ?

_ Avant, c'était plusieurs millions par an. Le Centre des sciences de la vision a soutenu de nombreux boursiers postdoctoraux dans son laboratoire au fil des ans, un technicien à temps plein et une installation où ils mutent des gènes chez les rats et les souris pour étudier le développement oculaire, la formation de la cataracte et diverses maladies de la cornée. »

Ricardo ressentit un éclair de fierté.

Le Dr Topping poursuivit : « Dernièrement, cependant, son budget est tombé à six cent mille par an en raison de restrictions budgétaires. De plus, il ralentit. »

Le procureur retourna à sa table, regarda ses notes et chuchota quelque chose à son assistant, qui parut d'accord. Il revint ensuite à la barre des témoins.

Le Dr Topping jeta un coup d'œil à sa montre, s'assurant que tout le monde le remarquait. C'était un homme occupé, le directeur, ambitieux.

Ricardo l'était aussi, toujours ambitieux.

Le procureur se tenait haut et droit. « Les contribuables sont en colère contre l'économie et le gaspillage gouvernemental.

Croyez-vous que le Dr Sztein soit conscient de sa responsabilité sociale envers les contribuables qui paient ses recherches ?

_ Bien sûr que je le suis, chuchota Ricardo à Sophia.

_ Il en est conscient, naturellement. Mais je crois qu'il peut être – comment dire – parfois plus passionné que compatissant. »

Le cœur de Ricardo s'accéléra. Sois compatissant, avait dit Lillian. Aide les autres. Tu es un scientifique. Son fantôme refusait de mourir.

« Comment le Dr Sztein est-il plus passionné que compatissant, Dr Topping ? » Le procureur demanda sournoisement.

« Il s'emballe davantage pour la vision des méduses que pour la cécité humaine. »

« Je vois », répondit le procureur en regardant le jury.

Benjamin se tortillait sur son siège.

Le Dr Topping poursuivit. « Je sais que les méduses ont des yeux, tout comme les pétoncles et les escargots ; le Dr Sztein m'a appris cela – et *c'est* intéressant. Mais est-ce de la *compassion* ? Ces créatures deviennent-elles aveugles ? Souffrent-elles ? Même si c'était le cas et que nous pouvions les soigner, à quoi cela servirait-il aux humains ? Nous ne sommes pas des vétérinaires. » De petits rire se répandirent dans le public. « Il n'y a que peu d'argent de nos jours. Ce n'est un secret pour personne qu'il y a eu une augmentation des maladies au cours des dernières années. Pourquoi donc ? Nous *devons* établir des priorités. » Le Dr Topping s'arrêta un moment puis ajouta avec conviction : « Nous avons chacun une responsabilité sociale. » Il baissa les yeux sur ses chaussures brillantes et dit calmement, presque à lui-même : « Je me demande si le Dr Sztein croit vraiment que le Congrès se soucie plus de ce que voient les méduses que des raisons pour lesquelles les gens deviennent aveugles ? »

Ricardo se pencha vers Sophia. « Comment ose-t-il dire que je ne suis pas compatissant ? Je vais vous dire qui manque de compassion : lui ! »

« Ricardo, taisez-vous ! » murmura Sophia, s'efforçant de garder sa voix basse. L'assistant du procureur jeta un coup d'œil à Sophia.

Ricardo poursuivit : « C'est *lui* l'aveugle. Il ne voit pas ce qui est bon pour le Centre des sciences de la vision ou pour l'avancement de la science d'ailleurs. »

Le juge regarda Ricardo.

« Toutes mes excuses, votre Honneur », déclara Sophia.

« Merde », grogna Ricardo plus fort qu'il ne l'avait prévu. Il ne pouvait plus le retenir.

« Pour l'amour du ciel, Ricardo », supplia Sophia.

Le procureur poursuivit. « Vous avez donc du mal à défendre la *pertinence* de la recherche du Dr Sztein, Dr Topping ?

_ Eh bien, en vrai, oui, d'une certaine manière. Je pense que lui aussi. Par exemple, lorsque je lui ai demandé ce qu'il allait dire au Comité des priorités scientifiques qui évalue son laboratoire tous les cinq ans, il a dit qu'il allait évoquer son idée d'étudier les yeux des méduses. Sa principale justification était que presque personne – et cela inclut les scientifiques – ne savait même que les méduses avaient des yeux, et qu'il était important d'apprendre, de la Nature, autant de secrets que possible sur la vision, si nous voulions être des pionniers sur le terrain. Il avait raison que peu de gens savaient que les méduses avaient des yeux. Je ne le savais pas, mais... » Le Dr Topping fit une pause au milieu de sa phrase.

« Mais quoi, Dr Topping ?

_ Mais quand je lui ai demandé quelle était la pertinence médicale de son projet sur les méduses, il a répondu : « c'est aux médecins de me le dire », ou quelque chose comme ça. Franchement, j'étais bouleversé, mais je l'ai gardé pour moi. »

_ *A-t-il* fait part au groupe d'évaluation de ses idées sur les méduses ? demanda le procureur.

_ Il a peut-être mentionné les méduses à la fin de sa présentation. Je ne me souviens pas. »

Ricardo se pencha vers Sophia et murmura : « Il ne s'en souvient pas alors que cela l'a tellement bouleversé ?

_ Chut, Ricardo, l'avertit Sophia.

_ Voulez-vous dire que le Dr Sztein a minimisé ses projets d'étudier les méduses auprès du comité d'évaluation ? Qu'il a essayé de cacher ses intentions d'entreprendre de futures recherches ? demanda le procureur.

_ Objection ! » Le visage de Sophia était rouge. « Le procureur tire des conclusions que le témoin n'a pas tirées et conduit le jury dans une fausse direction. »

« Retenue », déclara le juge.

Le procureur regarda le jury comme s'il était leur confident. Il demanda ensuite au Dr Topping : « Y a-t-il autre chose que vous aimeriez ajouter au sujet du Dr Sztein avant de conclure ? »

« Non, pas vraiment. Eh bien… il y a une chose que je pourrais mentionner, mais c'est peut-être un peu périphérique. »

Ricardo se redressa sur sa chaise, curieux de ce que Marcus allait dire maintenant. Sophia prit son stylo, prête à enregistrer la bombe qu'elle attendait du Dr Topping.

« Oui. Allez-y », exhorta le procureur.

Le juge interrompit : « Dr Topping, vous n'avez pas besoin d'en dire plus. Vous avez déjà répondu aux questions du procureur. »

L'anticipation s'empara de la pièce.

« Je comprends, votre Honneur », déclara le Dr Topping.

Le procureur se rapprocha de la barre des témoins, comblant l'écart, comme s'il s'apprêtait à recevoir une divulgation confidentielle.

Randolph Likens pencha la tête pour ne rien manquer.

« Je serai concis, dit le Dr Topping. Lors de la dernière série de soumissions de subventions au Centre des sciences de la vision, j'ai entendu dire qu'une poignée de scientifiques débutants se référaient à l'article du Dr Sztein et proposaient de suivre certaines de ses idées. C'est bizarre puisque l'article sur les méduses du Dr Sztein a été publié dans un magazine profane. Je doute que nous financerons ces subventions, mais le panel de financement a été surpris et inquiet – alarmé – parce que ces propositions venaient de jeunes scientifiques prometteurs, la vague de l'avenir. »

C'était une bonne nouvelle pour Ricardo. Apparemment, son article sur les méduses avait revigoré la recherche fondamentale, en particulier auprès des scientifiques émergents.

« Il me semble que le Dr Sztein a involontairement sapé la mission du Centre des sciences de la vision. Il 'vole', pour ainsi dire, les meilleurs et les plus brillants scientifiques que l'on ait pour traiter les maladies humaines. C'est inquiétant. Nous ne sommes plus au XXe siècle. Nous sommes en 2051. Les gens ont besoin de soins médicaux. Trop d'années se sont écoulées depuis la révolution de l'ADN recombinant du siècle dernier et la promesse de thérapies génétiques miraculeuses, sans succès évidents. » Il y avait une note de sincérité dans la voix du Dr Topping.

Le Dr Topping l'accusait-il sérieusement de saper le Centre des sciences de la vision en « volant » de jeunes scientifiques ? Le tenait-on responsable pour ce que de jeunes scientifiques, qu'il n'avait jamais rencontrés, mettaient dans leurs demandes de subventions ? Ricardo pensait que c'était absurde.

« Ce sera tout, Dr Topping. Je vous remercie. »

Les journalistes tapaient fiévreusement sur leurs ordinateurs portables. Les spectateurs s'échangeaient des regards de solidarité communautaire. Ricardo essuya des gouttes de sueur qui décoraient son front, à l'aide de son Kleenex froissé.

Marcus regarda Ricardo avec un air de tristesse sur le visage quand Sophia se leva pour son contre-interrogatoire.

« Commençons par votre dernière déclaration, qu'en pensez-vous, Dr Topping ? interrogea doucement Sophia. Avez-vous des raisons de penser que le Dr Sztein a tenté d'influencer qui que ce soit pour qu'il rédige des demandes de subvention liées à ses idées ?

_ Non.

_ Avez-vous lu ces demandes de subvention ?

_ Mes collègues des panels de financement m'en ont parlé.

_ Donc, le Dr Sztein ne 'vole' quasiment personne à quoi que ce soit, ne diriez-vous pas ? Le vol ne nécessite-t-il pas une intention ?

_ Je parlais métaphoriquement, bien sûr. Nous avons pour mission, pour responsabilité sociale, d'effectuer des recherches directement liées aux maladies humaines. » Le Dr Topping avait l'air agacé.

« Vous parliez métaphoriquement. Oui. Merci d'avoir clarifié cela, Dr Topping. Je comprends. » Cette fois, ce fut à son tour de regarder le jury. « Revenons aux méduses, poursuivit-elle. Vous avez dit que vous *pensiez* que le Dr Sztein avait *peut*-être mentionné les méduses à la fin de sa présentation. Il est ironique que vous ne vous en souveniez pas. Vous souvenez-vous de ce dont le Dr Sztein a parlé ?

_ Certainement. Il a fait un rapport sur l'état de ses recherches sur la croissance des cellules endothéliales cornéennes, puis un peu sur le cristallin et la cataracte. Il a également spéculé sur la génétique de la dystrophie de Fuch. Ses études ont toujours concerné le devant de l'œil – le cristallin et la cornée – plutôt que la rétine, où se trouvent les cellules photoréceptrices cruciales pour la vision.

_ Vous voulez dire qu'il a exploré la fenêtre de l'œil qui réfracte la lumière afin de focaliser les images sur la rétine pour que nous puissions donner un sens à ce que nous voyons ? Je pensais que tout trouble qui rendait la cornée ou le cristallin – cette fenêtre – opaque menait à la cécité, et que c'était l'une des principales causes de cécité dans le monde. Corrigez-moi si je me trompe, Dr Topping. Je ne suis pas scientifique. »

Ricardo était heureux de lui avoir bien appris.

« Vous avez raison », admit le Dr Topping.

« Cela me semble tout à fait *pertinent* pour la médecine, ajouta-t-elle. « Pas de lumière sur les photorécepteurs, pas de vision. Ai-je tort ? »

Sophia était intelligente, tout comme son père l'avait dit.

« Je n'ai pas dit que les recherches du Dr Sztein n'avaient jamais eu de pertinence médicale. C'est un bon scientifique. Nous l'avons soutenu pendant des années. Je pensais que ce procès concernait spécifiquement son utilisation abusive des fonds fédéraux pour son travail sur les *méduses*.

_ Je suis d'accord, Dr Topping. Le Dr Sztein doit être un très bon scientifique qui effectue des recherches *pertinentes* sur le plan médical, sinon le Centre des sciences de la vision ne l'aurait pas soutenu pendant si longtemps, ou il n'aurait pas remporté de nombreux honneurs, comme le prestigieux prix LeBlanc et la médaille Melon. Ces distinctions font honneur au Centre des sciences de la vision, n'est-ce pas ?

_ Oui, en effet. Nous sommes très fiers de lui.

_ Très fiers. Oui. Nous sommes tous fiers des nombreuses réalisations du Dr Sztein. » Sophia s'arrêta un moment puis ajouta comme si elle y avait pensé après coup : « Juste une autre question, Dr Topping. Pourriez-vous estimer le pourcentage de projets de recherches, qui visent à répondre à des questions spécifiques sur une maladie, qui mènent réellement à des traitements ? »

Cette question impressionna Ricardo. Il n'avait jamais pensé à poser la question comme cela. Il y avait du pouvoir dans les chiffres.

Le Dr Topping se racla la gorge.

« C'est très difficile de répondre. Les chercheurs construisent un réseau collectif d'informations. Chaque projet pertinent ajoute à ce réseau d'une manière ou d'une autre. Les traitements médicaux évoluent à partir de cette structure. »

« Intéressant. Les avancées médicales proviennent d'un réseau collectif d'informations. Je suppose que ces informations doivent souvent provenir de sources inattendues. Est-ce exact ? »

Certains membres du jury hochèrent la tête. D'autres continuèrent de regarder, sans expression.

« C'est exact, déclara le Dr Topping.

_ Veuillez clarifier votre point, Mme Lass, ou arrêtez cette ligne de questions, intercéda le juge.

_ J'essaie de concilier la façon dont 'un réseau collectif d'informations', pour citer le Dr Topping, est assemblé sans rassembler des nœuds d'informations de base, qui ne sont pas immédiatement pertinentes, mais qui s'avèrent finalement cruciales pour une application médicale, Votre Honneur. En d'autres termes, en quoi la collecte d'un réseau d'informations diffère-t-elle de la recherche fondamentale ? »

Le Dr Topping s'agita sur son siège. « Nous ne sommes pas contre la recherche fondamentale. Nous sommes tous pour ce type de recherches. La première excursion du Dr Sztein à La Parguera valait le risque et je l'ai approuvée. Mais il s'est ensuite éloigné de sa proposition initiale. Je n'ai pas besoin de tout répéter : la vision des méduses, les interactions des méduses, etc. Il s'est éloigné de ses objectifs déclarés. Assurément aucun autre scientifique du Centre des sciences de la vision n'a décidé de reprendre ses idées. »

« Mais n'avez-vous pas dit plus tôt qu'un certain nombre de jeunes scientifiques prometteurs avaient repris les idées du Dr Sztein dans leurs propositions de subventions ? »

Le Dr Topping ne réagit pas.

« Merci, Dr Topping, ce sera tout. »

Cette fois-ci, Ricardo s'en fichait que Marcus sorte sans le regarder. Il fut cependant troublé lorsqu'il remarqua que la main de Sophia tremblait lorsqu'elle but une gorgée d'eau.

Chapitre 34

Le procès ajourné pour le week-end, Ricardo et Sophia allèrent dîner ensemble dans une pizzeria. Ricardo pensait que le contre-interrogatoire du Dr Topping par Sophia leur avait permis de marquer des points, même si Sophia se plaignait de « mauvaises ondes », sans pouvoir autant expliquer ce qu'elle voulait dire exactement. Cependant, ils étaient tous deux prudemment optimistes quant au fait que la semaine à venir pourrait faire pencher le jury en leur faveur. Deux des étudiants de Ricardo allaient témoigner en son nom. La première était Ann Silvan, qui avait été sa meilleure étudiante postdoctorale quinze ans plus tôt. Extrêmement brillante, elle occupait maintenant une chaire à Dartmouth. L'autre témoin était Pearl. Après les étudiants de Ricardo, Benjamin devait témoigner. Ricardo s'attendait à ce que le prestige et la loyauté de Benjamin soient extrêmement utiles pour son cas.

Le juge reconvoqua le tribunal le lundi matin à neuf heures précises. Le Dr Silvan alla à la barre des témoins, posa sa main sur la Bible et jura « de dire la vérité, toute la vérité et rien que la vérité, que Dieu me vienne en aide. » Elle portait une modeste jupe en laine noire, un chemisier gris et un bracelet haïda en argent, qu'elle avait acheté à Vancouver lorsqu'elle était boursière postdoctorale dans le laboratoire de Ricardo. Si Ricardo avait eu une fille, il aurait voulu qu'elle ressemble à Ann.

Ann paraissait confiante et assurée en s'asseyant à la barre des témoins. Elle était l'une des figures de proue de la recherche oculaire, avec une spécialisation en rétinite pigmentaire, ou RP, comme on l'appelait. Sophia commença en demandant à Ann de parler de ses excellentes qualifications et réalisations professionnelles, qui étaient impressionnantes : professeur titulaire à 39 ans, près de 100 publications dans les revues les plus prestigieuses sur la recherche oculaire, et conférencière d'honneur lors de nombreuses conférences internationales.

« Pensez-vous, Dr Silvan, que votre expérience dans le laboratoire du Dr Sztein a été une influence importante pour votre succès futur dans la recherche médicale ? demanda Sophia.

_ Absolument.

_ Pourriez-vous, s'il vous plaît, résumer pour le tribunal votre expérience dans le laboratoire du Dr Sztein ?

_ Objection, s'exclama le procureur. Ce procès concerne les recherches du Dr Sztein sur les méduses, pas les recherches faites auparavant. »

Le juge fit une pause pendant un moment, puis rejeta l'objection. « Techniquement, vous avez raison, M. Jenkins, et j'ai effectivement soutenu l'objection de Mme Lass lorsque vous tentiez d'établir le caractère de l'accusé à travers ses modèles de comportement. La présente question cependant, ne porte pas sur le caractère mais sur l'influence de l'accusé sur les étudiants postdoctoraux, qui a été soulevée comme une question pertinente. Veuillez répondre à la question, Dr Silvan. »

Ricardo était satisfait de la décision du juge. Peut-être était-il de son côté après tout.

Ann entreprit donc de parler de ses années postdoctorales. Elle insista pour l'appeler Ricardo plutôt que le Dr Sztein. « Il est comme ça, dit-elle. Très chaleureux et aimable. » Elle indiqua que, lorsqu'elle y était, son laboratoire bouillonnait d'activités de recherches et d'enthousiasme pratiquement 24 heures sur 24, que c'était un centre scientifique très stimulant, que le Dr Sztein était profondément engagé dans tous les projets et qu'il s'était assuré que tous ses stagiaires postdoctoraux publient des articles pour faire avancer leur carrière. Elle avait publié quatre articles en tant que boursière postdoctorale avec lui, tous sur l'expression des gènes lors du développement précoce de l'œil embryonnaire de la souris.

« Et cette formation vous a-t-elle bien préparée à votre carrière dans la recherche *médicale* ?

_ Absolument. Surtout pour la thérapie génique, sur laquelle je travaille maintenant. » Elle regarda dans la direction de Ricardo et lui sourit à demi.

Tandis qu'Ann témoignait, Ricardo griffonnait, sur un morceau de papier brouillon, des dessins ressemblant à des doubles hélices, soulagé d'avoir son soutien. La femme à la mèche blanche avait les yeux fermés et le président du jury regardait par la fenêtre. Plusieurs spectateurs chuchotaient entre eux. Et Likens était parti ! Où était-il ? Avait-il entendu le témoignage d'Ann ? Allait-il revenir ? Quand ? Apparemment, le fait qu'Ann appréciait Ricardo, qu'il était un scientifique sérieux et un bon mentor, était ennuyeux et ne valait pas la peine d'être noté. Si un témoignage positif n'exonérait pas Ricardo, qu'est-ce qui le ferait ?

« Merci, Dr Silvan, je n'ai pas d'autres questions. » Sophia retourna à la table et posa sa main sur l'épaule de Ricardo au moment de s'asseoir.

Le procureur se dirigea vers la barre des témoins pour procéder au contre-interrogatoire d'Ann. « Vous aimez beaucoup le Dr Sztein, n'est-ce pas, Dr Silvan ? demanda-t-il dans un filet de voix.

_ Oui, beaucoup. C'est une personne et un mentor merveilleux.

_ Il semble que ce soit le cas, en effet », déclara le procureur, toujours dans ce filet de voix calme, de manière que quelques spectateurs mirent leurs mains en cornet autour de leurs oreilles pour entendre.

Ann s'agita. Le jury se redressa. Likens entra dans la salle d'audience.

Puis, le procureur continua d'une voix plus forte qui retint l'attention. « Mais le gentil *caractère* de l'accusé n'a pas d'importance, n'est-ce pas Dr Silvan ? » Il regarda rapidement le juge. « Nous sommes ici pour déterminer s'il a utilisé frauduleusement des fonds fédéraux destinés à la recherche médicale pour étudier les méduses. » Il marqua une pause. « Et les méduses ne sont *pas* pertinentes pour la maladie humaine. »

Sophia objecta, affirmant que le procureur n'avait aucune base pour conclure si les méduses étaient ou non pertinentes pour la maladie.

« Retenue », déclara le juge.

« Très bien », répondit le procureur, qui tourna ensuite le dos au juge et dit à voix basse au jury : « je suppose que je ne reconnaîtrais pas une méduse d'un être humain. »

Juste au moment où Sophia levait la main pour s'opposer à la remarque arrogante du procureur, le juge intervint. « Veuillez limiter les commentaires spontanés, M. Jenkins. »

Ricardo était furieux. Pourquoi le juge n'insistait-il pas pour que le jury ne tienne pas compte du commentaire inapproprié du procureur et le menace d'outrage à la cour ?

Le procureur continua, revenant sans cesse au même thème, toujours dans son filet de voix guindée. « Dr Silvan, vous avez précisé que le Dr Sztein était une personne agréable et que vous avez été en bons rapports avec lui. Mais cela n'a vraiment rien à voir avec cette affaire, n'est-ce pas ? Une personne merveilleuse peut abuser des fonds, ne diriez-vous pas ? »

Ann se raidit mais ne répondit pas. Les veines du front de Benjamin ressortaient, ses oreilles étaient écarlates et il serrait la mâchoire.

Le procureur changea de sujet. « Vous avez dit qu'il y avait un certain nombre de projets de recherche différents dans le laboratoire de Ricardo lorsque vous étiez étudiante. Est-ce exact, Dr Silvan ?

_ Oui, monsieur, répondit-elle.

_ Avec tous ces projets divers, certains étaient-ils directement liés à la maladie, comme le glaucome, la cataracte ou d'autres troubles oculaires ?

_ Chacun travaillait sur ses propres idées. Ricardo apportait son soutien et disait toujours que la diversité était une force. » Elle ajouta ensuite : « Je le crois aussi fortement.

_ Aucun objectif précis ? Vous essayiez juste ceci ou cela parce que c'était… *intéressant* ?

_ Ricardo nous a toujours assuré que quelqu'un utiliserait de nouvelles connaissances pour des avancées médicales. Il disait que nous ne pouvions pas tout faire. L'important était de bien faire ce que nous faisions.

_ Je suppose que c'est vrai. Personne ne peut tout faire. Mais je suppose que tout le monde peut faire *quelque chose* d'utile pour ces personnes qui paient les factures.

_ Objection ! s'écria Sophia. L'opinion de M. Jenkins sur la pertinence médicale des projets dans le laboratoire du Dr Sztein, il y a plusieurs années, n'a aucune valeur.

_ Retenue, déclara le juge. Le jury doit ignorer les suppositions du procureur. »

Le procureur regarda le jury et haussa les épaules. « Encore une question, Dr Silvan. Pourquoi avez-vous changé vos recherches pour vous spécialiser en rétinite pigmentaire – RP comme vous l'appelez – lorsque vous avez ouvert votre propre laboratoire ? »

« Tous les enquêteurs indépendants débutants doivent développer leur propre domaine. Et la RP est une maladie oculaire grave qui nécessitait une attention particulière. C'est toujours le cas. » Elle se mit à expliquer les mutations et comment elle faisait des progrès dans la thérapie génétique lorsque le procureur l'interrompit.

« La complexité que vous décrivez de manière si éloquente n'est-elle pas une raison suffisante pour orienter l'argent des contribuables vers la résolution de ces problèmes médicaux vitaux, plutôt que d'explorer la biologie au hasard ? Il y a des responsabilités sociales, n'êtes-vous pas d'accord, Dr Silvan ? »

« Oui, je suppose, mais si nous ne découvrons pas de nouveaux concepts, les solutions vont se tarir, en quelque sorte. »

Ricardo acquiesça d'un signe de tête.

« Mais pour revenir à ce que je disais, nous faisons des progrès, poursuivit Ann. Nous sommes sur le point de traiter la RP par thérapie génétique. J'ai hâte d'être au jour où je pourrai dire à mes patients qu'ils ne perdront pas la vue. Ce sont des possibilités tellement excitantes.

_ En effet. Des possibilités. Merci, Dr Silvan », déclara le procureur d'une voix chaude et tendre, comme s'il parlait à un ami proche. « Et bonne chance avec vos importantes expériences sur le traitement de cette maladie qui rend aveugle. »

Les épaules d'Ann retombèrent et le regard confiant sur son visage disparut alors qu'elle s'éloignait de la barre des témoins. Elle salua Ricardo avec un sourire navré lorsqu'elle passa près de lui. Pearl fut ensuite convoquée comme témoin.

Elle se dirigea rapidement vers la barre des témoins, ses cheveux fraîchement rincés rebondissant doucement à chaque pas. Elle était éblouissante dans son chemisier couleur pêche, sa jupe noire et son épingle coccinelle porte-bonheur. Ricardo fut impressionné par la façon dont elle captait l'attention.

Sophia commença par poser à Pearl les questions qu'elles avaient répétées. Pearl répondit positivement et sans hésitation. Oui, elle était boursière postdoctorale dans le laboratoire de Ricardo depuis près de quatre ans. Elle était venue immédiatement après avoir obtenu son doctorat à l'Université Rutgers. Ricardo était très impliqué dans son projet de recherches sur la cornée. Bien sûr, celui-ci avait une grande pertinence médicale et elle acquérait l'expertise pour poursuivre une carrière indépendante dans la recherche médicale, comme l'avait fait le Dr Silvan. Non, ses recherches sur les méduses n'interféraient pas avec l'attention qu'il portait à son projet de cherches. Les méduses étaient strictement le domaine du Dr Sztein, bien qu'il lui ait demandé une fois son avis sur son manuscrit. Cela l'avait flattée. Son manuscrit sur les méduses était incroyable et stimulant intellectuellement. Elle était impressionnée par son imagination.

Sophia garda Pearl à la barre des témoins pendant une demi-heure. Il était clair que Pearl aimait beaucoup son mentor.

Lorsque Sophia eut terminé, le procureur se dirigea lentement vers la barre des témoins. Il commença son contre-interrogatoire en confirmant rapidement les réponses qu'elle avait faites aux questions de Sophia, puis il se mit à creuser plus profondément.

« Pourriez-vous expliquer au jury pourquoi vous avez choisi de faire vos recherches postdoctorales avec le Dr Sztein ? »

Parce que Ricardo était un bon scientifique qui travaillait au prestigieux Centre des sciences de la vision, répondit-elle.

« Pourquoi le Centre des sciences de la vision ? Pourquoi les yeux, Mme Witstein ? »

« Parce que mon père était devenu aveugle », dit-elle.

Quoi ! Elle n'avait jamais rien dit à Ricardo au sujet de la perte de la vue de son père. Sophia avait l'air aussi choquée que Ricardo. Le procureur savait-il que le père de Pearl était aveugle ? Si c'était le cas, comment ?

« Je suis désolée d'entendre cela, Mme Witstein, déclara le procureur d'une voix mielleuse. Comment est-il devenu aveugle ?

_ Une dégénérescence de la macula. Il est devenu aveugle quand j'étais étudiante en licence.

_ Vous ne vouliez pas faire un travail postdoctoral dans un laboratoire consacré à cette maladie, ou à la cécité en général ?

_ J'ai postulé dans des laboratoires de plusieurs facultés de médecine, mais ils étaient pleins. Cependant, le Dr Sztein avait un poste ouvert auquel j'ai postulé. Il avait une solide réputation et je pensais pouvoir apprendre beaucoup de lui. En fait, mes recherches dans son laboratoire portent sur la dystrophie de Fuch, une maladie de la cornée.

_ Êtes-vous satisfaite du Dr Sztein en tant que mentor ?

_ Tout à fait, déclara Pearl avec un véritable enthousiasme. Il est vraiment gentil.

_ Oui, nous savons qu'il est *gentil.* Dites-moi, Mme Witstein… »

À la façon dont Pearl rougit couleur betterave et se frotta le bras gauche de sa main droite, une habitude qu'elle montrait quand elle se sentait gênée, il était clair qu'elle savait qu'elle avait commis une erreur. Mais elle se reprit rapidement. « Appelez-moi Pearl, monsieur. Tout le monde le fait. »

« Très bien, Pearl. Que disais-je ? » Pearl avait cet effet sur les gens, même sur le procureur. « Ah oui, comment le

Dr Sztein a-t-il réagi quand vous lui avez parlé de la cécité de votre père ? »

Pearl regarda Ricardo puis reporta rapidement son regard sur le procureur.

« Je ne lui ai rien dit. »

« Vraiment ? Pourquoi cela, Pearl ? »

C'est exactement ce que Ricardo voulait savoir. Pourquoi ne lui avait-elle pas dit ? Alors que la plupart des gens auraient été en colère ou blessés, Ricardo n'était pas la plupart des gens. Il était en colère contre lui-même de ne pas avoir été plus disponible pour Pearl, d'avoir gardé trop de distance.

« Je ne pensais pas que c'était pertinent, déclara Pearl en réponse à la question du procureur.

_ *Pertinent* ? s'exclama le procureur. Vous ne pensiez pas que la cécité était *pertinente* pour la recherche dans le laboratoire du Dr Sztein ?

_ Objection, interrompit Sophia sans manquer un battement.

_ Retenue, dit le juge. S'il vous plaît, ne dirigez pas le témoin, M. Jenkins.

_ Je n'ai pas dit qu'il n'était pas intéressé par la recherche médicalement pertinente, déclara Pearl. Non, monsieur, j'ai dit que je ne pensais pas que mon problème, ou le problème de mon père plus précisément, était pertinent ou qu'il était nécessaire d'en parler dans son laboratoire. »

Le procureur regarda le jury avec incrédulité. « Quoi qu'il en soit, Pearl, il est intéressant que vous n'ayez pas dit au Dr Sztein que la cécité de votre père vous avait motivée à faire des recherches sur les yeux dans son laboratoire. »

Avant que Sophia n'ait eu le temps de s'opposer à nouveau, le procureur poursuivit. « Dites-moi, Mme Witstein – je veux dire Pearl –que pensez-vous des fréquents voyages du Dr Sztein à La Parguera pour travailler sur les méduses ?

_ Ce ne sont pas mes affaires, monsieur.

_ Mais vous travaillez dans son laboratoire et avez besoin de ses conseils. A-t-il assez de temps à vous consacrer ? demanda de nouveau le procureur. Il semble qu'il soit très, comment dire, indépendant.

_ Objection ! Objection ! cria Sophia.

_ Une objection suffit, Mme Lass », déclara le juge.

Le public gloussa.

« Objection retenue, dit le juge. La quantité de temps dont le Dr Sztein dispose pour ses stagiaires postdoctoraux n'est pas le but de ce procès. »

« Certainement, Votre Honneur », reconnut le procureur avec un faux sourire. Il se mit ensuite à parler d'une de ses nombreuses voix trainantes : « Il semble que vous vouliez dire quelque chose de plus, Pearl. Ai-je raison ? »

Pearl se tortilla.

« J'en ai terminé avec mes questions, Pearl, mais si vous voulez ajouter quelque chose qui pourrait être utile, n'importe quoi, s'il vous plaît... », exhorta-t-il, plaçant sa main avec l'anneau de saphir légèrement sur le rebord de la barre des témoins.

Elle évita de le regarder, et après un moment, demanda : « Que vouliez-vous dire lorsque vous avez parlé de 'l'indépendance' du Dr Sztein, monsieur ? »

« Partir seul, sans être responsable pour autant », répondit le procureur. Il lui sourit.

« Eh bien, il a de la chance de pouvoir faire ça, dit-elle. Il semble aimer ça. »

Pearl s'arrêta sur le mot aimer. « De nombreux scientifiques apprécient leur travail, la stimulation intellectuelle, le défi, ajouta-t-elle. Avec Ricardo, cela semble plus que du plaisir. Il aime ça. Vous savez – l'amour – c'est bien plus que du plaisir.

C’est émotionnel. Il est carrément poétique quand il parle des méduses, et ça m’est venu à l’esprit que… » Elle hésita.

« Oui, Pearl. Continuez. »

Pearl semblait troublée. « Oh, je ne veux rien dire de mal. Non, non. J’adore le Dr Sztein. Je l’envie.

_ Vous enviez quoi, Pearl ?

_ Son *indépendance*, monsieur, répondit-elle, reprenant son sang-froid.

_ Oui bien sûr. Son indépendance. Merci, Pearl. Je n’ai pas d’autres questions. »

Alors qu’il retournait à son siège, le procureur passa près des jurés sans les regarder.

« De l’indépendance, en effet ! De qui ? De quoi ? C’est sans espoir », chuchota Ricardo, plus pour lui-même que pour Sophia.

Sophia se tourna vers Ricardo, les plis autour de ses yeux verts accentuant son visage sympathique.

« Ne désespérez pas encore », lui dit-elle.

« En êtes-vous certaine ?

Chapitre 35

Les gros titres en première page du *Washington Post* – « Gentil ne fait pas tout » – surprirent Ricardo lorsqu'il quitta sa maison pour se rendre au procès le lendemain. Randolph Likens avait écrit l'article. Quelle surprise ! Il espérait que cette journée se passerait bien pour lui. Benjamin allait témoigner.

Il faisait un temps horrible et la pluie battait contre la fenêtre près du panel de juristes, dans la salle d'audience. Le bavardage des spectateurs s'estompa lorsque Benjamin fut appelé à la barre des témoins. Après avoir prêté serment, Benjamin attira l'attention de Ricardo à travers la pièce et remua les lèvres pour lui faire un « Salut » silencieux. Ricardo répondit d'un signe de tête. Les coudières sur la veste en velours côtelé de Benjamin et la tache de café sur son pantalon kaki le décrivaient comme le stéréotype d'un professeur excentrique et distrait – ce qui n'aurait pas pu être plus éloigné de la vérité. Il s'éclaircit la gorge et ajusta le nœud de sa cravate marron foncé.

Ricardo supposait que le soutien d'un membre de l'Académie des sciences américaine ajouterait du poids à son cas. Cependant, il était conscient que tout glissement que Benjamin pourrait faire – une remarque sceptique sur le cerveau des méduses ou un commentaire vague sur le voyage de Ricardo à La Parguera – pourrait lui être préjudiciable.

Mais Benjamin était un pro, pensa Ricardo, un pro et un ami.

Benjamin avait conseillé à Sophia d'être brève, elle n'avait donc qu'une courte liste de questions à lui poser. Il préférait ne pas fatiguer le jury par des répétitions et il voulait que les questions soient suffisamment ouvertes pour pouvoir réfuter certains des commentaires antérieurs du procureur, s'il en avait la possibilité.

Pour commencer, Sophia souligna les qualifications de Benjamin, insistant sur ses centaines d'articles publiés sur la médecine et ses nombreux honneurs, qui avaient culminé avec son élection à l'Académie des sciences américaine. Elle se tourna ensuite vers le projet de Benjamin sur les cactus, comme ils avaient convenu.

« Dr Wollberg, le Dr Sztein a utilisé vos recherches sur les cactus comme un exemple de la façon dont un projet de recherche peut démarrer sans destination claire, puis développer une pertinence médicale à mesure qu'il progresse. Pourriez-vous élaborer sur ce point, monsieur ?

_ Objection, s'exclama le procureur. Le Dr Wollberg jouait avec des cactus quand il était dans l'armée israélienne. Il n'a pas fait ce travail aux dépens du gouvernement américain. Et en tout cas, ce serait pure chance si la Cactéine se révélait médicalement pertinente.

_ De la chance, oui, marmonna Sophia. Toutes les recherches ne dépendent-elles pas de la chance dans une certaine mesure ? »

Le juge reconnut que la chance n'était pas un motif d'objection.

Semblant indigné, Benjamin déclara : « Je suis convaincu que l'essai clinique en cours révèlera *comment* la Cactéine est pertinente pour la médecine, et non pas *si* elle est pertinente. »

Puis, d'une voix plus neutre, il dit : « Mais permettez-moi de commenter la recherche en général. Vous ne savez jamais ce qui se cache dans les coins sombres, ces endroits cachés que le Dr Sztein a le génie de flairer. Trouver ces coins lucratifs est autant la marque d'un bon scientifique que la recherche elle-même. J'ai beaucoup appris grâce à lui à ce sujet. »

Benjamin fit une pause, regarda le sol, puis fit face à Sophia. « Permettez-moi de faire des commentaires supplémentaires sur le point de vue du Dr Sztein sur la recherche fondamentale, qui je pense est pertinent.

_ Bien sûr, Dr Wollberg.

_ Le Dr Sztein n'est pas naïf. Il savait qu'il devait faire le lien entre la vision des méduses et ses recherches sur les troubles cornéens, pour faire accepter sa demande de voyage. Il a donc joué le jeu, comme nous tous. Mais il croit aussi – il sait, à mon avis – que la recherche fondamentale est comme une bête qui ne peut être apprivoisée. La pertinence médicale ne peut pas être plus garantie que le résultat d'une expérience. Les recherches de Ricardo sont honnêtes à cet égard. Permettez-moi de préciser. Il a justifié son premier voyage à La Parguera comme une extension de ses travaux antérieurs sur les troubles cornéens, et c'était bien le cas. Cependant, les résultats de ses expériences avec les méduses l'ont conduit dans de nouvelles directions. Il croyait honnêtement, après ses nombreuses années d'expérience, que c'était là qu'on en tirerait les bénéfices. Ce n'est guère le comportement d'un homme qui essaie de duper qui que ce soit. Il a permis à ses expériences sur les méduses – sa bête sauvage – de le guider, plutôt que de forcer obstinément la pertinence médicale au-delà de la vérité. Il semble injuste de poursuivre un scientifique pour son intégrité et son imagination. N'est-ce pas là ce qui fait la liberté académique, qui a été au cœur de tant d'avancées ? »

Ce bon vieux Benjamin, pensa Ricardo. Il comprenait. Mais un jury de non-scientifiques comprendrait-il aussi ?

« Merci pour cette clarification utile, Dr Wollberg. Une dernière question. Avez-vous déjà vu le Dr Sztein se 'shooter' ? »

« Seulement aux médicaments quand il a un gros rhume. Il déteste les drogues. Il aime avoir la tête claire. »

Sophia sourit, mais pas le procureur.

La pluie avait cessé. Le soleil traversait les nuages et illuminait la salle d'audience.

« Je n'ai plus de questions, Dr Wollberg. »

Le juge ordonna une suspension d'audience de trente minutes avant le contre-interrogatoire du procureur.

Lorsque le tribunal se r*é*unit *à* nouveau, le procureur commença son travail sur Benjamin. « Votre amitié avec le Dr Sztein fait chaud au cœur, Dr Wollberg. Ça a dû être très douloureux pour vous quand sa femme est morte.

« Oui, Lillian était sa meilleure amie. Je me sentais tellement triste pour lui. »

Ricardo pâlit en entendant le nom de Lillian. Elle lui manquait tellement, mais il était heureux qu'elle ne soit pas témoin de cette farce.

« Est-ce pour cela que vous avez accompagné le Dr Sztein à La Parguera, lors de son premier voyage ? Parce que vous sentiez qu'il avait besoin d'un ami pour le soutenir ? demanda le procureur.

_ NON ! J'étais impressionné par le fait que les méduses avaient des yeux et je pensais que c'était fascinant, déclara Benjamin.

_ Mais, vous avez cessé de travailler sur les méduses avec le Dr Sztein après ce voyage. Vous n'êtes allé qu'une fois à La Parguera. Un de vos collègues m'a dit que vous aviez du mal à justifier la recherche sur les méduses, dans l'une de vos retraites universitaires.

_ Objection, cria Sophia. C'est du ouï-dire sans fondement.

_ Retenue », déclara le juge.

L'œil du procureur fut pris d'un tic nerveux. « Désolé, votre Honneur. Je m'excuse d'avoir évoqué des informations confidentielles. »

Il n'en avait plus besoin. Il avait fait valoir son point de vue.

« Je n'ai pas accompagné Ricardo à La Parguera, lors de son deuxième voyage, parce que j'étais inondé d'échéances à respecter et que je n'avais pas le temps, expliqua Benjamin.

_ Occupé par vos recherches sur la Cactéine ?

_ Oui, ainsi que des cours, des conférences, des étudiants – comme d'habitude.

_ La Cactéine est un extrait de cactus ? interrogea le procureur, comme s'il ne connaissait pas la réponse.

_ Oui.

_ C'est merveilleux que vous ayez des essais cliniques en cours pour tester si la Cactéine peut être utilisée pour traiter la dépression.

_ Merci. »

Le procureur poursuivit. « Il est bien reconnu que la recherche sur les espèces obscures peut être extrêmement précieuse. Donc, ce ne sont pas les méduses qui sont poursuivies ici. C'est la nature du travail et la *motivation.* » Le procureur fit une pause. « Je suis curieux de savoir pourquoi vous avez accompagné le Dr Sztein lors de son premier voyage à La Parguera. Quelle était votre motivation ?

_ Je ne savais pas que les méduses avaient des yeux et je pensais que c'était fascinant, comme je l'ai dit auparavant. J'étais curieux.

_ Est-ce tout ? Curieux ?

_ Essentiellement, oui. On ne sait jamais quelles découvertes seront faites en explorant quelque chose de tout nouveau.

_ Alors les méduses n'étaient que de la curiosité pour vous, pas des recherches sérieuses, c'est bien ça ?

_ Le voyage à La Parguera et les méduses était une science sérieuse pour le Dr Sztein.

_ Est-ce pour cela que le Centre des sciences de la vision a payé son voyage à La Parguera, alors que vous avez payé le vôtre par vos propres moyens ? Parce que c'était sérieux pour lui mais pas pour vous ?

_ Nous avons des objectifs différents. Ce n'est pas mon procès.

_ Très bien, déclara le procureur. Diriez-vous que le Dr Sztein a conclu que les méduses ont un cerveau et peuvent visualiser l'évolution afin de catapulter sa popularité et de captiver les jeunes scientifiques, plutôt que de faire avancer la science, sapant ainsi la mission du Centre des sciences de la vision ?

_ Objection, dit Sophia. Ce qui était dans l'esprit du Dr Sztein est sans importance. Le Dr Wollberg n'est pas psychiatre.

_ Objection retenue. Limitez vos questions aux faits », ordonna le juge au procureur.

Benjamin corrigea le procureur. « Monsieur, Ricardo a seulement conclu que les méduses voient des images. Ses données à ce sujet sont convaincantes. Il n'a pas conclu que les méduses ont des esprits et visualisent l'évolution. Il n'a spéculé sur ces possibilités que sur la base de ses données. Et, franchement, il a présenté un argument intéressant. »

« En effet. Spéculé. Mais le Dr Topping a mentionné plus tôt, sous serment, que de jeunes scientifiques prometteurs demandent des subventions sur des invertébrés, sans pertinence prévisible pour la médecine, et qu'ils citent les recherches du Dr Sztein comme modèle. Voler les meilleurs et les plus brillants, c'étaient les mots du Dr Topping. »

Sophia objecta de nouveau, soulignant que le Dr Wollberg était la personne à la barre des témoins, pas le Dr Topping.

« Retenue », convint le juge.

Le procureur sourit très légèrement. « Je voudrais évoquer la Cactéine encore une fois, Dr Wollberg. »

Benjamin hocha la tête. « D'accord. »

Sophia objecta une fois de plus. « Je ne vois pas en quoi la Cactéine est pertinente pour le choix des projets de recherches de l'accusé.

_ J'essaie d'établir la fiabilité de l'accusé, votre Honneur, déclara le procureur.

_ Objection rejetée. La fiabilité de l'accusé est pertinente pour l'affaire. »

Le procureur poursuivit. « La Cactéine est un médicament psychotrope. Est-ce un stupéfiant ?

_ Comme je l'ai publié, expliqua Benjamin, la Cactéine n'est pas reliée aux récepteurs connus pour les stupéfiants. Je ne pense pas que ce soit un stupéfiant au sens conventionnel. Je l'ai testée personnellement par auto-injection. Je n'ai jamais entendu de voix ou vu de couleurs ou ressenti aucun symptôme connu des stupéfiants.

_ Alors, qu'est-ce que la Cactéine vous a fait exactement ? » interrogea le procureur.

Benjamin se redressa sur son siège. « Tout d'abord, cela a augmenté ma capacité à observer les détails. Ce que j'ai vu était réel. J'ai pu vérifier tout ce que j'ai vu sous son influence, lors d'une inspection minutieuse le lendemain. Je n'ai pas interprété des taches comme des araignées ou des couleurs comme des arcs-en-ciel, ni aucune autre hallucination. Je ne crois pas non plus que le Dr Sztein ait vu des choses inexistantes. Il a confirmé que les pores qu'il voyait sur l'image semblable à une éponge sur l'écran d'ordinateur, générée par les méduses, ressemblaient aux pores de l'éponge en suspension dans le bocal. La Cactéine a peut-être aidé Ricardo à voir ce qui s'y trouvait réellement. C'est tout. Deuxièmement, la Cactéine semble activer un potentiel auparavant non reconnu pour relier les individus les uns aux autres, et même à leur environnement. C'est pour cette raison que la Cactéine fait en ce moment l'objet d'essais cliniques. Les expériences du Dr Stein suggèrent que la Cactéine pourrait même favoriser la liaison entre les personnes et les méduses. Nous avons évolué à partir de nos ancêtres après tout, il est donc logique qu'il puisse y avoir une voie évolutive pour les émotions ou la pensée ou, je ne sais pas, quelque chose de nouveau pour nous. C'est incroyablement intéressant. Je pense que la Cactéine exploite de nouvelles poches d'importance évolutive dans notre cerveau. En fait, les études du Dr Sztein sur les méduses sont un puissant exemple de découvertes inattendues au potentiel énorme, provenant de la recherche fondamentale.

« Des poches d'importance évolutive ? répéta le procureur. Eh bien, c'est vous le scientifique, Dr Wollberg... mais des gens qui se lient aux méduses ? Aux frais du gouvernement ? Oubliez cela, je pensais juste à haute voix. » Le procureur regarda le jury.

« Juste une fois de plus pour le dossier, Dr Wollberg. Jurez-vous sous serment que la Cactéine ne pourrait pas provoquer, chez le Dr Stein, un type d'état psychotique qui l'aurait fait rompre avec la réalité ? »

« Oui, je le jure, pour deux raisons. La première, comme je viens de le dire, c'est que la Cactéine n'est pas un stupéfiant conventionnel. Mais la deuxième raison est encore plus convaincante et quelque peu embarrassante. »

Tout le monde dans le jury prit note. Ricardo se pencha vers Sophia, lui chuchota quelque chose à l'oreille et se retourna pour voir si Likens était là. Il était bien là.

Puis Benjamin lâcha sa bombe. « Il s'avère que l'extrait de Cactéine que j'avais donné à Ricardo avait peu ou pas d'activité. »

Ricardo fut stupéfait. Une série de « Oh » et de « Ah » traversa le public. Le juge haussa les sourcils avec étonnement.

Le visage de Sophia s'éclaira. Elle se tourna vers Ricardo et dit : « C'est fantastique ! »

Après un moment, Benjamin continua. « Je ne m'en suis rendu compte que lorsque j'ai testé un échantillon de l'extrait que j'avais donné à Ricardo, après la publication de son article. » Benjamin cala. « C'était beaucoup, beaucoup plus faible que je ne l'avais pensé, peut-être même inactif. J'ai testé de nombreux extraits de Cactéine différents et aucun n'avait perdu son activité au fil du temps, alors je n'avais aucune raison de penser que cet extrait était inactif. Ricardo a reçu, par hasard, un extrait très faible. Point final.

_ Et vous ne l'avez jamais dit au Dr Sztein ? demanda le procureur, décontenancé.

_ J'aurais dû, déclara Benjamin, mais je ne l'ai découvert que récemment. Bien après la publication de son article. J'étais gêné. De plus, Ricardo n'avait fait référence à la Cactéine que dans les remerciements, à la fin de son article. J'avais voulu qu'il insiste davantage sur la Cactéine. À présent, je suis content qu'il ne l'ait pas fait. »

Benjamin regarda Ricardo et murmura : « Désolé ».

« Le Dr Sztein a donc eu l'impression que la Cactéine l'avait affecté plus qu'elle ne l'aurait pu ? » demanda le procureur.

« Peut-être. Cependant, comme je l'ai dit, la Cactéine ne figurait pas vraiment dans son article, et il a toujours insisté sur le fait que ses observations et conclusions étaient entièrement basées sur ses données, pas sur son état d'esprit. Et maintenant, je suis sûr que la Cactéine n'a eu aucun effet biologique psychotrope sur tout ce que le Dr Sztein a vu et ressenti, sauf peut-être psychologiquement. Ricardo a vu ce qu'il y avait. Il n'était en aucune façon sous l'effet d'une drogue. »

Ricardo était perplexe et en colère, bien que soulagé. Comment Benjamin pouvait-il ne pas le lui avoir dit ? À quel point la dose de Cactéine était-elle faible ? Ou, Benjamin essayait-il simplement de l'aider dans ce procès ? Le procureur cessa d'interroger Benjamin sur la Cactéine. Il ne pouvait pas se permettre de perdre davantage de terrain.

« Je n'ai plus de questions, Dr Wollberg. »

Benjamin regarda Ricardo d'un air penaud quand il passa à côté de lui pour retourner à son siège.

Chapitre 36

Sophia conseilla à Ricardo de ne pas témoigner en son propre nom. Elle lui dit qu'il serait comme un phoque blessé pour un requin.

« Le procureur est rusé, Ricardo. C'est différent lorsque vous êtes la cible à la barre des témoins. Vous ne savez pas à quoi ça ressemble. Croyez-moi.

_ Vous ne me faites pas confiance, Sophia ?

_ Pas pour ça.

_ Je *veux* témoigner, dit-il. J'ai rien fait de mal. Le jury doit entendre ma version de l'histoire. Je ne me laisserai pas emporter. Vous verrez. Je serai stable comme un roc.

_ Je ne pense pas que ce soit une bonne idée », dit-elle de nouveau.

Ricardo était catégorique.

« D'accord, Ricardo. Mais si vous allez témoigner en votre nom, vous devez comprendre certaines choses. » Le ton de Sophia était dur.

« Quoi donc ?

_ Vous devez souligner à quel point vos recherches ont profité à la médecine et, par conséquent, aux contribuables, et comment vos recherches sur les méduses sont le prolongement direct de vos recherches passées. Le procureur essaie de séparer vos autres recherches de vos recherches sur les méduses. Vous devez les lier.

_ Mais je ne pense pas que mes recherches aient réellement profité aux contribuables.

_ Ce sont des conneries et vous le savez. Vous ne pouvez pas vous oublier vous et vos méduses pour une fois ? » Ses yeux lançaient des éclairs verts et son attitude était résolue.

« Ce procès porte sur la façon dont vous avez utilisé les fonds gouvernementaux, pas sur vous en tant que scientifique ou sur les méduses. Personne ne se soucie de l'intérêt de vos recherches sur les méduses ou de votre intelligence. Dites-leur que votre recherche a toujours été et demeure financièrement responsable, que votre objectif est de soulager la souffrance humaine et de trouver de nouvelles façons de traiter la maladie. Dites-leur que trouver, chez les méduses, des ancêtres des gènes associés à la dystrophie de Fuch, que vous avez découverts chez la souris, donnera des indices sur la cause de la maladie, mais aussi des indices pour, à terme, trouver des traitements. C'est pourquoi vous avez fait ce travail. Dites-leur que la différence entre les cristallines des méduses et celles des humains peut fournir des indications pour prévenir les cataractes. Je ne sais pas, Ricardo. C'est vous le scientifique créatif, pas moi. Ne parlez pas de l'esprit des méduses ou de l'évolution. Ce sont des histoires. Vous devez convaincre le jury que votre recherche sur les méduses était étroitement liée à votre projet de mission, axé sur la maladie, comme vous l'avez fait pour vos demandes de voyage de départ. Utiliser tous les mots à la mode. Ne parlez *que* de la pertinence médicale de votre travail. Exagérez un peu la vérité si vous vous sentez obligé, bien que cela puisse être moins exagéré que vous ne le pensiez. Profitez du fait que les membres du jury ne sont pas des scientifiques et impressionnez-les par vos contributions à la médecine, pas par le jargon ésotérique sur la science fondamentale. Pourquoi pensez-vous que le Centre des sciences de la vision vous a soutenu pendant toutes ces années ? Ils ne sont pas stupides. Mon dieu, Ricardo, vous avez publié – quoi ? – combien d'articles concernant les maladies humaines ?

_ Beaucoup. » Ricardo s'effondra. Il savait qu'elle avait raison.

« Écoutez, Ricardo, à mon avis, ce procès n'aurait jamais dû avoir lieu. Nous avons affaire à une question philosophique, pas juridique, comme je l'ai dit la première fois que nous nous sommes rencontrés. La liberté académique ne peut pas être empaquetée dans un ensemble de règles et elle se déforme entre de mauvaises mains. Pourquoi pensez-vous que la soi-disant 'intelligentsia' a été prise pour cible sous les dictatures ? Quand Topping parle de responsabilité morale – un non-sens ! Que peut bien signifier 'responsable' dans la recherche universitaire centrée sur la connaissance ? »

« Donc, vous dites que je devrais ignorer mes conclusions sur les méduses. Comment puis-je faire ça ? C'est le cœur de la recherche fondamentale et la raison de ce procès. »

Sophia avait l'air frustrée. « Le procès n'est *pas* sur les méduses, ni même sur la recherche fondamentale. C'est sur l'argent. Vous ne comprenez pas ça ? Jouer le jeu ! Convainquez le jury que vos résultats sur le comportement et la vision des méduses sont des sous-produits, pas le but de vos recherches, pas ce que vous vouliez ou allez poursuivre. »

Ricardo était vert, comme les yeux de Sophia. « Vous avez raison. »

« Vos intérêts personnels et vos frustrations sont une autre vérité qui correspond à un puzzle différent. Les méduses – et elles sont incroyables – font partie de votre cœur, pas de votre travail. Je comprends cela. Benjamin le sait aussi. Les méduses pures – les méduses de votre cœur scientifique, si romantique – appartiennent à un jeu différent. Je pense que c'est ce que Benjamin essayait de dire. Vous avez joué le bon jeu lorsque vous avez rédigé vos demandes de voyage pour aller à La Parguera. Vous devez respecter les règles de ce jeu, pendant ce procès. Vous ne pouvez pas gagner si vous jouez au mauvais jeu. Vous comprenez ? »

Les mains de Sophia s'agitaient de tous côtés et son expression brillait de sincérité. Ricardo était gêné de se faire gronder, mais oui, il comprenait. Il avait fait beaucoup pour le bien des contribuables et ses motivations professionnelles étaient de se faire financer, il avait donc toujours joué le bon jeu politique. Il devait continuer à le jouer. Il avait besoin de gagner le match.

Sophia fit une pause pour reprendre son souffle, puis dit : « Je ne veux pas être arrogante, Ricardo. Je veux que nous réussissions. »

« Moi aussi. » Ricardo était épuisé.

Avec cette compréhension commune, ils se mirent tous les deux à réfléchir pour préparer des exemples de la façon dont les explorations de base conduisaient à des avancées majeures en médecine, à commencer par la découverte de la pénicilline à partir de moisissures. « Les jurés ont besoin d'exemples simples d'avancées médicales issues de la recherche fondamentale », lui dit-elle, encore et encore, « parce qu'ils ne sont pas scientifiques ».

Le dimanche soir avant la reprise du procès, Ricardo et Benjamin dînèrent tranquillement ensemble dans un restaurant italien du quartier.

« Donc, c'est demain le grand jour. Tu témoignes.

_ C'est vrai. Sophia a pété un câble en me disant que je devais souligner l'importance médicale de mon travail. Elle veut que je joue le jeu politique à la mode et que j'oublie à quel point les méduses sont intéressantes.

_ Elle a raison. Les méduses n'impressionneront pas le jury. C'est bon pour une conférence académique, pas pour un tribunal. La tour d'ivoire s'est effondrée, Ricardo. Aujourd'hui, personne ne se soucie des connaissances ou des idées qui engendrent de nouvelles idées juste pour elles-mêmes. Étale tes réalisations médicales et relie tes informations sur les méduses à des recherches pertinentes, comme tu l'as fait dans ta demande de voyage initiale. »

Benjamin faisait écho à Sophia. Ricardo se sentait comme un cygne noir.

Benjamin posa doucement sa main sur le bras de Ricardo. « Ricardo, cette épreuve ne concerne ni la Nature ni toi-même. C'est de l'argent qu'il s'agit. »

Ricardo soupira. « C'est précisément ce que Sophia a dit. Je suppose que la vérité, c'est que je suis égocentrique. J'ai toujours voulu cultiver mon jardin, comme aurait dit Voltaire. Je ne sais même plus sur quoi porte mon travail. Peut-être que mes recherches ne sont pertinentes pour personne sauf moi. Toutes ces personnes dans le public qui me jugent, m'accusent quand je veux juste être – je ne sais pas quel est le bon mot – vertueux ?

_ Ne sommes-nous pas tous des hypocrites égocentriques, du moins parfois ? Au cœur de tout cela, « la carrière d'abord » est notre mantra à tous – à toi, à moi, à Jenkins, à Topping, et même à Sophia. Et tu avais raison, Ricardo.

_ Sur quoi ?

_ J'aime bien Sophia.

_ Moi aussi. Elle garde les yeux fixés sur la balle et vit dans le monde réel. Tu penses que j'ai fait quelque chose de mal, Benjamin ? Marcus a laissé entendre que j'ai corrompu de jeunes scientifiques brillants en les *volant* à des recherches pertinentes. Jenkins a même laissé entendre que je suis un *meurtrier* ! »

Benjamin regarda dans le vide, faisant tournoyer ses spaghettis avec sa fourchette, et but une gorgée de Chianti. « Bon. »

« Bon ? Le Chianti ? Allo la Terre ? Suis-je un voleur et un meurtrier ? Benjamin, t'es là ?

_ Socrate, répondit Benjamin.

_ Pas vraiment, non. Ni même Einstein. Benjamin, réveille-toi !

_ T'as déjà lu *L'Apologie de Socrate* par Platon ? C'est la défense de Socrate lors de son procès à Athènes. Il était accusé d'impiété et de corruption de jeunes hommes par ses enseignements. C'était il y a 2 500 ans. Ça te rappelle quelque chose ou te semble familier ?

_ Il a été condamné à mort, n'est-ce pas ?

_ Oui, mais il a fini par prendre du poison — de la ciguë — en prison et il est mort entouré de ses amis. Tu sais ce que je me souviens qu'il s'efforçait d'être ?

_ Aucune idée, répondit Ricardo.

_ *Vertueux* !

_ Tu plaisantes. »

Après dîner, Ricardo rentra chez lui et alla chercher une copie poussiéreuse des écrits de Platon, enfouie dans sa collection de livres. Ricardo se sentait de plus en plus affligé par le pouvoir de l'opinion publique à mesure qu'il lisait *L'Apologie de Socrate*. Il recopia une partie d'une phrase qu'il envisageait d'utiliser pour sa défense : «… la vertu ne vient pas des richesses, mais […] les richesses et tous les autres biens, publics ou particuliers, viennent aux hommes de la vertu ». Mais faire comprendre cela au jury lui semblait aussi déprimant pour lui que pour Socrate. La déclaration de Socrate selon laquelle « une vie sans examen ne vaut pas la peine d'être vécue » découragea Ricardo encore plus, car Socrate terminait cette vérité éclairante en disant : « vous me croirez bien moins encore [si j'ajoute ceci] ».

Ricardo avait un sérieux dilemme et il le savait. Cette fois-ci, il ne pouvait pas enfouir sa tête dans le sable. Il n'était pas une autruche ; il était l'accusé dans un procès pénal.

Et demain il se battrait pour sa vie à la barre des témoins.

Chapitre 37

Le lendemain matin, Ricardo, trop nerveux pour prendre son petit-déjeuner, raccourcit sa barbe et mit sa cravate la plus chère. Il entra dans la salle d'audience quelques minutes avant neuf heures. Les spectateurs entrèrent jusqu'à épuisement des sièges. Tant de foin pour un vieux scientifique qui faisait quelques expériences sur les méduses, pensa Ricardo. Sophia et Benjamin avaient raison : les méduses n'étaient pas pertinentes. Tenter d'impressionner le jury avec des méduses ou essayer de définir son concept des sciences fondamentales était inutile. Les spectateurs étaient venus garder leurs portefeuilles et évacuer leur colère. Si la baisse de l'argent des contribuables était le Dieu actuel, alors Ricardo était jugé pour impiété, comme Socrate puis Galilée après lui.

Les pensées de Ricardo flottaient d'une personne à une autre. Sophia, vive comme l'éclair, voulait qu'il se transforme en politicien et embrasse le cynisme. Dites-leur ce qu'ils veulent entendre, avait-elle dit. Impressionnez-les avec les bons mots à la mode. Il allait essayer. Pearl voulait être utile, il le savait au plus profond de son cœur, mais pourquoi ne lui avait-elle pas dit que son père était aveugle suite à une dégénérescence de la macula ? Que ne lui avait-elle pas dit d'autre ? Ann Silvan, sa préférée depuis des années, voulait aussi bien faire, mais elle se concentrait sur sa propre carrière, qui était différente de la sienne. Ce fils de pute, Marcus Topping, ne vivait que pour séduire le Congrès pour obtenir des fonds. Le loyal Benjamin, autant frère qu'ami et collègue, l'avait comparé à Socrate, non pas le philosophe, mais la victime condamnée par l'opinion publique. Non, ce n'était pas juste. Dieu merci pour Benjamin. Ensuite, il y avait le juge, soi-disant neutre – mais l'était-il vraiment ? – et les spectateurs assoiffés de sang, avec Randolph Likens et son stylo empoisonné tapi dans la dernière rangée. Et surtout, le jury : était-il de son côté ? Il le découvrirait bientôt.

Ricardo se supplia de garder son sang-froid et feignit un air confiant – les apparences comptaient – lorsqu'il entendit l'huissier de justice l'appeler à la barre des témoins. Il traversa la salle d'audience, prêta serment, la main sur la Bible, et s'assit à la barre des témoins. Il passa ses doigts dans ses cheveux fins. Il avait les traits tirés, les mains tremblantes. Il avait perdu du poids au cours de cette épreuve, de sorte que même le dernier cran de sa ceinture n'était pas assez serré.

Le paysage de la salle d'audience, vu depuis la barre des témoins, semblait différent de celui qu'il voyait depuis son siège à côté de Sophia. Benjamin s'était estompé au loin. Les spectateurs devant lui remplaçaient le juge comme symbole d'autorité. Le jury avait l'air plus menaçant. Il pouvait sentir le parfum de la dame à la mèche blanche, entendre le léger tapement des pieds cachés derrière la balustrade en bois poli qui séquestrait le jury, et même voir un bouton sur le menton rasé de près du président du jury. Ricardo trouva étrange – vraiment triste et ironique – qu'une dizaine d'étrangers anonymes, qui ne connaissaient rien à la science, décident de son sort en fonction de ses recherches.

Ricardo entendit un chien aboyer au dehors. Il imagina le chaos si le chien avait aboyé dans la salle d'audience. Soudain, il se sentit comme un chien dans la salle d'audience : hors de propos.

Sophia s'approcha de la barre des témoins. Ses pas semblaient plus assurés qu'elle ne l'était – Ricardo le savait. Ils avaient convenu qu'elle se limiterait à de simples questions qui lui permettraient de souligner la pertinence médicale de ses recherches. La stratégie consistait à convaincre le jury que poursuivre Ricardo était contre-productif pour l'avancement de la science et non rentable à long terme. L'argent devait faire partie de l'équation.

En répondant aux questions de Sophia, Ricardo établit, une fois de plus, qu'il était un éminent scientifique qui avait reçu des prix pour ses recherches médicales pertinentes sur l'œil, qu'il avait encadré de nombreux boursiers postdoctoraux qui occupaient maintenant des postes importants dans le monde universitaire et l'industrie, et que ses voyages à La Parguera avaient été approuvés par le Centre des sciences de la vision et justifiés comme des extensions légitimes de ses recherches antérieures sur la cornée des mammifères. Il souligna également que la recherche fondamentale était cruciale pour le progrès de la science. L'histoire avait montré à maintes reprises que d'importantes avancées médicales provenaient de sources inattendues. Malgré les instructions passionnées de Sophia, il ne put résister à la promotion des sciences fondamentales et finit par dire : « Mes études sur les méduses ont ouvert de nouvelles voies de recherche passionnantes avec des implications évolutives majeures. » Cette conclusion n'avait pas été répétée avec Sophia et elle lui lança un regard sévère dès qu'il eut terminé sa phrase. Combien de fois devait-elle lui dire de finir son témoignage avec les implications médicales de ses recherches ? Néanmoins, il l'avait dit avec calme et autorité. Dans l'ensemble, Ricardo avait eu l'air de maitriser la situation.

« Merci, Dr Sztein. Ce sera tout. »

Sophia retourna à son siège, les doigts croisés.

Le procureur commença son contre-interrogatoire dans son filet de voix. « Dr Sztein, allons droit au but. Comment les contribuables ont-ils bénéficié de vos recherches sur les méduses ? »

Sans hésitation, Ricardo donna sa réponse préparée sur la façon dont la recherche fondamentale, qui semblait déconnectée de la médecine, s'avérait souvent avoir une importance clinique et industrielle. Il mentionna les antibiotiques dérivés des cultures bactériennes et les enzymes résistantes à la chaleur dans les micro-organismes, qui avaient facilité le clonage des gènes et ouvert de nouvelles industries. Même la recherche sur les méduses bioluminescentes avait conduit à un prix Nobel en raison de ses implications médicales.

« Oui, nous savons tout cela, Dr Sztein, mais qu'en est-il de *vos* recherches ? »

Ricardo était prêt. Il énuméra le modèle souris qu'il avait développé pour la dystrophie de Fuch, les gènes qu'il avait associés à cette maladie, l'hormone cornéenne des souris, qui selon ses anticipations, aiderait à guérir les cornées blessées, ainsi que ses études sur les cataractes. Puis, de sa voix la plus autoritaire et la plus factuelle, il rappela au jury qu'il avait reçu le prix LeBlanc et la médaille Melon, et d'autres distinctions pour ses recherches médicalement pertinentes. Comme il était plus confiant quand il séparait son cœur de sa tête.

Sophia hocha la tête en signe d'approbation.

« Quant à mes études sur les méduses, poursuivit-il, j'essayais de retracer l'évolution des gènes que j'ai liés à la dystrophie de Fuch. Comprendre l'évolution de gènes et de protéines spécifiques fournit des indices vitaux pour lutter contre les maladies héréditaires, concevoir des thérapies géniques et, espérons-le, gérer les pandémies virales.

_ Je vous assure, Dr Sztein, que vos contributions passées à la science médicale ont été notées. De plus, votre programme de recherches original sur les méduses, pour le premier voyage à La Parguera, a été accepté comme un projet à risque élevé – à risque très élevé, je dirais – et pourtant potentiellement pertinent. Mais qu'en est-il de votre deuxième voyage à La Parguera, lorsque vos recherches ont commencé à dériver vers l'esprit des méduses ? Et puis il y a eu le troisième voyage à La Parguera, cette station balnéaire très prisée par les plongeurs...

_ Objection, votre Honneur ! » Sophia était rouge de colère. « L'implication du procureur selon laquelle Ricardo s'est rendu à La Parguera en vacances est scandaleuse. »

« Retenue. Le jury doit ignorer le lien de La Parguera avec une station balnéaire. »

Comme s'ils le pouvaient.

Le procureur semblait imperturbable. « Comme je le disais, Dr Sztein, qu'en est-il de ce troisième voyage à La Parguera lorsque vous avez profité de l'absence du Dr Topping pour faire passer votre demande de voyage en douce ? »

« Je n'essayais pas de faire passer quoi que ce soit 'en douce' ! » s'exclama Ricardo, son tempérament se réchauffant. « Le Dr Topping était en déplacement et c'était la bonne saison pour collecter les méduses à La Parguera. Que pouvais-je faire ? Je suis allé voir le directeur par intérim pour faire ma demande de voyage. »

En utilisant ces deux petits mots – « en douce » – le procureur avait réussi à créer un ouragan au sein de Ricardo. Il avait besoin de calmer ses nerfs afin de ne pas laisser échapper une attaque stupide qu'il regretterait au moment où les mots sortiraient de sa bouche.

Le procureur poursuivit. « Dr Sztein, pourriez-vous s'il vous plaît dire au tribunal comment vous *j-u-s-t-i-f-i-e-z* l'utilisation de l'argent des contribuables pour aller dans un pays de vacances comme Porto Rico pour comprendre ce que les méduses voient ? »

Il y avait encore cette implication injuste de vacances ! L'intensité du ton menaçant du procureur augmentait à chaque mot et, au moment où il atteignit le « voient » final, les capillaires de ses joues rondes dépassèrent comme des brins de spaghetti imbibés de sauce tomate.

« Objection, de nouveau. Pays de vacances doit être supprimé du dossier », déclara Sophia, son un ton qui indiquait son exaspération.

« Retenue, convint le juge. Mais l'accusé doit néanmoins expliquer comment il a justifié ses recherches approfondies sur les méduses. »

Ne l'avait-il pas fait ? Ricardo regarda l'expression inquiète de Sophia, puis celle de Benjamin.

Ricardo s'imagina portant une toge de la Grèce antique devant une foule de citoyens accusateurs. Il ferma brièvement les yeux. Lorsqu'il les rouvrit, le public apparut tel un clergé auto-justifié. Il scruta les visages des spectateurs, cherchant en vain celui de Lillian. Pourquoi avait-il fui son plaidoyer pour qu'il aide les autres à éviter la douleur des maladies intraitables ? Pourquoi n'avait-il pas écouté les avertissements graves de Benjamin de ne pas s'éloigner de la mission étroite du Centre des sciences de la vision ? Le Dr Topping avait raison. Il était plus passionné par les méduses que compatissant envers les gens. Il n'était pas incompris. C'est lui qui ne comprenait pas.

« S'il vous plaît, Dr Sztein, nous attendons toujours », dit le procureur. Avec son pouce, il fit tourner l'anneau de saphir sur le petit doigt de sa main gauche.

Le faible grondement de la voix sinistre du procureur mit le feu à Ricardo. Il y avait quelque chose de merveilleux dans cette flambée d'émotion. Comme c'était bon ! La liberté enfin ! Il allongea la colonne vertébrale, redressa les épaules et offrit au procureur un sourire de confiance tranquille. Bien que sans précédent lors d'un témoignage, il décida de passer à l'offensive. Il pouvait être aussi rusé que le procureur.

« Dites-moi, monsieur, gagnez-vous tous vos procès ? Autrement dit, tous les accusés que vous poursuivez sont-ils reconnus coupables ?

_ Quoi ? demanda le procureur, semblant confus. Je n'ai pas besoin de te répondre. *Je* pose les questions.

_ Objection, laissa échapper Sophia.

_ À quoi objectez-vous ? demanda le juge.

_ Mon client essaie de faire valoir un point, j'en suis sûr. M. Jenkins doit lui répondre.

_ Vraiment ? s'exclama le juge. Vous êtes sûre ? » Le juge marqua une pause. « Aussi inhabituel que cela puisse l'être, l'objection est retenue. Je suis curieux de savoir ce que le Dr Sztein a en tête. Veuillez répondre à la question, M. Jenkins. Cependant, je ne permettrai pas que ce changement de protocole aille plus loin. »

Le procureur lança un regard désapprobateur au juge, puis un regard noir à Ricardo.

« C'est bizarre, Dr Sztein, mais oui, *généralement* les accusés sont reconnus coupables.

_ Je vois, fit Ricardo. Eh bien, c'est ma réponse *générale* à votre question.

_ Comment ça ? » Ce fut au tour du procureur d'être curieux.

« Je justifie mes recherches sur l'exploration des mystères de la Nature par le fait que *généralement* les expériences donnent de nouvelles perspectives qui profitent aux gens. Comme je l'ai déjà mentionné, il y a la pénicilline, l'ADN recombinant, le génie génétique. Je ne vous ennuierai pas avec des répétitions et plus d'exemples. Cependant, nous, les scientifiques, avons nos échecs, lorsque notre curiosité nous conduit dans une allée aveugle, tout comme les procureurs, je suppose, lorsqu'un accusé est jugé innocent. Vous n'êtes pas obligé de *justifier* votre travail lorsqu'un accusé est trouvé innocent, n'est-ce pas ? »

Le procureur, abasourdi, se tourna vers le juge et dit : « Je n'ai certainement pas à répondre à *cela*, n'est-ce pas, Votre Honneur ? »

Ricardo sentit le changement de dynamique, passant de proie à prédateur dans ce vilain procès. Maintenant, pensait-il, le moment était venu de dévoiler sa liste de façons imaginatives dont ses recherches sur les méduses pourraient apporter de précieux avantages aux contribuables. Ses pensées remontèrent à cette nuit à La Parguera, quand il eut l'épiphanie que les méduses visualisaient l'évolution. Quelle merveilleuse nuit !

« Alors monsieur, déclara Ricardo se sentant autorisé, maintenant que nous convenons que toutes les idées ne sont pas correctes ou que toutes les tentatives ne sont pas couronnées de succès, je suggérerai des façons dont mes recherches sur les méduses *pourraient* être utiles. Premièrement, la capacité des méduses à visualiser les voies d'évolution, si cette spéculation s'avère correcte, pourrait être inestimable pour identifier les modèles animaux les plus adaptés à la recherche médicale, non seulement pour les maladies humaines, mais aussi pour les maladies de nos animaux de compagnie bien-aimés – les chiens, les chats, les chevaux, le bétail – ainsi que les poissons, ce qui profiterait à l'élevage pour nourrir notre population croissante. Imaginez également que, si nous découvrions comment les méduses stockent et récupèrent les souvenirs de l'évolution, nous pourrions être en mesure d'apprendre à télécharger des informations dans notre propre cerveau, tout comme nous téléchargeons des informations sur un ordinateur.

Emmagasiner toutes sortes d'informations dans notre cerveau deviendrait rapide et facile. Qui sait, nous pourrions même être en mesure de relier notre cerveau au cerveau d'un animal et de voir le monde tel qu'il le voit. Les ramifications pratiques de mes recherches sur les méduses sont potentiellement énormes ! »

Ricardo s'arrêta, se rappelant comment Lillian l'avertissait souvent de ne pas se laisser emporter et franchir la frontière entre faits et fantaisie. Puis, il continua à parler plus lentement et avec moins d'animation. « Les bactéries ont fourni les premiers modèles de régulation des gènes, qui ont ouvert la voie à la thérapie génique. Les limaces de mer – des escargots sans coquille – ont révélé des mystères de la mémoire. Les oiseaux nous ont appris qu'il est possible, à un moment donné, de reposer une moitié du cerveau alors que l'autre reste active. Pensez à quel point ce serait utile si nous pouvions être endormis et actifs en même temps ! » Après une pause de quelques secondes, il termina ainsi : « Tous les secrets de la Nature doivent être exploités à notre avantage, et on peut accomplir cette tâche le plus efficacement en ne laissant aucune pierre non retournée sur le chemin à mesure que nous explorons ces secrets. »

Ricardo se sentait conforté ; il avait présenté son cas avec éloquence. Cependant Sophia fronçait les sourcils. Était-il allé trop loin ? Probablement. Lorsque le silence prévalut sans réponse notable de la part du public, ni même de Benjamin, son cœur s'effondra. Il semblait que son sort était resté inchangé. Il était toujours l'accusé, le bouc émissaire et la victime. Son imagination n'avait pas réussi à le sauver.

« Dr Sztein, la question dont nous sommes saisis concerne l'abus de l'argent des impôts, et non des histoires fantastiques de ce qui pourrait être. *Croyez*-vous vraiment que spéculer sur la vision et le comportement des méduses peut bénéficier aux contribuables et aux médicaments *là maintenant* ? Les idées sont bon marché, même s'il est vrai que les romans de science-fiction tombent parfois sur des vérités futures. C'est toujours si, si, si. Mais chaque 'si' coûte cher. Je pense que vous, plus qu'aucun autre, qui avez vu votre femme bien-aimée succomber au cancer, devez comprendre la nécessité de faire passer les gens en premier *maintenant*, et pas dans un avenir indéfini. Où est votre conscience ? »

Sophia leva la main, prête à objecter, puis l'abaissa et resta silencieuse.

« Mme Lass, avez-vous quelque chose à dire ? » interrogea le juge.

« Non. Excusez-moi, votre Honneur. »

Ricardo était incrédule. Comment Sophia pouvait-elle permettre au procureur de remettre en question sa conscience sans objecter ? Elle s'était opposée à ce que le procureur interroge Benjamin sur les motivations des recherches sur les méduses, mais maintenant elle permettait à *sa* conscience d'être interrogée. C'est elle qui n'arrêtait pas de dire que l'utilisation de l'argent du gouvernement était en procès, pas sa conscience.

L'endurance de Ricardo commença à faiblir, mais il reprit ensuite des forces en pensant que, si c'était son Massada, l'inévitabilité de la mort supprimait tout besoin de prudence. Les vannes s'ouvrir.

« Où est ma *conscience* ? Vous remettez en question mes *sentiments* à propos de la maladie ? » s'écria Ricardo, les narines évasées, ses mains accompagnant ses paroles comme une baguette de chef d'orchestre. « Mon Dieu, monsieur. Je déteste la maladie. La maladie me rend malade. C'est la santé qui mérite une grande attention. Il y a beaucoup plus de personnes en bonne santé que de personnes malades sur cette terre. » Les yeux de Ricardo parcoururent la pièce en lançant des flammes.

Les spectateurs regardaient Ricardo avec incrédulité. Benjamin se tortilla sur son siège. Sophia déglutit. Le juge avait l'air déconcerté.

Le procureur fit tourner l'anneau de saphir à son doigt. De sa voix aussi calme que l'œil d'un ouragan, il demanda : « Alors, la santé vous intéresse, Dr Sztein ? Vous aimez que les gens soient en bonne santé plutôt que malades ? »

« Bien sûr. Je souhaite que personne ne tombe malade et que mes amis vivent longtemps, bien que cela contribue à la surpopulation. »

Le regard de Ricardo tomba sur une dame qui ressemblait à Lillian dans sa jeunesse et son cœur s'accéléra. Il l'imagina dire : « Mon pauvre amour. Je suis vraiment désolée.

_ C'est moi qui suis désolé, murmura Ricardo.

_ Excusez-moi ? interrogea le procureur.

_ Rien, répondit Ricardo.

_ Dr Sztein, c'est une affaire très sérieuse. Je vous en prie, revenez sur terre ! déclara le procureur sévèrement.

_ *Revenez* sur terre, vous dites ? Si j'étais une méduse, vous auriez à dire *remontez* sur terre. Nous savons si peu de choses sur ces animaux remarquables. Si j'étais une méduse, je verrais votre histoire évolutive quand je vous regarde, comme des images dansantes, en partant de l'éponge jusqu'à l'humain. Les méduses sont en avance sur nous à certains égards. Nous devons apprendre de ces créatures qui se tortillent et glissent, ses créatures molles, mystérieuses, merveilleuses et complexes. »

Ricardo arrêta soudainement de parler. Il regarda le sol avec une grande tristesse dans les yeux. Lillian aurait été choquée par son sarcasme enfantin, mais il était trop tard pour revenir en arrière.

Chagriné, mais redevenu le scientifique sérieux, Ricardo regarda le procureur et dit : « Qui, sinon le gouvernement, financera des explorations de base pour apprendre les secrets des méduses, pour laisser l'esprit vagabonder librement et pour se plonger dans les nombreux mystères fondamentaux de la biologie ? La recherche financée par l'industrie vise à gagner de l'argent, et la recherche financée par la philanthropie est le plus souvent dictée par les intérêts spécifiques du donateur. » Cette question critique posée par Ricardo – qui était mieux placé pour soutenir la recherche fondamentale que le gouvernement ? – fut engloutie comme prise dans des sables mouvants, car c'était trop peu, trop tard.

Un calme étrange emplit la salle. Le langage corporel de Sophia passa de bois solide à un morceau de tissu souple. Benjamin avait l'air découragé. Même les yeux bleus du procureur semblaient s'excuser pour une victoire qui n'était pas tout à fait ce qu'il espérait. Randolph Likens cessa de taper.

Benjamin nota quelque chose sur un morceau de papier et demanda au spectateur devant lui de le remettre à Sophia. La note disait : Trouvez un moyen de faire une pause. Ricardo doit se calmer !

Elle se tourna vers Benjamin, hocha la tête et leva la main pour attirer l'attention du juge.

« Oui, Mme Lass. À quoi vous opposez-vous maintenant ? »

Le procureur ricana. Sophia se dirigea vers le banc devant le juge et lui dit d'une voix douce : « Je sais que c'est inhabituel, votre Honneur, mais je me sens mal. Pourrions-nous *s'il vous plaît* faire une courte pause pour que je puisse aller aux toilettes ? »

Le juge leva les yeux au ciel mais annonça une suspension d'audience de quinze minutes. L'huissier de justice emmena Ricardo dans une pièce latérale, le temps de la pause, et lui dit d'y rester jusqu'à la reprise du procès. Benjamin retrouva Sophia dans le couloir et dit ce qu'elle et ce que tout le monde savait : Ricardo se suicidait en ce qui concernait le procès. Pouvait-elle faire quelque chose pour le calmer ? Après un moment de réflexion, Sophia déclara que Ricardo avait toujours son téléphone portable dans sa poche, et celui-ci bipait et vibrait à chaque fois qu'il recevait un message. Elle lui envoya un texto depuis les toilettes des femmes. Avec de la chance, il le lirait avant la reprise du procès.

Le texto de Sophia était catégorique : Arrêtez ! Plus de complaisance. Impressionnez-les avec votre science. Ce n'est pas trop tard. Benjamin est d'accord. Je suis sérieuse !!!

Cela fonctionna. Ricardo lui renvoya : Ok. Je n'ai pas pu m'en empêcher. Le procureur est un ... vous savez quoi. Pardon.

Quinze minutes passèrent comme l'éclair. À leur retour dans la salle d'audience, Sophia remercia le juge. Ricardo semblait plus composé. Benjamin avait l'air vert. Sophia priait silencieusement.

Lorsque le procès reprit, le procureur dit sur un ton doux, non menaçant et condescendant, qu'il n'avait jamais utilisé auparavant : « S'il vous plaît, Dr Sztein, pourriez-vous parler au jury de vos expériences sur les méduses dans un langage non-scientifique. Je pense qu'il est important que vous nous éduquiez afin que nous puissions apprécier votre science. »

C'était tellement inattendu, comme une attaque surprise étouffée de gentillesse. Sophia regarda Benjamin ; tous deux semblaient inquiets. Le procureur semblait jouer le bon flic et le mauvais flic, tout en un.

« Certainement », répondit Ricardo, déterminé à se conformer au mandat textuel de Sophia. Il savait qu'il devait mettre en évidence, avec autorité, les principales conclusions de son travail dans le contexte des humains et des maladies, et éviter les détails techniques. « Les méduses sont des créatures vivantes avec des yeux multiples tout autour de leur corps, qui ressemblent, à bien des égards, aux yeux humains, à la fois anatomiquement et fonctionnellement. En utilisant l'ordinateur le plus récent de la NASA, j'ai montré que les méduses voient des images tout comme nous. Les données informatiques ont ensuite fourni des preuves convaincantes, du moins à mon avis, que les méduses connectent les images des espèces qu'elles regardent avec les images de leurs ancêtres. Bref, les méduses voient l'évolution passée. Cette découverte est stupéfiante et, si je l'ai correctement interprétée, dépasse la capacité de l'œil humain. Enfin, en analysant les sons et les données numériques de l'ordinateur, j'ai émis l'hypothèse que les méduses reconnaissent et interagissent avec d'autres méduses. Ensemble, ces observations impliquent qu'une méduse possède un type de cerveau, ou centre organisateur qui fonctionne comme un cerveau. Encore une fois, si c'est correct, cela signifie que les méduses ont un esprit. Je voudrais souligner que ces découvertes – encore des spéculations – n'auraient jamais été faites par des recherches ciblées. Elles nécessitaient de la curiosité et une exploration en roue libre et sans destination. »

La salle d'audience était suffisamment silencieuse pour qu'on y entende une épingle tomber.

« Tout à fait remarquable, déclara le procureur, toujours en utilisant sa voix de bon flic. Revenons maintenant à la façon dont vous envisagez que ces informations sur les méduses puissent être utilisées ?

_ Alors, nous sommes de retour à la justification, c'est ça ? répondit Ricardo avec un tranchant qui fit grimacer Sophia. Comme je l'ai dit plus tôt, la vision, par les méduses, de l'évolution pourrait nous aider à identifier les modèles animaux les plus appropriés pour la maladie. Déchiffrer le code des méduses pour la mémoire des événements passés pourrait améliorer les programmes informatiques ou faire avancer les traitements pour la démence et la maladie d'Alzheimer. L'application de nouvelles connaissances n'est limitée que par l'imagination. Combien de fois dois-je dire la même chose ? »

Le procureur ignora la question rhétorique de Ricardo et le laissa radoter, lui laissant suffisamment de corde pour se pendre lui-même.

Ricardo prit l'appât du silence. « Si je devais demander à quelqu'un, scientifique ou non, comment les méduses enregistrent l'évolution, ou même poser une question beaucoup plus simple concernant la façon dont elles intègrent les informations visuelles qu'elles absorbent, ils devraient admettre leur ignorance, comme je l'ai fait, comme je le fais toujours. Et, si nous ne connaissons pas les réponses à des questions importantes concernant la vie sur Terre, il semble justifié d'essayer d'y répondre. Là, je justifie mon travail. N'est-il pas évident qu'il est nécessaire et productif d'en savoir davantage sur les yeux, la vision et l'évolution ? J'ai pensé qu'il était important d'apprendre des méduses. »

Ricardo semblait satisfait de lui-même, mais le procureur ne fut pas plus impressionné que si quelqu'un lui avait demandé de passer le sel à la table du dîner.

« Qu'espériez-vous trouver dans vos recherches sur les méduses, Dr Sztein ? » demanda le procureur.

« Je cherchais des questions, pas des réponses. Je n'avais pas de destination. Il n'y en avait pas. Je cherchais du potentiel, pourrait-on dire. »

Ricardo s'anima. Le procureur fit un pas en arrière et ne dit rien, donnant à Ricardo encore plus d'espace pour trébucher.

« La plupart des scientifiques posent des questions pour résoudre des problèmes connus, ce qui, je l'avoue, est logique. Moi, je dévie. Presque personne ne sait même que les méduses ont des yeux. Je ne crois pas avoir résolu quoi que ce soit d'utile dans ma vie ; pourtant j'aimerais bien l'avoir fait. Je suppose qu'il est trop tard maintenant. J'ai cependant eu le privilège d'entrer dans l'esprit des méduses, même si ce ne fut que pour quelques instants isolés. J'ai vu un autre univers parallèle au nôtre. Qui aurait pensé à essayer d'entrer dans l'esprit d'une méduse alors que personne ne considérait même qu'une méduse avait un esprit ? Je suis un scientifique inversé, je suppose. Je ne propose pas de solutions. Je génère des problèmes. »

« Oui, en effet », répliqua le procureur. Il se tourna vers le jury et paraphrasa les mots de Ricardo : « Vous *générez bien* des problèmes. »

Les membres du jury acquiescèrent solennellement.

« Revenons à votre fameuse publication sur les méduses qui concluait que les méduses 'voient' l'histoire évolutive des animaux qu'elles regardent, même des animaux qui ont évolué après elles. Dans votre article, vous avez écrit que les méduses voient des 'vidéos de l'évolution'. Comment imaginez-vous que cela soit possible ?

_ C'était ma *spéculation*, pas ma conclusion, dit Ricardo, exaspéré d'avoir à se répéter si souvent. J'interprétais, je ne fabriquais pas de données. Je conviens que, de toutes mes observations, l'idée de vidéos d'évolution est la plus déroutante, mais aussi la plus intrigante. Si vous y réfléchissez, il y a d'autres observations qui suggèrent une sorte de mémoire génétiquement héritée. L'impression en est un exemple. Comment les canetons savent-ils suivre leur mère à la naissance, ou comment les baleines à bosse savent-elles quelle chanson chanter ? Il y a eu un certain nombre d'articles scientifiques d'écrits au cours des cinquante dernières années, qui analysent l'ADN en tant que dépositaire d'informations numériques. Cela pourrait fournir un mécanisme pour de telles vidéos. N'oubliez pas que je filtrais les signaux des méduses à travers un nouvel ordinateur très avancé, spécialement conçu pour convertir les données sous forme numérique. Je pense qu'il est imprudent d'abandonner une nouvelle idée parce qu'elle n'est pas encore complètement comprise. N'êtes-vous pas d'accord ?

_ Peut-être. Je ne suis pas scientifique, Dr Sztein, mais j'imagine que lorsqu'on ponctionne un animal et qu'on le connecte à un ordinateur, on peut obtenir sur l'écran de drôles de signaux électriques qui peuvent être interprétés de différentes manières. Ces sons que vous avez entendus, ceux que vous ne pouviez jamais comprendre, plus de bruits électriques peut-être ? Quels étaient vos contrôles nécessaires pour tirer des conclusions rigoureuses ? Avez-vous déjà enfoncé un fil dans le tentacule des méduses pour voir ce qui se passe sur l'écran de votre ordinateur ? Est-ce que les tentacules 'voient' selon vos critères ? Les tentacules 'communiquent-ils' les uns avec les autres ? Avez-vous déjà poncturé *vos* muscles avec les électrodes de l'ordinateur ? demanda le procureur.

_ Euh, non, je n'ai jamais fait ça. Je n'ai jamais pensé que... peut-être... eh bien... non, je n'ai pas mené ces expériences *particulières* », balbutia Ricardo. Il se sentit soudain inepte. « C'est très clairvoyant venant de votre part. Je n'ai jamais mis d'électrode dans mes propres muscles ou dans les tentacules des méduses. Mais je n'ai pas fait qu'une seule et unique série d'expériences. Toutes mes observations étaient reproductibles. Les contrôles peuvent aussi induire en erreur, surtout quand on en sait si peu sur les phénomènes étudiés.

_ Que voulez-vous dire ?

_ J'en ai discuté avec le Dr Wollberg, il y a quelque temps, au sujet de la fertilisation. Diriez-vous qu'un sperme n'active pas le développement d'un ovule si celui-ci peut être activé par de nombreux autres stimuli, ce qui est le cas ? Bien sûr, le sperme active l'ovule, bien que d'autres choses le puissent aussi, même une piqûre d'épingle ou un changement de température ou divers produits chimiques, selon l'espèce et les conditions. Ou qu'en est-il de l'induction embryonnaire ou de la double assurance ?

_ Vous devenez technique, Dr Sztein. »

N'est-ce pas ce que Sophia voulait qu'il fasse ? Les impressionner par sa connaissance de la science, être l'autorité irréfutable ?

« Eh bien, monsieur, c'est vous qui avez soulevé la question des contrôles, pas moi, alors laissez-moi vous expliquer plus en détail. Par exemple, au cours du développement, les tissus se contactent les uns les autres, ce qui les amène à se différencier, c'est-à-dire à former des organes spécialisés. Un exemple célèbre est l'évagination du cerveau embryonnaire mammalien chez les vertébrés, qui contacte la surface de la tête, l'amenant à former une lentille dans l'œil en développement. Cette excroissance se développe et se différencie dans la rétine. L'induction est un phénomène très spécifique, mais de nombreux stimuli non spécifiques peuvent imiter le tissu inducteur. Il a fallu des myriades de contrôles et des années de recherches pour résoudre l'induction. Je ne pense pas que ce soit encore complètement compris. Ou prenez la double assurance comme un autre exemple. Cela complique les interprétations d'une manière différente. »

« La double assurance ? interrogea le procureur.

Ricardo avait capté l'intérêt de tous, y compris celui du procureur. Même Benjamin ne savait pas ce qu'était la double assurance et s'était redressé dans l'attente de la réponse.

« D'accord, fit Ricardo. La double assurance implique une interaction coopérative d'un tissu inducteur et d'un tissu réactif compétent. Un exemple est le développement des pattes chez certains amphibiens. Le bourgeon de membre en développement pousse à travers la peau de surface pour finalement former une jambe. C'est le phénomène. Il s'avère que le tissu de surface directement au-dessus du bourgeon de membre enterré s'amincit, que le bourgeon de membre exerce ou non une pression contre lui. Dans des circonstances normales, l'amincissement facilite l'apparition du bourgeon en croissance à la surface. Alors, quel est le mécanisme le plus important : la pression du bourgeon de membre contre la surface ou l'amincissement de cette surface ? Vous voyez, monsieur, la biologie est délicate. Pour savoir quoi que ce soit en profondeur, une étude intense est nécessaire, des contrôles des contrôles. Mais il faut bien commencer quelque part. Les phénomènes doivent être décrits dans un premier temps. C'est là que mes méduses entrent en scène. Cela jette des fondations, mais il faut encore construire la maison. Cela ouvre une porte, mais maintenant nous devons passer par cette porte pour voir ce qui se trouve de l'autre côté. »

Ricardo parlait avec autorité, le scientifique remplaçant l'accusé. Enfin ! Sophia et Benjamin avaient l'air ravis.

Le procureur évita de l'interroger davantage sur la biologie. « Je ne dis pas que vos conclusions, excusez-moi, vos spéculations, sont fausses, Dr Sztein, mais il me semble que vous avez peut-être essayé de générer du mystère et pas seulement de satisfaire votre curiosité aux dépens des contribuables.

_ Pas du tout. Je voulais explorer la Nature. Personne ne savait quoi ni comment les méduses voient, ni pourquoi les méduses se rassemblent souvent en groupe, ce que j'ai trouvé frappant. On sait relativement peu de choses sur les méduses, mais elles constituent l'un des exemples de survie les plus réussis sur cette planète, si l'on considère leur longévité et leur capacité à s'adapter à leur environnement.

_ N'y a-t-il pas plus que de la curiosité ? poursuivit le procureur, refusant de renoncer à son enquête. Dr Sztein, vous rendez-vous compte à quel point tout cela est sérieux ? »

Ricardo transpirait abondamment. « La recherche est extrêmement sérieuse pour moi. Ces méduses remarquables *doivent* être étudiées. Je crois que nous apprendrons autant à résoudre des problèmes pratiques en permettant à notre curiosité de s'exprimer librement qu'en répondant à des questions que nous envisageons déjà. Nous devons explorer de nouveaux terrains, même si ce sont les petits-enfants des contribuables qui en bénéficieront. »

Ricardo s'arrêta. Il demanda ensuite, ses yeux dansant dans leurs orbites : « Où est la *conscience* de la société si elle néglige d'apprendre tout ce qu'elle peut sur notre univers afin de le rendre plus facile et plus confortable pour les générations futures ? »

« La conscience de la société ? » s'exclama le procureur avec suffisance.

Ricardo ne remarqua pas le juge qui buvait de l'eau ou les spectateurs qui chuchotaient ; son esprit était de retour à La Parguera. Il regarda Benjamin et voulut dire : « Tu sais ce que je veux dire, n'est-ce pas ? » Au lieu de cela, il regarda juste à travers la distance océanique qui séparait son ami de la barre des témoins.

Le procureur se dirigea vers la barre des témoins pour donner le coup de grâce. « Encore une question, Dr Sztein. Lorsque vous avez inséré un fil dans l'œil de vos méduses, avez-vous à un seul moment eu peur de blesser la créature ? Qu'en est-il de ces terribles cris provenant des méduses empalées ? Comment savez-vous que les méduses ne criaient pas de douleur ? »

Une vague de murmures parcourut la salle d'audience. Les yeux de Ricardo s'écarquillèrent d'inquiétude, non seulement des conséquences de ce procès désastreux, mais aussi d'être exposé comme un scientifique déficient, sans compassion, un amateur plutôt que le professionnel qu'il se considérait être. N'avait-il pas effectué suffisamment de contrôles, la règle la plus fondamentale de la science expérimentale ? Avait-il blessé les méduses ? Peut-être. Il y avait déjà pensé. Mais l'œuvre était publiée. Il était trop tard pour la rappeler ou la modifier.

« Pourquoi personne ne peut comprendre que nous, les scientifiques, sommes aussi des artistes ? Notre travail exprime notre vision du monde, pas seulement des données. Nous utilisons nos données pour rédiger des récits, et ces récits sont modelés à mesure que davantage de données sont obtenues.

_ Dr Sztein. La pertinence. L'argent des contribuables. Aider les malades. Au bénéfice de l'humanité. Avoir de la compassion. Je sais que les scientifiques étudient les mouches et les vers, mais ils le font pour découvrir ce qui est similaire entre ces animaux et les gens, puis ils utilisent les informations pour développer de nouveaux traitements contre les maladies. Il me semble que vous avez cherché ce qui est différent entre les méduses et les humains, et dilapidé les fonds publics à la recherche de mystères.

_ À la recherche de mystères ? Comment osez-vous ! Je cherchais des questions qui répondaient à des mystères ! » déclara Ricardo, confus, trop troublé et épuisé pour en dire plus.

Le procureur haussa le menton et tourna le dos à Ricardo. Il regarda Sophia, puis le jury.

« Merci, Dr Sztein. Ce sera tout, dit-il. J'ai terminé. »

Il retourna à son siège sans regarder Ricardo ni personne.

Chapitre 38

Le procès se réunit de nouveau à 14 heures pour les plaidoiries finales. Les spectateurs s'entassèrent dans la salle d'audience tandis que le banc du juge était vide, attendant que son Honneur entre. Le procureur relisait ses notes, consultant occasionnellement son assistant.

Sophia buvait de l'eau et modifiait les phrases de ses remarques préparées. Ricardo regarda par-dessus son épaule, essayant de lire ce qu'elle écrivait. « Dites-leur simplement la vérité : je suis un scientifique sérieux qui fait des recherches sérieuses. » Ricardo ne pouvait pas comprendre pourquoi il n'était pas plus anxieux. Quel que soit le résultat, cela semblait moins menaçant que le trou noir dans lequel il vivait.

« Bien sûr, lui dit-elle sans lever les yeux. Un scientifique sérieux comme Galilée, non ? »

Tout le monde se leva lorsque le juge entra et s'assit. « Il est temps de commencer les plaidoiries finales. M. Jenkins, veuillez procéder », ordonna le juge.

La prestation du procureur fut astucieusement efficace. Au début, il s'attarda, comme on pouvait s'y attendre, sur l'économie en difficulté et la dette nationale écrasante. Il fit ensuite une démonstration éblouissante de statistiques sur les personnes souffrant de diverses maladies débilitantes et le coût national de leur traitement. « Malgré la vérité déprimante de ces statistiques, elles restent des abstractions. Permettez-moi de vous parler du petit Frankie Dupart. Il n'est que l'une des nombreuses victimes », dit-il. Le procureur montra au jury une photographie de Frankie, 12 ans, décédé récemment d'un lymphome. « Mesdames et messieurs, nous vivons une période économique difficile. Et l'incidence de la maladie augmente. Frankie tombe dans l'augmentation de dix pour cent des lymphomes au cours des deux dernières années. Nous devons maintenant éliminer les fléaux comme le cancer grâce à des efforts de *recherche responsable*. Personne n'a plus de raisons de comprendre ces réalités que l'accusé. » Le procureur rappela au jury les millions de dollars du gouvernement qui finançaient le laboratoire de Ricardo et demanda ensuite rhétoriquement : « Comment *qui que ce soit* à la tête d'un laboratoire du Centre des sciences de la vision peut justifier s'amuser avec des méduses pendant que Frankie meurt d'un lymphome, à l'aube de l'adolescence ? »

Le procureur dénigra ensuite le jugement de Ricardo, en plus de plaider la cause de l'utilisation abusive des fonds publics. Il rappela au jury le non-sens décousu de Ricardo sur le fait que la santé était plus importante que la maladie car il y avait plus de gens en bonne santé que malades (cela provoqua quelques rires dans le public), et son implication selon laquelle aider les gens à vivre pendant longtemps augmentait le danger de surpopulation. « Le Dr Sztein a parlé facétieusement de la surpopulation, déclara le procureur, mais malheureusement, il n'a jamais abordé les problèmes graves de la maladie : le cancer, les troubles neurologiques, la cécité. En ces temps difficiles, nous avons besoin d'un jugement critique et des priorités morales de nos scientifiques, financés par le gouvernement. »

Ricardo serra la mâchoire, se pencha vers Sophia et murmura : « Je manque de jugement et de priorités morales ? »

Même le juge semblait bouleversé par l'attaque vicieuse du procureur contre le caractère de Ricardo.

Mais le procureur ne se dissuada pas. Il écarta les bras et parla, avec une sincérité franche, de la responsabilité morale et de la profonde obligation des fonctionnaires de dépenser chaque centime d'argent des contribuables au profit immédiat des citoyens du pays. « Le temps est terminé de penser que les connaissances seront utiles quoi qu'il arrive. Nous devons montrer l'exemple, une fois pour toutes. »

Le procureur retourna théâtralement à son siège affichant son sens du spectacle grandiose.

Cependant, Ricardo pensa que le procureur avait également l'air triste en s'asseyant. Son tic facial était plus actif que d'habitude et il transpirait dans la salle d'audience climatisée. Ricardo considéra soudainement le procureur comme un individu, un homme d'âge moyen ayant un travail à faire, plutôt qu'un ennemi. Il faisait partie de la toile de la vie, tout comme Ricardo et les méduses. Ricardo se demanda à quoi ressemblait la femme du procureur et combien d'enfants il pouvait avoir, puis il pensa au mot du petit-fils collé sur la porte de la chambre attenante à celle de Lillian, à l'hôpital.

C'était à présent au tour de Sophia de faire ses conclusions. Elle commença par répéter des cas historiques de recherche fondamentale ayant abouti à des avancées médicalement pertinentes, puis évoqua la découverte remarquable de la Cactéine par Benjamin, comme un exemple de progrès pratiques provenant d'une acquisition de connaissances motivée par la curiosité elle-même. Elle fit appel à toutes les séquences créatives et artistiques que les jurés pourraient avoir en se référant à la riche imagination de Ricardo et à sa capacité à créer de nouveaux concepts. « Est-ce que la science ou la société bénéficieraient vraiment de confiner des esprits fertiles ou de nier la valeur prouvée de la soi-disant Tour d'ivoire ? » demanda-t-elle. Elle souligna que le désir de Ricardo, de réfléchir aux mystères et de ne pas se concentrer uniquement sur des solutions pratiques aux problèmes connus, devrait être encouragé, et non incriminé. « Que peut-on obtenir en incriminant la créativité ? »

Sophia fit une pause pour laisser ses commentaires pénétrer dans l'esprit du jury, juste au moment où un coup de tonnerre assourdissant s'empara de l'attention de tous. Il pleuvait dehors et des éclairs décoraient les cieux. Il y eut une perte de courant dans le bâtiment. L'indifférente Nature avait rompu le lien ténu de Sophia avec le jury. Le courant fut rétabli une minute plus tard et le procès reprit.

Les yeux de Sophia se plissèrent et son cou se raidit. Ricardo reconnut son côté résolu et en colère, qui avait refait surface lorsqu'elle lui avait fait la leçon sur son nombrilisme et lui avait envoyé un texto pour se calmer pendant son témoignage.

« Si nous regardons dans le passé, nous voyons des tyrans ou des *persécuteurs* ignobles, dit-elle d'un ton ferme. Hitler, Mussolini, Mao. Il y en a bien d'autres. Vous connaissez leurs noms. Heureusement, ces jours terribles ont disparu. Mais je crains que l'esprit de persécution ne demeure dans notre société, malgré nos objectifs déclarés d'être moralement responsables. » Elle fit une pause momentanée. « Je propose que les persécuteurs d'aujourd'hui soient en fait des *pertinenceurs* déguisés. » Elle fit de nouveau une pause. « P-e-r-t-i-n-e-n-c-e-u-r-s », répéta-t-elle lentement et distinctement. « Les individus qui minent l'âme, fixent les règles, définissent la moralité, commandent l'acceptabilité, substituent des rituels aux choix, insistent sur leur version de la bonté et de la compassion. Reconnaissez-vous quelque chose ou quelqu'un ? Chefs religieux ? Hommes politiques ? Voisins ? Nous devrions tous avoir honte, sauf peut-être le Dr Ricardo Sztein. » Après une dernière pause, elle poursuivit : « Le concept de *pertinence* qui a été au centre de ce procès est une abstraction, un terme malléable que les Pertinenceurs avec un grand P, déguisés, façonnent à leur avantage. »

Le génie peut émerger de façon inattendue sous la forme d'un cri ou d'un murmure ou d'un coup de pinceau. Le génie de Sophia, à ce moment-là, n'était ni de résumer les faits ni de demander grâce, mais de fournir un nouveau concept. Et voilà : les *pertinenceurs,* bien plus qu'un mot, une nouvelle arme qui changeait la perspective. En changeant l'adjectif « pertinence » en un nom propre « Pertinenceurs », Sophia avait recentré le drame des acteurs sur les réalisateurs et déplacé le doigt incriminant pointé sur Ricardo vers le procureur, le public, le gouvernement. Le concept novateur de Sophia, les Pertinenceurs, remettait en question la validité du procès lui-même.

Sophia resta immobile. Il n'y avait aucune mention de « Pertinenceurs » dans les notes qu'elle avait préparées. L'idée s'était développée spontanément en combinant l'intellect à la passion, alors qu'elle formulait ses derniers commentaires. Elle termina avec une voix douce, plus alto que soprano : « Je pense qu'il est raisonnable – même sain – de permettre à des individus créatifs de décider de leur *pertinence* et de donner à l'histoire une chance d'agir en tant que jury. »

Son ovation : le silence, la forme la plus profonde de respect.

Un instant plus tard, le tonnerre retentit de nouveau, annonçant la question rhétorique du procureur : « On peut donc *tout* faire ? » Des gouttes de pluie éclaboussèrent la fenêtre ; les lumières électriques scintillèrent. Le procureur murmura : « Quel sophisme, Mme Lass », juste assez fort pour que le jury l'entende. La jurée à la mèche blanche lui lança un regard amer.

Les membres du jury avaient des airs sévères lorsqu'ils quittèrent la salle d'audience pour délibérer.

« Allez, Ricardo, allons-y, déclara Sophia. C'est hors de nos mains à présent. »

Ricardo acquiesça. Sa nouvelle définition de l'éternité : le temps que le jury prit pour rendre son verdict.

Chapitre 39

De retour chez lui pour attendre le verdict du jury, Ricardo fit les cent pas dans son salon et but suffisamment de café pour l'empêcher de dormir pendant une semaine. Son dîner ne se composa que d'un yaourt pour calmer son estomac qui remuait. Plus solitaire que jamais, il alluma la télévision et zappa au hasard. Le visage pâle et rond de Likens apparut sur l'écran. Il résumait l'événement de la journée au procès de Ricardo dans son programme populaire, 'Votre Argent / Votre Santé'. Comme on pouvait s'y attendre, Likens orienta son rapport en faveur de l'accusation. Il s'attarda sur une photo du petit Frankie Dupart mourant d'un cancer et demanda : « Quand les chercheurs mettront-ils fin à une telle tragédie ? » Likens montra ensuite la photo d'une méduse pour illustrer les recherches de Ricardo « aux dépens de l'argent des contribuables ». Il était impitoyable. Likens qualifia les « Pertinenceurs », l'argument final de Sophia, d'« un complément brillant à l'histoire de science-fiction du Dr Sztein selon laquelle les méduses auraient un esprit ». Ricardo éteignit la télévision lorsque Likens se mit à montrer la foule, à l'extérieur de la salle d'audience, brandissant des pancartes anti-Sztein.

Ricardo appela Sophia pour vider son sac, mais trouva peu de réconfort en elle. Elle n'avait pas vu Likens à la télévision et lui dit d'en finir avec ses tendances masochistes. « Allez-vous coucher et attendez le verdict », dit-elle.

Insatisfait, Ricardo appela Benjamin dans sa chambre d'hôtel et exprima sa colère, son découragement et sa peur à son ami.

« Vas-y doucement, Ricardo, déclara Benjamin. Il n'y a rien d'autre à faire qu'attendre. Se tracasser ne changera pas le verdict du jury.

_ Je sais bien. C'est facile à dire pour vous, mais ...

_ ... et pourtant nous croisons toujours les doigts, non ? continua Benjamin. Même si nous ne sommes pas superstitieux.

_ C'est vrai. Que pouvons-nous faire d'autre qu'espérer ? Tu te souviens quand on a attendu des heures pour que les méduses viennent vers la lumière sur le quai ?

_ Je n'oublierai jamais cette nuit-là.

_ Moi non plus. Eh bien, tu sais quoi ?

_ Quoi ?

_ Même lorsque nous étions prêts à repartir, les mains vides, je n'ai jamais renoncé à espérer qu'au moins une méduse se précipiterait à la surface. » Cela apporta à Ricardo un peu de réconfort, de tourner son attention vers le passé, en particulier vers ses jours dorés à La Parguera.

« Je suppose qu'espérer peut fonctionner.

_ C'est vrai. On ne sait jamais. Et merci Benjamin. Je le pense vraiment.

_ Merci pour quoi ? Je n'ai pas envoyé de textos aux méduses pour qu'elles viennent.

_ Tu sais ce que je veux dire… d'être là pour moi, d'avoir assisté au procès, de m'avoir soutenu, d'avoir supporté tous mes gémissements et tout le reste pendant toutes ces années. De m'avoir conseillé d'être prudent, même si je n'étais pas assez intelligent pour le faire.

_ Ce n'était pas de la charité, Ricardo. Ma vie ne serait pas la même sans toi. »

Il y eut une courte pause dans la conversation. Benjamin demanda ensuite : « Je n'ai jamais compris pourquoi tu n'avais pas payé toi-même les voyages à La Parguera. Tu savais à quel point l'argent du gouvernement était restreint et à quoi ressemblait le climat politique. Tu aurais pu prendre un congé sans devoir officiel.

_ Évidemment, j'ai fait une erreur politique. Scientifiquement, la recherche sur les méduses était un projet aussi sérieux que tout ce que j'ai toujours fait. Je sais que tu ne ressentais pas la même chose. Je pensais vraiment que c'était une dépense légitime pour le Centre des sciences de la vision. Je le pense encore.

_ Et aussi c'était un peu comme faire un doigt d'honneur à ton pote Marcus Topping, non ? »

Ricardo sourit. « C'est toi qui l'as dit, pas moi. »

Ricardo ne cessait de se retourner dans son lit, rejouant le procès dans sa tête. Marcus avait déclaré que Ricardo était un bon scientifique et que le Centre des sciences de la vision était fier de lui. Ses étudiantes, Ann et Pearl, l'avaient félicité et s'étaient toutes deux consacrées à la recherche biomédicale. Un scientifique non pertinent produirait-il des étudiants pertinents ? Et puis il y avait Benjamin, son fidèle collègue et estimé scientifique : il avait souligné la valeur de la recherche fondamentale motivée par la curiosité. Cela ne devrait-il pas aider à convaincre le jury que les recherches sur les méduses de Ricardo étaient de l'argent bien dépensé ? Et, l'argument des « Pertinenceurs » de Sophia avait dû impressionner le jury. Il avait vu à quel point ils avaient écouté attentivement et avaient acquiescé de la tête. Comment diable avait-elle trouvé un rebondissement si intelligent ? Ce n'était pas l'ère de Socrate, Dieu merci. La conviction n'était donc pas acquise. Il y avait de nombreux arguments pour l'acquitter. Il n'était peut-être pas Galilée – dommage – mais c'était un scientifique sérieux et acclamé, et le travail sur les méduses était intéressant et conceptuellement nouveau. Le jury ne reconnaîtrait-il pas son importance ?

Après une collation tardive, Ricardo rappela Benjamin pour obtenir de l'aide. « Je suis désolé de te déranger si tard, Benjamin. J'ai passé en revue toutes les raisons pour lesquelles je devais être acquitté. T'en penses quoi ? Est-ce qu'il y a le moindre espoir pour moi ? Tu penses qu'il faudra combien de temps au jury pour décider ? »

« Je ne connais les réponses à aucune de tes questions. » Benjamin hésita, déclara qu'il était optimiste, mais qu'on ne savait jamais. Quoi qu'il arrive, dit-il, il savait que Ricardo était un scientifique de premier ordre. « Essaye de dormir. Nous pourrons en reparler dans la matinée. »

Ricardo dormit peu cette nuit-là.

Le lendemain, le téléphone sonna en milieu de matinée, plus tôt que prévu. « Le jury a rendu son verdict, déclara Sophia. Le juge nous demande d'être au palais de justice à 13 heures. » Elle n'offrit aucun encouragement. « À tout à l'heure, Ricardo. »

Ricardo hésita quelques secondes avant de raccrocher, essayant de comprendre si une décision aussi rapide était ou non en sa faveur.

Après avoir appelé Benjamin pour lui annoncer qu'un verdict avait été obtenu, Ricardo retrouva Sophia au palais de justice, au milieu d'un troupeau de vautours. Les photographes bourdonnaient comme des moustiques affamés. Les mini-explosions aveuglantes des appareils photo hyperactifs scintillaient comme des lucioles. Les journalistes rôdaient tels des requins attirés par l'odeur du sang.

Des pancartes avec des questions telles que « Avez-vous apprécié vos vacances payées au soleil ? » Et « Que pensent les méduses de ce procès ? », portées par des contribuables en colère, polluaient la rue. Il y avait aussi des pancartes, ici et là, soutenant Ricardo. Ses yeux se fixèrent sur celle qui disait : « Vive l'enquête libre ». Une autre disait : « Que Dieu vienne en aide aux ignorants ». Cependant, ces lueurs d'espoir étaient submergées par la vague de mécontentement.

« Selon vous, quelles sont vos chances, Dr Sztein ? » lui demanda un journaliste.

« Ne dites pas un mot ! » ordonna Sophia. Elle saisit le bras de Ricardo et le guida vers le palais de justice.

Ricardo et Sophia se rendirent à leurs places habituelles dans la salle d'audience, qui était pleine à craquer. Personne ne parlait dans l'attente du verdict sur le point d'être rendu. Tout le monde se leva d'un seul mouvement, suivit du calme complet, lorsque le juge entra à treize heures précises. Le juge s'assit, suivit des spectateurs, puis il y eut un lourd moment de silence.

« Le jury a-t-il rendu un verdict ? » demanda le juge.

« Oui, votre Honneur », répondit le président du jury.

Ricardo regardait droit devant lui, son visage pâle, ses mains tremblantes. Il avait une fosse de la taille du Grand Canyon dans son estomac.

L'huissier de justice tendit au juge la feuille de papier que le président du jury lui avait remise. Le juge réfléchit au verdict pendant quelques secondes et demanda à l'accusé et à son conseil de se lever. Ricardo se stabilisa en plaçant ses mains sur le rebord de la table devant lui.

« Le jury déclare l'accusé, Dr Ricardo Sztein, coupable d'avoir abusé de façon irresponsable de l'argent des contribuables. » Des applaudissements inondèrent la salle d'audience.

Ricardo pâlit. Benjamin secoua la tête. Les nouvelles voyagèrent instantanément sur Internet et les foules à l'extérieur applaudirent et agitèrent leurs pancartes.

En raison des directives relatives à la détermination de la peine, le vote unanime « coupable » obligea le juge à condamner Ricardo à dix ans dans une prison de basse sécurité. La peine pouvait faire l'objet d'un appel mais ne pouvait être différée. Ricardo fut le premier scientifique à être reconnu coupable de ce crime, un avertissement dont tous les autres chercheurs devaient tenir compte. Le juge prononça la peine de dix ans et abattit son marteau comme s'il martelait un cercueil. Affaire classée.

Ricardo semblait sur le point de vomir. Il s'imagina tel une méduse arrachée à son habitat naturel.

Randolph Likens se glissa hors de la salle d'audience. Le procureur ne manifesta aucune émotion : la routine. La circulation au dehors poursuivit son chemin comme si de rien n'était. Les conducteurs klaxonnaient. Les piétons attendaient un feu vert pour traverser la rue. Les manifestants retournèrent à leur vie normale et laissèrent leurs pancartes éparpillées sur le côté de la rue, comme des morts sur la route. Le spectacle était terminé.

Les yeux de Sophia débordaient de larmes, faisant couler son maquillage. Ricardo passa son bras autour de ses épaules et la serra contre lui brièvement. « Ce n'est pas votre faute, dit-il. Je ne suis pas Galilée. Pardon. Quoi qu'il en soit, lui aussi a été condamné. »

Même s'ils avaient perdu, il y avait quelque chose de calme dans la fin de la bataille. Il pouvait se reposer maintenant. Bien sûr, il ne voulait pas aller en prison, mais il n'y avait personne qui l'attendait à la maison. Un endroit était aussi bon qu'un autre. Il n'avait aucune envie d'affronter ses collègues du Centre des sciences de la vision, certainement pas le Dr Topping. C'était assez. Un collègue encadrerait Pearl jusqu'à ce qu'elle trouve un emploi.

« Nous ferons appel. » Sophia serra la mâchoire, rassemblant ses esprits.

« Ça ne sert à rien », répondit-il.

Ricardo fut menotté et emmené.

« Est-ce vraiment nécessaire de le menotter ? demanda Benjamin à la dame à côté de lui.

_ Absolument, répondit-elle.

_ Pourquoi ? »

Elle lui lança un regard noir. « Mon mari a un cancer », rétorqua-t-elle, avant de se détourner pour quitter la salle d'audience.

PARTIE IV

Chapitre 40

La prison de basse sécurité pour les criminels en col blanc allait être la maison de Ricardo pour les dix prochaines années, s'il avait la chance de vivre aussi longtemps. Elle ressemblait à un grand motel bon marché. Chaque détenu était affecté à une pièce, faisant partie d'une série de petites cellules également espacées, bordant trois couloirs étroits. Il y avait une salle de bain commune au bout de chaque couloir. Les repas, à la texture de carton bouilli, étaient servis trois fois par jour dans un bâtiment séparé. Une clôture grillagée de 2,5 mètres de haut, avec du fil barbelé, entourait les bâtiments. Peu de voitures circulaient sur la route de campagne devant l'établissement. L'aménagement paysager de la prison consistait en deux tulipiers de Virginie, un *Lagerstroemia* et un saule pleureur vieillissant. Un panier de basket au filet déchiré était fixé sur un poteau en métal rouillé, qui se tenait au bord d'un morceau de béton près de la clôture. La prison était une scène morne, une insulte à la dignité humaine.

La cellule/chambre de Ricardo se composait d'un lit à ressorts assez confortable, d'un fauteuil et d'un petit bureau avec une prise électrique. Il était reconnaissant qu'il existe une connexion Internet pour son ordinateur portable. Il y avait une étagère fixée au mur pour les livres. Une ampoule au tungstène pendait à l'extrémité d'un petit fil attaché à un luminaire cassé au plafond. Pendant la journée, Ricardo était autorisé à marcher librement dans l'enceinte, mais il n'y avait pas grand-chose à voir ou à faire. Les gardes ennuyés ne prêtaient guère attention à personne. Le surveillant verrouillait la porte de Ricardo la nuit.

Ricardo se lia d'amitié avec ses voisins, de petits fraudeurs fiscaux. Parfois, il regrettait de ne pas être dans une prison de haute sécurité avec des criminels endurcis. Qu'avait-il à perdre ? À son âge avancé, il ne se considérait pas comme la cible probable de viol et il imaginait que se mélanger avec des criminels dangereux pourrait être instructif. Étant donné le luxe d'un temps sans responsabilités, Ricardo pensa à ses divers démons et à ses désirs secrets. Il vécut de nombreuses vies dans son imagination : parfois celle d'un bûcheron dans le désert ; parfois celle d'un poète qui dirigeait des chambres d'hôtes rurales ; parfois celle d'un confident intime dans un bordel. Il y avait une liberté paradoxale en prison, où seul son corps était confiné. Il regrettait que sa concentration sur la science l'ait empêché de faire l'expérience d'autres modes de vie, même superficiellement. Il voyait sa vie comme un ensemble d'activités non réalisées, d'objectifs non atteints et, malheureusement, une lignée non poursuivie.

Même si Lillian lui manquait beaucoup et que sa photo près de son lit le réconfortait, Ricardo rêvait parfois du corps souple de Monique et de la boucle subtile au coin gauche de sa lèvre supérieure. Il ne l'avait jamais imaginée plus âgée qu'elle ne l'était quand il l'avait rencontrée cette nuit-là. Dans ses rêves, Monique avait toujours des yeux tristes. Souvent, le Dr Salisbury était en arrière-plan, l'air déçu, ajoutant une autre couche à son sens de rêves non réalisés, ceux de son bon vieux mentor.

Ricardo lisait beaucoup, mais ce qu'il chérissait le plus, c'était le bureau dans sa chambre, où il écrivait tous les jours et gardait son imagination fertile. Il détournait les questions sur ce qu'il écrivait en disant : « Un peu de ci, un peu de ça, rien de sérieux. »

Le fantôme de Lillian restait la pierre angulaire de sa stabilité. Il lui écrivait des lettres sur son ordinateur ou à la main, selon son humeur. Il décrivait ses repas, discutait de la météo, détaillait les ragots parmi les détenus et s'excusait de ne pas avoir plus à dire. Il scellait chaque lettre manuscrite dans une enveloppe adressée à Lillian Sztein, dans le Grand Univers de l'Espace et du Temps, puis la brûlait avec une allumette. Il conservait les lettres écrites à l'ordinateur dans un dossier spécial.

Seul le soir dans sa chambre, Ricardo réfléchissait au destin et comparait sa vie au mouvement apparent du soleil. Le garde sauva un poème jeté de la corbeille dans la chambre de Ricardo :

Le Chemin de la vie

Le brillant soleil de midi jaune doré
brille fièrement, stable dans le ciel,
l'obscurité future une simple abstraction.
Soudain, il semble,
la boule de feu plonge vers le bas,
rougit, s'assombrit,
devient un ruban décroissant
à mesure qu'elle se retire à l'horizon.
La lumière du jour disparaît,
la nuit noire prévaut.
Il n'y a rien à faire.

Chapitre 41

Les jours s'écoulèrent en semaines, puis les mois en années. Des détails banals remplissaient le vide. Il mangeait, bavardait avec les prisonniers et les gardiens, lisait, regardait la télévision avec peu d'intérêt, errait dans les locaux et utilisait de temps en temps la salle de sport. Il écrivait principalement assis à son bureau, son sanctuaire privé. Aucune infraction ! Les autres perdirent tout intérêt pour les efforts littéraires de Ricardo, comme les gens du commun acceptent d'être exclus de la royauté.

Chaque année, le jour le plus difficile pour Ricardo était l'anniversaire de la mort de Lillian. Il revivait la nuit à l'hôpital, tenant sa main molle et embrassant ses lèvres sèches, et pleurait souvent. Le mot collé sur la porte à côté de celle de Lillian, à l'hôpital – « Gué li vit Mami ! » – restait gravé dans son esprit. Il se sentait tellement mal que Lillian soit morte sans la satisfaction d'avoir été mère. C'était sa perte aussi bien que la sienne.

À l'anniversaire de la mort de Lillian, au cours de sa huitième année d'emprisonnement, le gardien frappa à la porte fermée de Ricardo et aboya : « Eh, Ricardo, t'as un appel. » Ricardo n'avait aucune idée de qui il s'agissait. Sophia ? Peu probable. Leur communication s'était estompée après l'élection d'une administration encore plus conservatrice que celle qui avait été au pouvoir pendant son procès ; faire appel était donc inutile. Serait-ce Benjamin ? Peut-être. Ils étaient restés en contact par e-mail, ce que Ricardo préférait car il lui était plus facile de cacher sa tristesse. Mais leurs e-mails se faisaient de plus en plus rare à mesure que le temps passait.

« Bonjour, Dr Sztein ? dit une voix de femme à l'autre bout du fil.

_ Lui-même.

_ Vous ne me connaissez pas. Je suis Juliette Levin. C'est un peu maladroit.

_ C'est à quel propos ? Que voulez-vous ? »

Ricardo se fustigea d'être brusque, presque dédaigneux, car en vérité, il était excité à l'idée que quelque chose de nouveau se produise dans sa vie. Qui était-elle ? Apportait-elle de bonnes nouvelles ou plus de chagrin ? Était-il arrivé quelque chose à Benjamin ? Il ne reconnaissait pas sa voix, pourtant il y avait un élément lointain de familiarité, une intonation qui ne lui était pas complètement étrangère.

« Je fais des recherches et j'aimerais beaucoup vous parler. Cela compte beaucoup pour moi », lui dit-elle.

« Des recherches ? Vous êtes scientifique ? Étudieriez-vous les méduses par hasard ? »

Soudain, l'espoir de Ricardo augmenta. Avait-elle lu son article sur les méduses ? Avait-elle découvert quelque chose qui soutenait ses spéculations ? Peut-être que tout n'était pas perdu.

« Non, rien de tel. Je préfère ne pas en parler par téléphone. Puis-je venir vous voir ce week-end ou le suivant ?

_ Oui, d'accord, dit-il, curieux de savoir ce dont elle voulait parler. Ce week-end, ça ira. Mon calendrier n'est pas trop chargé et je pourrais vous y glisser, ajouta-t-il sarcastiquement.

_ Samedi à dix heures ? On m'a dit que les visiteurs pouvaient venir le samedi matin.

_ C'est parfait. À samedi alors. »

Tout à coup, tout semblait différent en prévision de la visite de Juliette Levin – il avait quelque chose à espérer et il pouvait remplacer le présent terne par un futur abstrait. La vie avait de nouveau un pouls.

Samedi, à dix heures précises, le gardien passa la tête par la porte de chambre de Ricardo. « Vous avez une visite, Ricardo. Et une belle. » Ricardo avait repoussé ce qui restait de ses cheveux et taillé sa barbe. Il vérifia son apparence dans le miroir.

« Regardez-moi ça ! » s'exclama le garde alors que Ricardo se dirigeait vers la salle des visiteurs. Ricardo ignora le garde, mais il ne put cacher un sourire timide.

Ricardo était nerveux. Il n'avait pas reçu de visite depuis des années. Sa vie quotidienne avait une certitude qui créait de la stabilité et de la sécurité. Chaque jour était comme le précédent. Maintenant, cette certitude était en danger. Que dirait-il à Juliette Levin ? Lui parlerait-il du porc bien dur qu'il avait mangé au dîner la veille ? De la météo ? Qui qu'elle soit, elle voulait lui parler. Son travail consistait à écouter. Que pouvait-elle vouloir ?

« Dr Sztein ? » demanda une jolie jeune femme.

Il acquiesça. « Oui. »

Elle n'avait ni ordinateur, ni bloc-notes, ni stylo, elle n'était donc probablement pas journaliste. Selon lui, elle avait environ trente-cinq ans, peut-être moins. Avec ses talons hauts, ils étaient à peu près de la même hauteur.

« Juliette Levin. » Elle lui tendit la main. « Très heureuse de vous rencontrer. » Ses yeux le regardèrent comme si elle cherchait de l'or.

Ils se serrèrent la main. Sa peau douce et sa prise ferme mais délicate le ressuscitèrent de sa tombe sexuelle. Cela faisait si longtemps qu'il n'avait pas ressenti la tendresse du toucher d'une femme.

« Ravi de vous rencontrer également », répondit-il. Il regarda dans ses grands yeux bruns, la couleur d'un sol riche, puis fut attiré par la lueur du rouge à lèvres rose et la légère boucle au coin gauche de sa bouche. Son cœur s'accéléra.

Elle sourit, agitée.

« Pouvons-nous nous asseoir ? » demanda-t-elle.

« Oui, bien sûr. »

Ils s'assirent à la table près de la fenêtre, où les vagues dorées de ses cheveux reflétaient la lumière du soleil. C'était quelque chose ; cheveux blonds, yeux bruns et peau lisse. Il avait oublié qu'il y avait une telle beauté dans le monde.

Elle essuya une larme avec le dos de sa main. « Dr Sztein... » Elle hésita, comme elle l'avait fait au téléphone. « Puis-je vous poser quelques questions ? »

« Certainement. » Il se demanda ce qui était assez triste pour la faire pleurer.

Elle retrouva son calme. « Êtes-vous déjà allé à Nice, en France, il y a longtemps ?

_ Nice ? Nous sommes-nous rencontrés là-bas ? » Non, pensa-t-il. C'était impossible. Elle était trop jeune. « Oui, j'y suis allé, il y a environ trente-cinq ans.

_ Et vous avez prononcé le discours d'ouverture d'une conférence scientifique ?

_ Oui.

_ Puis vous êtes allé dans une discothèque après votre conférence et… vous y avez rencontré quelqu'un ? »

Il regarda les joues de Juliette rougir. Rouge à lèvres rose ! Une boucle au coin des lèvres, en haut à gauche ! Ses idées se bousculaient dans sa tête.

« Vous ne pouvez pas être... vous êtes trop jeune.

_ Bien sûr que non, dit-elle. C'était Maman. »

Ni l'un ni l'autre ne savait quoi dire. Était-ce possible ?

« Monique est votre mère ? » Il était incapable de lui demander si elle était sa fille. C'était trop contre nature, étrange et peu probable.

« Oui, dit-elle. Je pense.

_ Vous le pensez ? Vous ne savez pas qui est votre mère ?

_ Si, bien sûr. Monique était ma mère. Je veux dire...

_ Était ?

_ Je pense que vous êtes mon père. »

Ricardo ne dit rien pendant quelques longues secondes. « Comment pourriez-vous le savoir ? Votre mère… Je l'ai vue seulement une nuit… Je veux dire… elle a dû connaître d'autres hommes, bien sûr. Je suis désolé. J'essaie juste d'être honnête et de comprendre ce que vous dites. »

« Je suis née neuf mois après son retour de Nice. »

L'image de Monique emplit son esprit. Ses cheveux blonds, comme ceux de Juliette mais plus courts et plus bouclés, ses yeux bleu-gris, pas bruns comme ceux de Juliette, son rouge à lèvres rose humide et, surtout, la boucle ascendante du coin gauche de sa lèvre. Il n'avait jamais vu personne d'autre que Monique avec une telle asymétrie, sauf Juliette maintenant.

« Ma mère n'était *pas* une putain, dit-elle. Non, non, non. » Elle serra la mâchoire.

« Je ne voulais pas dire... Désolé. Elle a juste disparu après… elle était partie le matin.

_ Elle était gênée.

_ C'est ce qu'elle vous a dit ?

_ Oui.

_ Comment va-t-elle ? demande Ricardo. J'ai souvent pensé à elle. Elle avait une boucle au coin gauche de la bouche, tout comme vous. Elle avait l'air si triste.

_ Morte. Un délit de fuite.

_ Oh. C'est pour cela que vous avez dit 'était'. Je suis vraiment désolé.

_ Elle était remontée à Paris pour rendre visite à un ami, il y a cinq ans, et a essayé de traverser ce rond-point fou à l'Arc de Triomphe. Elle aurait dû emprunter le tunnel. Ils n'ont jamais trouvé qui l'avait renversée. Quand c'est arrivé, j'étais à New York avec mon mari, Frank. Il est avocat. »

Ricardo entendit à peine ce que Juliette disait d'autre. Monique était morte. Avait-il vraiment une fille ?

« Vous n'avez pas d'accent français, dit-il.

_ Ma mère et moi avons déménagé à Boston quand j'avais deux ans. Je parle à peine le français. Elle voulait quitter la France. Il lui était facile de trouver un emploi d'infirmière ici puisqu'elle l'était en France.

_ Que faites-vous ?

_ De la recherche sur le cancer pour une entreprise pharmaceutique.

_ Vraiment ?

_ Ma mère s'est toujours sentie tellement désolée pour les patients atteints de cancer dans son service. Et, croyez-le ou non, elle a été tellement impressionnée par votre travail scientifique, l'a tellement admiré, que j'ai en quelque sorte réuni les deux et me voici, chercheuse biomédicale.

_ Vous avez un doctorat ?

_ Oui, de l'Université de Chicago. Il y a cinq ans. »

Quelle ironie, pensa Ricardo, d'avoir accompli le dernier vœu de Lillian par le biais de sa fille illégitime avec une autre femme. La vie ne se déplaçait-elle jamais en ligne droite ?

« C'est merveilleux, dit-il. Est-ce que votre mère s'est mariée ?

_ Jamais. Elle a été amoureuse une fois, désespérément. Il lui a brisé le cœur. Elle vous a rencontré quelques mois plus tard. Elle avait du mal remonter la pente. Ses amis l'ont suppliée de quitter Paris, d'aller quelque part au chaud et au soleil pendant un moment, après que le gars l'ait quittée. Elle s'était enterrée dans son travail d'infirmière et ses malades. Elle était déprimée. Alors, elle est allée à Nice pendant quelques semaines et est allée à la discothèque juste pour la compagnie, rien d'autre, et c'est là que vous l'avez connue. Elle vous a rencontré la veille de son retour à Paris. »

Les yeux de Ricardo étaient écarquillés d'émerveillement.

« Oui, continuez », fit-il.

« Il n'y a rien d'autre vraiment. Elle a aimé votre apparence et elle a juste sauté le pas, du moins c'est ainsi qu'elle l'a formulé. Vous avez été une aventure spontanée qu'on ne fait qu'une fois dans sa vie. C'est arrivé, c'est tout. Elle savait que c'était mal, mais elle ne l'a jamais regretté. Et j'en suis le résultat. Vous êtes mon père. »

Ricardo était sans voix. Aucune fiction ou vision scientifique n'avait le pouvoir d'une déclaration aussi simple. « Vous êtes mon père. »

J'ai une fille, répétait-il sans cesse dans sa tête.

« J'ai une fille, une merveilleuse et belle fille », s'exclama-t-il à haute voix cette fois-ci. Il essaya de cacher ses larmes.

« On en fait une belle paire », dit-elle, s'essuyant les joues et riant maladroitement. Elle lui offrit un Kleenex.

Ricardo pensa à Lillian et fut soulagée qu'elle ne sache pas que l'enfant dont elle rêvait appartenait à une autre femme. Comme c'était étrange ! Il répéta d'une voix calme, plus pour lui-même que pour Juliette, et avec plus de joie qu'il ne s'en souvenait avoir jamais vécu : « J'ai une fille ; j'ai une fille. » Puis, il imagina voir ses propres traits en elle : le rétrécissement de ses yeux brun foncé lorsqu'elle était nerveuse, ses pommettes hautes. Tout le monde dans la famille de Ricardo avait des yeux bruns comme les siens – comme ceux de Juliette. Mais ses cheveux jaunes venaient de sa mère. Cependant, son teint mauve semblait un mélange du teint d'ivoire de Monique et de son teint terreux à lui.

« Comment m'avez-vous retrouvé ?

_ Je vous connais depuis de nombreuses années. Ma mère connaissait votre nom, bien sûr, m'a parlé de vous quand j'avais cinq ou six ans. Ensuite, votre procès a été rapporté dans les journaux. J'ai pensé que vous deviez être mon père. Je suis même allé à votre procès le jour où vous avez témoigné. J'ai souffert avec vous.

_ Vraiment ? »

L'expression de Juliette s'atténua. « Je pense que le gouvernement est devenu fou. »

« Pourquoi ne m'avez-vous jamais recherché avant maintenant ? »

Elle hésita et baissa les yeux, presque comme si elle se cachait encore de lui. « Je ne sais pas, dit-elle. Je suppose que j'avais peur, ou peut-être... je ne sais pas. Vous étiez mon père abstrait et le temps a juste passé. »

« Un père abstrait », pensa Ricardo, ravi, mais bouleversé qu'elle se soit tenue éloignée pendant si longtemps. Mais il était reconnaissant que Lillian ne l'ait jamais su. Il se sentait déloyal même maintenant devant sa fille, alors que Lillian était morte. Il y avait toujours des raisons de garder des secrets.

« Vous êtes mariée depuis combien de temps, Juliette ?

« Quatre ans. » Puis elle hésita. « Il y a plus.

_ Est-ce possible ?

_ Vous avez une petite-fille. Rachel. Elle a deux ans et, vous n'allez pas le croire, elle vous ressemble ! Elle a vos yeux brun café foncé, bien qu'elle ait beaucoup plus de cheveux que vous. »

Ricardo se frotta le haut du crâne.

Juliette ouvrit son sac à main et sortit une photo de la plus adorable petite fille qu'il ait jamais vue.

« Vous pouvez garder cette photo si vous le souhaitez. Je l'ai apportée pour vous. »

Il la prit d'une main tremblante et embrassa la joue de sa petite-fille, se sentant gêné et autorisé tout à la fois. Il ne savait pas comment être parent, encore moins grand-parent.

Ils étaient tous deux gênés. La scène semblait anormale, forcée et pourtant appropriée en même temps. Il était père et l'était depuis de nombreuses années, et maintenant grand-père également. Il avait une lignée. C'était pervers d'être si heureux dans ces conditions : il était en prison ; Lillian était décédée ; Monique, la mère de sa fille, était morte. Mais Juliette était sa fille et il tenait une photo de sa petite-fille. C'était un moment surréaliste, une autre courbe dans les circonstances de la vie.

« Je dois partir, dit-elle se redressant soudainement. Nous resterons en contact. Je suis tellement contente d'être enfin venue. Ce n'était pas du tout effrayant. »

Juliette lui donna son numéro de téléphone et son adresse e-mail. Elle le regarda et lui fit un signe de la main quand elle sortit.

Ricardo retourna dans sa chambre et colla la photo de Rachel sur le mur près de son lit. Il chercha une petite boucle au niveau de sa lèvre supérieure, mais il n'y en avait point. Sa bouche était symétrique, comme la sienne. Il était heureux de voir ses gènes exprimés en elle.

« C'était qui ? » demanda le garde quand Ricardo passa près de lui dans le couloir pour aller déjeuner.

« Elle est jolie, hein ? Je vous parlerai d'elle un jour. »

C'était une belle journée.

Chapitre 42

Plus rien n'avait de sens pour Ricardo. Lillian et lui avaient lutté pendant des années sans succès pour avoir un enfant. Cependant, quelques heures avec Monique, une rencontre passagère dans un pays étranger alors qu'il était en voyage d'affaires – la seule infidélité de son mariage – avait abouti à une fille et une petite-fille. Et puis sa fille – pas lui – exauçait le vœu mourant de Lillian de faire des recherches médicalement ciblées, et sur le cancer en plus ! Quel était l'intérêt de planifier quoi que ce soit ? Quel était le rôle de l'intention dans une vie humaine ? Monique avait répondu « Ça ne fait rien » quand il lui avait dit qu'il ne parlait pas français. Comme elle avait raison. Et puis il y avait eu sa carrière. Un dévouement honnête à la science l'avait condamné à une peine de prison pour détournement de l'argent des contribuables, tandis que le bricolage de Benjamin avec les cactus l'avait conduit à être élu à l'Académie des sciences américaine. La Cactéine aurait pu s'avérer inutile et les méduses auraient pu sécréter une substance miracle. Tout se résumait à la chance – au manque de chance dans son cas.

Vers quatre heures du matin, Ricardo s'endormit finalement et se mit à rêver de Rachel jouant dans une cour d'école avec d'autres enfants. Il se tenait seul derrière une clôture grillagée. Rachel regarda dans sa direction mais ne le vit pas. Elle courut et mit ses petits bras autour de Juliette. Lillian regardait au loin derrière la clôture en face de Ricardo. Elle pleurait. Ricardo se réveilla, son oreiller mouillé de larmes.

5 h 30. Le petit-déjeuner n'était pas servi avant 7 h 30. Il se rendormit et rêva encore. Cette fois, Ricardo se retrouva dans la salle d'audience entouré de méduses. Le procureur et Benjamin secouaient la tête et chuchotaient entre eux. Lillian le regardait au loin. Il voulait lui parler mais elle était trop loin. Il commença à bouger dans sa direction…

« Petit-déjeuner ! annonça le garde en frappant à la porte de Ricardo.

_ Allez-vous-en. Je ne me sens pas bien. Je vais sauter le petit-déjeuner.

_ Comme vous voulez. »

Ricardo était allongé sur le dos, la tête bercée par son oreiller. Son esprit glissa vers son enfance. Comment était sa mère ? Les peintures de Papa la dépeignaient de plusieurs manières : à cheveux longs et réfléchie dans un portrait, à cheveux courts et joueuse dans un autre ; parfois avec une queue de sirène, parfois avec des jambes et des pieds solidement plantés dans le sol ; une fois avec trois yeux comme si elle remarquait tout, une fois avec de grandes oreilles comme si elle entendait tout ; et une fois avec un sourire, mais aussi des larmes, comme si elle avait prévu son sort. Ricardo imagina à quel point elle aurait été triste de le voir finir sa vie en prison.

« Qui suis-je ? demanda-t-il dans le vide. Un Argentin ou un Américain, un mari fidèle ou un adultère, un scientifique ou un conteur, un honnête homme ou un criminel ? Suis-je compatissant ? » Il n'y avait pas de réponse unique à ces questions. Chacune méritait un « oui » et un « non », un « peut-être » et un « parfois ».

Alors qu'il s'endormait, son esprit dériva vers les méduses et leur capacité unique à visualiser la grandeur de l'évolution – remarquable et englobante ! Il sentit qu'il était réveillé et tourna la tête pour voir la pendule, mais elle n'avait pas de cadran. Où était l'heure ?

Juliette lui demanda comme si elle venait de l'espace : « Puis-je vous appeler Papa ? »

« Oh, oui. Je t'en prie », répondit-il.

La voix aigüe d'une enfant dit : « Papi ». Elle se blottit contre sa poitrine. Il resta absolument immobile pour ne pas perturber la scène. Comme c'était bon d'avoir une telle innocence aimante contre lui. Si seulement il le méritait. La famille, c'était tout. Pourquoi lui avait-il fallu si longtemps pour comprendre cela ?

« Je suis désolée, Lillian. Je t'aime tellement. » Il vit son fantôme à côté de lui.

« Je sais », dit-elle.

« J'aurais aimé que tu puisses être avec moi la nuit où je suis entré dans l'esprit des méduses. Elles vivent dans un monde si mystérieux. Je suis convaincu qu'elles pensent, ressentent et interagissent. »

Elle écoutait.

« Je suis confus, Lillian. Suis-je un voleur et un meurtrier ? »

« Mon pauvre amour. » Elle lui caressa la joue. Et puis, le coin gauche de sa lèvre s'enroula vers le haut, et elle devint Monique, puis Juliette.

Ce moment, endormi et pourtant éveillé – ces illusions et contradictions, cet amour et cette douleur – c'était sa réalité. Il se balança doucement d'un côté à l'autre comme si porté par la marée montante et descendante. Des cris familiers résonnèrent dans son esprit. Il ne connaissait pas leur signification, mais il s'en fichait. Les cris s'estompèrent en ronronnement de chat, puis le ronronnement passa à une douce mélodie qu'il n'avait jamais entendue. Il se retrouva soudain dans des eaux troubles. Les méduses nageaient près de lui comme s'il était l'une d'elles, comme s'ils formaient une famille. Une lumière brillante venant d'en haut éclaira l'eau. Les méduses se transformèrent en éponges et autres espèces, certaines avec des épines, certaines avec des écailles, certaines avec de la fourrure. Et puis les méduses ne furent de nouveau plus que des méduses, pulsant calmement dans la mer, comme lui, car lui aussi était maintenant une méduse – et cela lui convenait.

Puis Papa parla. « On est qui on est et on ne peut rien y changer. »

Papa avait-il raison ? Était-ce tout ce que l'on pouvait être ? Ricardo pensa à ce qu'il aurait pu faire, à qui il aurait pu aider s'il avait suivi le plaidoyer de Lillian. À qui il aurait pu être.

« Être toi est tout à fait suffisant », déclara sa mère. C'était la première fois qu'il entendait sa voix dans son esprit. Comme c'était doux. « Parce que, ajouta-t-elle, tu es la personne que tu es maintenant, celle que tu étais et celle que tu deviendras, tout à la fois. »

Oui, pensa-t-il, une personne n'avait vraiment pas de frontières.

Enfin, sur ce ton tendre et affectueux qu'il lui connaissait si bien, Lillian chuchota : « Tu es assez pour moi. »

Elle lui avait pardonné. Voilà qui il était : un homme pardonné, avec une famille.

Chapitre 43

Moins d'une semaine plus tard, alors que Ricardo surfait sur Internet, un titre en première page du *New York Times* lui sauta aux yeux. Ne croyant pas ce qu'il venait de lire, il redémarra l'ordinateur comme pour essayer de réinitialiser la réalité elle-même, mais il ne pouvait pas plus changer les informations qu'il pouvait retirer son article sur les méduses.

Le scientifique américano-israélien Benjamin Wollberg remporte le prix Nobel de médecine et de physiologie

Ricardo lu l'article à toute vitesse. Le rapport résumait la première idée de Benjamin sur la Cactéine et son immigration aux États-Unis, un paquet de ses précieux cactus sous le bras. Le journaliste saluait la ténacité de Benjamin à poursuivre sa passion malgré le rejet de deux propositions de subvention pour ce travail. L'article citait le président du département de Benjamin disant : « Il a fallu la rare imagination d'un Benjamin Wollberg pour prévoir l'importance de ses observations sur le cactus et continuer à isoler un polypeptide qui est devenu le traitement le plus efficace contre la dépression clinique. » Le président de l'Académie des sciences américaine, un neurophysiologiste, avait déclaré : « Wollberg a ouvert un nouveau domaine de la psychiatrie par son travail révolutionnaire, qui aide à combler l'écart entre l'esprit et le cerveau. » Même le leader de la majorité au Sénat, un interniste réincarné en politicien, était intervenu : « Wollberg fait honneur à ce pays pour son travail novateur qui réduit considérablement le coût des traitements médicaux contre la dépression ».

Sous les feux de la rampe, Benjamin aurait déclaré : « Je suis extrêmement touché. Si cette merveilleuse reconnaissance montre quelque chose, c'est qu'il faut se fier à son intuition et ne jamais abandonner. » Il n'y avait aucune mention de Ricardo dans l'article. Pourquoi devrait-il y en avoir ? Benjamin ne l'avait pas inclus dans son travail sur les cactus. Il n'avait inclus personne.

Ricardo était livide. Benjamin était un héros alors que lui était en prison. Et pourtant, Benjamin n'avait assurément pas payé toutes ses expériences sur la Cactéine avec son propre argent ! N'avait-il pas « abusé » de l'argent des contribuables autant que Ricardo ? Mais les expériences de Benjamin s'étaient avérées avoir une application médicale. À quoi servaient les méduses ? N'était-ce pas aussi « révolutionnaire » d'aider à combler le fossé entre les humains et les méduses que de « combler le fossé entre l'esprit et le cerveau » ?

Ricardo remarqua l'auteur de l'article : Randolph Likens ! L'hypocrisie n'avait pas de limites.

Ricardo ne pouvait rien faire de bien tandis que Benjamin, l'enfant de cœur, ne pouvait rien faire de mal. Benjamin avait tout ce dont Ricardo avait toujours rêvé. Ricardo caressa des pensées suicidaires, mais il manquait de courage. Il aspirait à être une méduse pouvant pulser librement sans juger les autres ou être jugée. Si seulement c'était possible.

Ricardo vérifia si la porte de sa chambre était fermée, puis il s'assit sur son lit et sanglota comme un petit garçon.

Il pensa à Juliette et regarda la photo de Rachel, sa nouvelle famille. Cependant, il ne pouvait effacer l'image de Lillian de son esprit, ce qui le faisait se sentir encore plus seul avec une famille d'étrangers qu'avec Lillian, son amour vrai et éternel, décédée.

Chapitre 44

Ricardo se morfondit pendant deux jours après avoir appris que Benjamin avait reçu le prix Nobel. Il mangea seul et passa de longues heures dans sa chambre à lécher ses blessures et à écrire des histoires dans lesquelles il voyageait dans des mondes imaginaires, où le jugement était suspendu et où toutes les créatures, invertébrées et vertébrées, réelles et imaginaires, vivaient en harmonie. Quels merveilleux mondes fictifs ! L'innocence était présumée ; le bien était récompensé. Pourtant, il éprouvait peu de plaisir en relisant ses histoires. « Des déchets d'amateur ! » s'exclamait-il, tout en s'abstenant de supprimer les histoires de son ordinateur. Quelle que soit son humeur pessimiste, le vieux Ricardo, le scientifique ambitieux, l'éternel optimiste, le rêveur romantique et l'artiste imaginatif, refusait de mourir. Puis, il pensa à Juliette et à Rachel lui souriant, et l'épais brouillard se leva.

« Comment ça va ? » lui demanda un autre prisonnier, qui s'était assis à côté de lui pour le déjeuner. Il avait souvent échangé des plaisanteries avec le détenu, un fraudeur fiscal au visage aimable.

« Je vais bien, je suppose », répondit Ricardo. C'était en partie vrai.

« Belle journée, dit le détenu.

_ C'est bien vrai. Ensoleillée.

_ Ça te dirait de jouer au basket cet après-midi ? Le gardien a mis un nouveau filet sur le cerceau. J'avais l'habitude de jouer à l'université et j'adorerais refaire quelques paniers.

_ Je suis trop vieux pour le basket, déclara Ricardo. J'ai 84 ans. Mais je suppose que je devrais faire un peu plus d'exercice. Ça me ferait du bien. »

Il pensa à Lillian et à sa photo préférée d'elle en tenue de sport. Si elle avait été avec lui maintenant, ils seraient allés ensemble à la salle de sport, comme ils avaient eu coutume de faire il y avait bien longtemps.

« Nous en avons tous besoin. Allons. On n'est jamais trop vieux pour lancer un ballon. On va s'amuser un peu pour changer.

_ Peut-être plus tard cet après-midi.

_ On n'est pas pressés. Prends ton temps. Je n'ai rien de prévu aujourd'hui ! »

Ricardo sourit. « On se voit plus tard », lui lança-t-il en quittant le réfectoire.

« Je t'attendrai. »

Ricardo retourna dans sa chambre et se mit à écrire une nouvelle. Cela parlait d'un adolescent argentin avec un brillant avenir en tant que joueur de basket-ball. Il ne savait pas encore comment l'histoire se terminerait.

« Eh, Ricardo, t'as un appel », annonça un garde frappant à sa porte.

Il y a une semaine, recevoir un appel téléphonique avait été un événement capital. La rapidité avec laquelle les choses changeaient. Ricardo emprunta le couloir jusqu'au téléphone.

« Juliette ? dit-il dans le combiné, supposant que c'était elle.

_ Ricardo ? répondit une voix d'homme.

_ Benjamin ?

_ Oui. Ça fait longtemps, mon vieil ami. Comment vas-tu ?

_ Très bien. » C'est tout ce que Ricardo pouvait se forcer à dire. Que pouvait dire un prisonnier à un lauréat du prix Nobel ? Puis il pensa à Juliette et à Rachel, et dit : « Pas mal. Pas mal du tout, Benjamin.

_ Qui est Juliette ?

_ Juste quelqu'un que je connais.

_ Je suis content d'entendre ta voix, Ricardo. »

Encore une fois, Ricardo ne savait que dire.

« Ricardo, tu es là ? »

« Désolé... oui... je suis là. »

La gorge de Ricardo se serra. « Mon Dieu, Benjamin. Toutes mes félicitations. Le prix Nobel. Je ne peux pas y croire. »

« Incroyable, non ? Je ne le mérite pas. »

La modestie de Benjamin ne sonnait pas vraie. Ricardo changea de sujet. « Il y a du nouveau avec les recherches sur les méduses ? Je suppose que non, le financement étant ce qu'il est.

_ Tu as raison. C'est pire que jamais. Cependant, un étudiant diplômé de notre département a ajouté de la Cactéine dans un bocal de méduses. Il est trop jeune pour être intimidé par les circonstances. Je suppose qu'il y a de l'espoir pour l'avenir.

_ Tu plaisantes. Où a-t-il trouvé les méduses ?

_ C'étaient des gelées lunaires de l'aquarium de Baltimore. Quand il a ajouté de la Cactéine à l'eau de mer, les méduses se sont agglutinées, puis quelques minutes plus tard elles se sont séparées. Son interprétation était que la Cactéine agissait comme un type de glue qui collait les méduses entre elles, puis la Cactéine se dissolvait dans l'eau de mer ou se décomposait, permettant aux méduses de se séparer.

_ Vraiment ? demanda Ricardo. Il pense que la Cactéine agit sur les méduses comme de la colle ? Hmmm… il pourrait y avoir des possibilités plus intéressantes, tu ne penses pas ?

_ Qu'est-ce que tu dis, Ricardo ? Je t'entends à peine. Nous devons avoir une mauvaise connexion.

_ J'ai dit qu'il pourrait y avoir des possibilités plus intéressantes sur la façon dont la Cactéine agglutine les méduses, répéta Ricardo d'une voix plus forte.

_ Je suppose, oui. Il y a toujours des possibilités plus intéressantes, déclara Benjamin. Désolé, de ne pas avoir été davantage en contact. J'ai une vie tellement remplie ces jours-ci. »

Ricardo ne pouvait pas en dire autant. « Je comprends. Bonne chance à Stockholm.

_ Merci.

_ Vraiment. C'est génial pour le prix Nobel. Je le pense. » Benjamin était son ami depuis quoi – cinquante ans ? Cela ne pouvait pas s'effacer.

Ricardo ne mentionna jamais Juliette ni Rachel, ni comment il avait pleuré de désespoir lorsqu'il avait entendu parler pour la première fois du prix Nobel de Benjamin, ni comment il écrivait tous les jours, ni combien Lillian lui manquait. Son existence en prison débordait de vie après tout, sa vie privée, celle qu'il vivait dans sa tête – celle qui comptait.

Après avoir parlé à Benjamin, Ricardo se rendit au réfectoire et y retrouva le détenu qui l'avait approché plus tôt. « Prêt à faire quelques paniers ? » lui demanda-t-il.

« Ça me semble être une bonne idée », déclara le détenu.

Après une tentative ratée de tir de près, Ricardo se tourna vers le détenu et dit : « Tu m'excuses cette question embarrassante, mais j'ai oublié ton nom. »

« Te stresse pas, Ricardo. Appelle-moi simplement Billy. Je déteste William. » Billy sourit.

« D'accord. Ça marche, Billy. »

Ricardo dribbla, se tourna dans un sens puis dans un autre. Ses jambes étaient comme des ressorts, ses articulations se déplaçaient librement. Le sol était solide sous ses pieds. Soudain, il s'arrêta.

« Ça va ? » demanda Billy.

Ricardo regarda la clôture grillagée, qui semblait plus basse qu'auparavant, moins confinée. L'air était frais et pur. Il inspira profondément. L'humidité oppressante de l'été avait disparu et la forte piqûre de l'hiver était encore lointaine. Une douce rafale faisait miroiter les feuilles d'automne au soleil. L'image de Rachel flottait dans son esprit. Serait-elle danseuse ou artiste ou écrivaine quand elle serait grande, ou scientifique, comme sa mère, comme lui ? Lui donnerait-elle des arrière-petits-enfants ? Juliette découvrirait-elle un remède contre le cancer ?

« Je vais bien, Billy. Je vais bien. »

Ricardo fit rebondir le ballon de basket et s'élança vers la gauche, laissant Billy à plat. Il sprinta vers le panier et, avec un petit saut, tira. Le ballon s'arqua...

Panier.

Remerciements

Je tiens à remercier Stevan V. Nikolic et Adelaide Books pour cette nouvelle publication de mon premier roman, précédemment publié par IPBooks (2014). Cette nouvelle édition souligne l'importance de la recherche fondamentale, à une époque où l'accent est mis sur la recherche clinique et appliquée. Par ailleurs, la version anglaise, avec sa nouvelle couverture et ses commentaires additionnels, comprend également un essai sur mes réflexions sur la recherche fondamentale, déjà publié, qui reflète les fondations scientifiques ayant permis l'élaboration de ce roman (« Reflections in Basic Science », *Perspectives in Biology and Medicine*, Vol. 53, p. 571-582, 2-10).

Je souhaite exprimer ma reconnaissance envers le Writer's Center de Bethesda pour m'avoir mis en contact avec un réseau d'auteurs et avoir facilité ma transition de scientifique à écrivain. Un immense merci aux personnes suivantes (par ordre alphabétique) pour leurs commentaires et observations utiles qui ont mené à la publication de ce roman : Charles Antin, Carol Arenberg, Robert Bausch, Frederick Bettelheim, Vera Bettelheim, John Burdick, Jo Buxton, Eve Caram, Jesse Coleman, Michael Fisher, Neal Gillen, Jennifer Haupt, Roger Herst, Joseph Horwitz, Zdenek Kostrouch, Joyce Maynard, Ann McLaughlin, Stewart Moss, Leslie Nicholson, Anton

Piatigorsky, Lona Piatigorsky, Warren Poland, Knud Ross, Beverly Ross, Stanton Samenow, Alan Schechter, Adele Siegal, Karen Solit et Babette Spaar.

Barbara Esstman, Lucy Chumbley et Margaret Dimond méritent une mention particulière pour toute leur aide, éditoriale et autre, tout au long de ce parcours allant de la première publication jusqu'à la présente version.

Je remercie ma femme, Lona, pour sa patience et ses précieuses suggestions lors de la lecture et de la relecture des divers brouillons de ce roman, et tout au long du processus de publication.

Enfin, je souhaite remercier le National Eye Institute des National Institutes of Health d'avoir soutenu mes recherches scientifiques et de m'avoir donné la liberté académique et le privilège d'explorer les yeux des méduses.

Au sujet de l'auteur

Au cours de ses cinquante ans de carrière aux National Institutes of Health (NIH), Joram Piatigorsky a publié environ 300 articles scientifiques et un livre, *Gene Sharing and Evolution* (Harvard University Press, 2007), a participé à maintes conférences, a reçu de nombreux prix pour ses recherches, dont le prestigieux prix Helen Keller pour la Recherche sur la vision, a siégé dans divers comités de rédaction scientifique, conseils consultatifs et groupes de financement, et a formé une génération de scientifiques. Actuellement scientifique émérite aux NIH, il collectionne l'art inuit, siège en tant que Vice-président au conseil d'administration du Writer's Center de

Bethesda, dans le Maryland. Il tient plusieurs blogs (en lien sur JoramP.com) et a publié une série d'essais personnels et de nouvelles dans *Lived Experience*, *Adelaide Literary Magazine* et *Techer*, ainsi qu'un roman, *Les Méduses ont des yeux* (*Jellyfish Have Eyes*, IPBooks, 2014), ses mémoires, *La Vitesse de la pénombre* (*The Speed of Dark*, Adelaide Books, 2018) et deux recueils de nouvelles, *The Open Door and Other Tales of Love and Yearning* (2019) et *Notes Going Underground* (Adelaide Books, 2020). Joram Piatigorsky a deux fils, cinq petits-enfants et vit avec sa femme à Bethesda, dans le Maryland. Vous pouvez le contacter à joram@joramp.com.

www.ingramcontent.com/pod-product-compliance
Lightning Source LLC
Chambersburg PA
CBHW022248020726
47496CB00004B/1115
9781953510730